北京市哲学社会科学北京学研究基地项目
北京市属高等学校高层次人才引进与培养计划项目资助

北京学丛书·纪实系列　主编　张宝秀

一个"50后"心中的北京

焦尚意　著

北京大学出版社
PEKING UNIVERSITY PRESS

写在前面的话

北京历史悠久,拥有三千多年建城史和八百六十多年建都史。

北京人文繁华,是辽、金、元、明、清五朝帝都,也是"中华民国"曾经的首都。1949年中华人民共和国成立,定都北京。

北京见证了中华民族的发展壮大,积累了无比丰厚的文明成果,成为中国人民的精神圣地。

孔子说:"温故而知新,可以为师矣。""故"是历史,"新"是未来。以史为镜方可知兴替,丢失了历史的民族无以知新,是没有未来的。班固在《东都赋》里指出:"温故知新已难,而知德者鲜矣。"德之不存,礼崩乐坏,世事无依。两位历史巨人从正反两个方面告知了"温故"的紧要。

北京市哲学社会科学北京学研究基地与北京大学出版社合作,推出了"北京学丛书"(该丛书分为"流影"和"纪实"两个系列),旨在"温故而知新",名之曰"纪实",既是为老北京众生相立传,更是为新北京大变化述说,留存古今北京的社会记忆,为研究者提供丰富多样的素材,助益读者领悟北京的前世今生。

北京学研究基地,是北京市哲学社会科学规划办公室与北京市教委联合设立的，是以成立于1998年的北京联合大学北京学研究所为核心，以"立足北京、研究北京、服务北京"为宗旨，以北京地域综合体为研究对象，多学科交叉互动的综合性研究平台。广泛调动专家学者、社会工作者、历史文化爱好者等各方面研究力量和资源，对北京历史文化进行多方位、多要素、多专题的发掘与研究，为首都北京发挥全国文化中心示范作用做贡献，是我们的责任和努力方向。

本丛书编写凭借个人口述、采访等直接体验或使用日记、书信、报刊、档案等历史文献间接体验，真实地述说北京历史上的真人真事和现实生活，以文为主，图文互补，题材可大可小，须见物见人见精神，不虚妄，求真实。

当代著名学者闻一多先生留美归来，回到久别的北京，壮怀激烈，写下诗歌《祈祷》："请告诉我，谁是中国人？启示我，如何把记忆抱紧；请告诉我这民族的伟大……"

愿"北京学丛书·纪实系列"能为回答先生的追问做出努力，"把记忆抱紧"，倾听北京的声音，感知"这民族的伟大"。

张宝秀

目 录

作者感言/010

第一章
印象北京城/012
老北京的符号/015
城墙下的乐趣/017
中学第一课：深挖洞……/021
当代愚公拆城墙/023
祸福相依修地铁/028
水蝎子——不怎么蛰（着）/029
是那个庙还得是那个神儿/031
"最大义物"的前景光明/033

第二章
神州第一街/038
广场恢宏　长街百里/041
中国的每一天从这里开始/042
首都建设日日新/047

第三章
"十大建筑"的今昔/050
"老十大建筑"经典永存/053
"新十大建筑"视觉盛宴/055
"地标性建筑"雨后春笋/058

第四章
难忘大杂院/062
小孩子有困惑/065
欢快里闹是非/066
"文化大革命"时过日子/068
苦涩中忆温馨/069

第五章
缅怀小胡同/074
两个绰号的来历/077
我在那里长大/080
"夜撮儿"退役"臭味儿"分级/082

小胡同里大乾坤/085

第六章
供应短缺的年头儿/088
票儿比钱重要/091
喝粥的童年/093
储存大白菜/094
啥都定量供应/095

第七章
当代国人的服装演变/100
大裤裆历史悠久　布拉吉事关国策/103
时代的特征——补丁/104
天安门引领服装新潮流/106
出门儿的行头——工作服/108
精彩又无奈——的确良、牛仔裤/110
华丽又多姿——唐装、文化衫/111
世界名牌聚北京/114

第八章
自行车驮来辉煌/118
当年的俩轱辘劳苦功高/121
没丢过自行车就不算北京人/123
我的自行车情结/124
骑车风回归/127

第九章
汽车大潮挡不住/130
铛铛车走出历史/133
公交车重任在肩/134
出租车后来居上/139
私家车星火燎原/142
豪华车意义非常/148

第十章
都市新景观/150
鱿鱼大虾蛤蟆腿儿/153

目 录

炒肝豆汁儿又时髦/156
足道健身成新宠/159
各色广告扑面来/163

第十一章
细数文化变迁/168
艺术的启蒙是"小人书"/171
诗歌伴我成长/174
融在生活中的歌声/178
舞台有代谢，戏剧成古今/185
电视，贵族落民间/192
电影，民间变贵族/198
信息时代的新变化/204

后　记/208

作者感言

我是土生土长的北京人，我心中的北京与众不同。

北京的沧桑巨变有目共睹。学者专家爱北京，催生出各抒己见、连绵不绝的研究专著，带给人们理性的思考；平头百姓爱北京，都是切身感受，是茶余饭后"侃大山"的有趣内容；老年人爱北京，这里历史悠久、民风淳厚，是生于斯、长于斯的故土；年轻人爱北京，置身首都、视野开阔，人文环境优越，梦想在这儿升腾……

我个人的所思所感，源于半个多世纪的亲见亲闻，对北京的眷恋，早已融入了我的灵魂、化入了我的梦境。北京是独一无二的，它既是北京人的北京，也是中国的北京、世界的北京。

图0-1／ 2014年9月27日，远眺中轴线。北京是五朝古都，以紫禁城为中心的中轴线长达8公里，从永定门至钟鼓楼，是为这座历史名城的脊梁。爬上景山万春亭的中外游客全都兴奋得不行，都能深切感受到梁思成的话太经典了："北京独有的壮美秩序就由这条中轴的建立而产生；前后起伏、左右对称的体形或空间的分配都是以这中轴线为依据的；气魄之雄伟就在这个南北引伸、一贯到底的规模。"

图 0-1

第一章
印象北京城

图1-1／ 1952年10月，荡舟筒子河——紫禁城护城河。筒子河的南侧是社稷坛和太庙，所谓"左祖右社"，为明清两代祭拜土地神、五谷神和祭祀祖先之地。"右社"后建成中央公园，于1914年10月10日开放，现为中山公园；自1950年的"五一"国际劳动节，"左祖"成为北京市劳动人民文化宫。

图 1-1

图 1-2

图 1-3

老北京的符号

什么景致最能代表老北京？是紫禁城、天安门、祈年殿，是琼岛春荫、银锭观山、卢沟晓月……少年时期的我觉得，环绕古都四九城的老城墙，才是北京城最概括的标志、最贴切的符号。老舍先生长女舒济在《京华人物》一书的序中也写道："老北京的'老'，在我心里衡量的标准，至少是有城门城墙的北京。"北京曾是辽、金、元、明、清五朝的政治中心，是中国古代城市建设的最高成就。我有幸在这儿生活了50多年。

我小时候家在美术馆后街，三四岁赶上"三年困难时期"，跟着我妈去京郊大山子，在秋后的庄稼地里搜寻"漏网之鱼"或能充饥的白薯秧，路过东直门，曾对那城楼上的景象充满想象；跟我哥去动物园，无轨电车经过西直门城楼北侧的豁口时，也有下车爬上去的冲动。越是没去过的地方，越有无限的吸引力。

后来搬家到北新桥，常"远征"到东边或北边的城墙脚下，那是逮蛐蛐捉土鳖的好地方。我终于爬上了东直门城楼，城垛巨大、杂草没膝、粗壮的柱子、古老的窗扇，好像天底下再没比它大的建筑了。在东郊姥姥家堂屋里，常见几只小燕子飞进飞出，衔泥在房柁间筑巢，旧时王谢堂前燕，飞入寻常百姓家，漫天飞舞的雨燕，叽叽喳喳，数也数不清，好像那儿是它们的大本营。

在雍和宫豁口内侧东边一点儿，我见过用铁栅栏圈起来的一处所在，城墙根儿上俨然一个窑洞，里边是石碑，现在想不起具体情形。正巧浏览市文物局"北京文博"网站，看到一篇《北京明清城墙、城楼修缮与拆除纪实》，作者是房修二公司退休干部孔庆普，记述了20世纪50年代，"拆除雍和宫豁口时，在城墙内靠近南面砖墙处发现一通元代石碑，石碑仍稳立无损。在城内填土中还发现有几段土坯残墙、瓦罐和瓦盆碎片等。北小街豁口城墙内有一段砖砌房基及其台明。新街口豁口城墙内有小树和大树根等，以及通行马车的土路痕迹。依此可证明，此处在元代曾有道路"。

还有一个事例与此相呼应。1969年5月中旬，为建环线地铁拆除西直门，发现在箭楼台基里包裹着一个元代小城门楼子，和张择端《清明上河图》里画的一

图1-2/ 20世纪50年代，西直门箭楼。北京的环城铁路多从城楼和箭楼之间穿过，唯西直门、阜成门、宣武门修建在箭楼外侧，运行半个多世纪，直到1971年8月被全部拆除。近景是"581"——上海58-Ⅰ型载货三轮汽车，1957年12月在沪诞生，中国第一辆三轮汽车，堪称如今遍地"三蹦子"的老祖宗。

图1-3/ 1961年，雍和宫豁口附近的老城墙，远处是安定门城楼和箭楼。

样，城门上窄下宽，呈斜坡状，门洞口上有"和义门"三个字，可见北京城的古老。罗哲文是梁思成精神的传承者，他曾回忆："西直门是当时保存最完整的一个城门，有箭楼，有城楼，有瓮城，有栅门，有栅楼。西直门要拆，我就照了相。"现在常见的那幅和义门遗址照片，就是他当年所拍摄。

小学没毕业，我家又一路北上，从北新桥搬到雍和宫东边，紧挨着北京市帆布厂的一个院子里，距老城墙仅一箭之地，都管那儿叫"北城根儿"。我上中学在和平里的北京市75中，每天都要出豁口北上，城墙、护城河每天都在我的眼中。

几百年风雨周而复始，催生了城墙上下野草蔓延，杂树丛生，青了又黄，黄了又青；毕竟城高三丈多，风光不与四时同，可比鲁迅笔下的百草园有意思多了。早年梁思成认为北京的城墙可以建成环城公园，这将是一个长近40公里、世界上独一无二的立体公园。"夏季黄昏，可供数十万人的纳凉游息。秋高气爽的时节，登高远眺，俯视全城，西北苍苍的西山，东南无际的平原，居住于城市的人民可以这样接近大自然，胸襟壮阔。"

也有人认为城墙上除了荒草，就剩下荒凉，那是没落封建王朝的象征，必欲去之而后快。客观景物无所谓感情色彩，你的心里阳光，它就明媚无限。天上鸽哨燕鸣，更显出老城墙的神秘，深深印在我记忆深处，那是孩子们的伊甸园，老北京神圣的图腾。鲁迅说过一段话颇有道理："一部《红楼梦》，经学家看见《易》，道学家看见淫，才子看见缠绵，革命家看见排满……"

在北城墙还没开豁口时，雍和宫东边不远的地方，城墙下被人掏了一个大洞，沟通城内外。同学徐浩说他母亲在城外547厂工作时，每天要打那儿"穿"墙而过。你要是不明就里，猛不丁一听，准当是说大侠或超人呢。

城墙外是1914年开工、1916年1月1日竣工通车的环城铁路。火车不能拐直角，所以城墙东北角还被开了拱形大洞。那儿的城墙里边，以前是"北馆"，老百姓也叫"俄罗斯馆"。老年间那儿有一关帝庙，大清康熙时在雅克萨打败了沙俄，抓回俘虏就关那儿，还尊重他们的信仰，给改成了教堂；俄国教会正式派传教士团进驻之后，就成了俄罗斯东正教总会；新中国成立后苏联大使馆建在那儿也就顺理成章。与之相对的

"南馆",也是教堂范围,现在是南馆公园。

后来"危改",那片儿新建了小区,居民们都说还要叫"南馆","头儿们"可能觉着有"难管"之嫌,结果起名"民安小区",听着顺耳了,但"历史"没了。

当时铁道上还走货车,豁口外还有看道口的小屋子,有火车要来,道房中就传来"哨哨"的报警铃声,值守的铁路工人就阻断交通——把漆成一节黑一节白的大木杆子撂下来,阻断交通。1969年我上中学,常遇着让人干瞪眼的时候,你急着忙着往学校跑,正赶上过火车,人家小红旗一摆:"撂杆儿啦!"

铁道外手跟护城河之间,有一条窄窄的郊区公路,连道牙子都没有,13路公共汽车偶尔驶过,往返于和平里、三里河之间。还没搬家到北城根儿时,我常坐那趟车,"北新桥"上车,出城往东往北,过小街桥,"第五俱乐部"下车,奔西朝地坛东门溜达,去看我大爷大妈。

城外的和平里——北京最早的新式住宅区之一,是化工部、煤炭部、林业部、劳动部……和中央乐团等许多部委、机关、单位宿舍集中之地。后来才陆续有团结湖、劲松、方庄等小区。我上中学时,高年级同学在联欢会上说快板,就提到和平里从前的荒芜,到处是坟地。新中国成立后建起一片片两三层的红砖楼,为纪念1952年在北京召开的"亚太和平会议",被命名为和平里。我上中学之前,护城河北岸,除了547兵工厂及其宿舍区,还有大片的庄稼地。

从和平里往南,一进"豁子",学名东直门北小街"豁口",就是北城根儿,有点儿新中国成立后盖的排房,一两栋楼房像羊群里的骆驼,剩下都是典型的老北京格局。那里的居民,以前都像《四世同堂》里的人们,而且小羊圈胡同就在西边新街口,也是城墙里边不远;后来就和电影《夕照街》里表现的一样。巧的是那电影里拆迁后断壁残垣的场面,就是我家从帆布厂那儿搬走后,在腾出来还没拆光的那个院儿拍摄的。

城墙下的乐趣

城墙本来就有些坡度,凸出的城砖一棱一棱的,好似陡峭的阶梯,使那里成了最原始的"攀岩"场所。同院邻家一个小子特淘,曾双手攥着把大雨伞当降落伞,从不高处的城墙半截腰往下跳,一下摔下来,被城砖缝隙间龇出的酸枣棵子刮得满身挂花。徐浩说他认识一弱智孩子,是一手一把,举着两把伞往下跳,可摔惨了,嘴都给磕豁了。

要不敢冒险,顺着早就坍塌或人为乱拆所形成的小土路,也能走到城墙上,

图 1-4

图 1-5

去享受四顾无限远的快意、极目天地间的舒畅。

用胶泥捏小动物、磕泥饼，是城墙脚下孩子们的保留节目。如果捏好一个玩意儿，搁火炉子里一烧，再拿火钩子、小煤铲儿给捣鼓出来，成色就跟红砖差不多，但质地更瓷实。所以胶泥是个好东西，"气死橡皮泥"，绝对的物美还不花钱；不像现在的孩子，没钱就啥也甭想玩儿，啥都不会玩儿。我们上城墙，也是冲着那儿有胶泥瓣儿可挖。

那些没有城砖覆盖、裸露着黄土之处，都被邻近单位种上了蓖麻、向日葵这些植物，那一度是胡同里院子里只要有空地就有的植物，说是结了果实粮店收购，拿去榨油，支援国家建设。雍和宫和北小街两个豁口之间，紧挨城墙的有装具厂，后来改成童装厂，以及镜框厂、金漆镶嵌厂、帆布厂、四机部四所，北京市美术公司等单位。这些单位和居民住家的门，都向南开在藏经馆和青龙胡同里。从北小街豁口往东至苏联大使馆之间，城墙脚下还有个北官厅煤厂。

有个同学敦培培，家住美术公司对面，她对城墙最深的印象，是和同住一栋灰砖楼里的伙伴们，去那儿搞"采摘"。蓝天下，高城上，秋风里，嚼着甜高粱秆，惬意无比；不时也钻过墙边设置的铁丝网，深入美术公司内部"游览"一番。她自称小时候软骨，常常待下边，等着上去的人摘下向日葵的大盘果实往下扔；一遇有人驱赶，一溜烟先跑回家，炒葵花子，享受"胜利果实"；上边的小孩儿则"屁滚尿流"地从北边逃下城墙，磕了碰了的是常事。

爬城墙虽然好玩儿，可早先那儿"禁止攀登"，所以护城河更显得"亲民"。

河岸只个别地段是虎皮石衬砌，多数就是土坡，河边垂柳倒映在淙淙流水中，从岸边向河里看，阳光透过柳条在水面撒下斑驳的光影；近处有些石头静卧水中，各样水草或漂浮或随水流摇摇摆摆、时隐时现；暗红色的线虫在水底忽忽悠悠，我常拿铁纱钉在木框上做的小筛子，为自己养的"孔雀"一类初级热带鱼筛鱼食。

那时冬天特冷，但护城河冻不上，有沿河工厂的排放一搅和，水面上飘着袅袅热气，依旧欢快地流淌。后来一衬砌，河水难得移动，冬天冻成了冰场，是小孩儿滑冰车的乐园。在木头钉的小排子下面，固定上两条竹板，就像雪橇，也有的是木板下安两根粗铁条，跟冰鞋上的冰刀似的；高级点的还在冰车上绑一小板凳，人坐上，一手一个安了木头把儿的铁钎子，想怎么滑就怎么滑；还有小朋友组成"互助组"，轮流坐庄，互相推着跑，热闹极了。据说冬初的冰是横丝，结

图1-4／20世纪50年代，广渠门城楼只余门拱，"上层建筑"已坍塌殆尽。

图1-5／1965年，建设中的地铁一号线。（孙立杰提供）

得很薄就禁得住人，冬末就成了竖丝，冰还很厚呢，各家大人就不让孩子到冰上玩儿了。七九河开，八九雁来，又是一槽春水。

"大跃进"前后，城墙开了豁子，一座木桥连接起小街跟和平里，桥中间走汽车和自行车的地方铺着柏油，两边的人行道高出车行道小一尺，大约一米多宽，铺着木板，走上去"通通"的。赶上板子之间缝隙大点儿，都能看见下面的河水。

从旁边看桥底下，大方木头的桥桩像铁路枕木，外表是黑黢黢的一层沥青，七叉八叉的，就跟电影里志愿军在朝鲜前线架的桥差不多。要上北边元大都土城儿玩儿去，这是必经之路。我才上中学时，曾和徐浩等人一道，走在木桥的方木桥栏杆上练胆量，结果成为班里的"反面教材"，和几个"同道"一起接受全班批判。

赶上有载重汽车经过，整个木桥都在吱嘎声中哆嗦起来，似乎不堪重负，离散架不远了。就是有几辆马车过桥，你正走在桥上的"便道"上，也有不小的"震感"。

马车和卡车当年在城里通行无忌，交通规则要求畜力车进城要戴"粪兜儿"。今天二环沿线，当年多有"进城"道口，常见到这类交通标志。过路口驭手要下车牵引牲畜，跑步通过，也是当时的交规之一。我在北新桥路口，见过车把式和出了交通岗亭的民警顶牛儿，"过路口还大爷似的坐车上？没听见啊？""那我就下来！"赶车的"大爷"有高的，正赶到路口中间，"嘎吱"一声拉上闸，挪屁股下车，大鞭杆子往大车上一扔，自己个儿上一边"袖手旁观"。虽说汽车少，架不住堵那儿一挂大车，路口还是乱了。警察叔叔没咒念了，真惹不起，冲把式连连挥手："走吧走吧！你赶紧的！"

由于在城里常见到马车，以至于后来我的小孩儿对"大马"印象尤深，看见拉车的都认定是大马。一次郊游时见到小毛驴，我告诉她那是驴，她都说："哦，驴大马。"

咱还说说护城河。要赶上河上游某家工厂开闸，河水就开始变幻莫测，今天可能偏红，明天或许就偏紫色了，严重时甚至一天三变。当然绝大多数时间河水颜色正常；赶上下大雨，水漫河沿，混浊湍急的水中间或有大鱼出现，都说是水库放水，鱼儿们就胜利大逃亡，引得身手不错的人在河边蹿蹦跳跃，围追堵截，粘网抄子齐下，鲶鱼、"拐子"哪儿跑？

俩豁口桥之间的护城河北岸，是547厂的外墙和一小旁门，在单独设立的过河小木桥桥头,河边垂柳的浓荫里有一哨棚,有腰挎手枪的解放军站岗,比那时的警察更有威慑力;南岸,绿草茵茵,半坡之处一片草地较平缓,是我们几个一块儿走的同学,在下午上学前,扎堆儿角力之处。我曾在那儿屡败屡战,不折腾一身土、不出一脑袋汗不算完。谁没解气、不服气,没关系!放学接茬儿跟这儿练。

初中二班的史英家住和平里五区,4、5、6三栋楼里住的是外贸学院教职工。她记得那时常常"跋山涉水":趟过护城河,爬上残城墙。在那上面,有一回还遇到"坏孩子",被抢走了戴着的纪念章。他们那里每家都养一只鸭子,每天集合成一群,由她率领着,浩浩荡荡奔护城河去放鸭子。

同班的田秀斌在美术公司对面胡同里住,家里养了两只兔子,她常背着小弟弟去城外拔草喂兔子。有一回到河边突发奇想,把草洗干净再喂不更好么?于是,脱鞋挽裤腿下了河。遇到水流一急,一个趔趄,背上弟弟的小裤衩都湿了。赶紧上岸,虽然害怕得要命,但还强作镇静,让弟弟冲太阳撅着屁股晒,还大声恫吓:"回家不许告诉姥姥!你要说了看我怎么收拾你!"后来把兔子养大在东直门内给卖了,买了玫瑰香葡萄吃。

印象中的护城河两岸,感觉与韦应物的诗极相近:"独怜幽草涧边生,上有黄鹂深树鸣。春潮带雨晚来急,野渡无人舟自横。"仅仅是变作了"幽草河边生,知了深树鸣。夏雨晚来急,车少桥自横",乡野气息让人流连忘返,"上河边儿玩儿去",魅力不亚于今天的名山大川游。

半个世纪过去了,城墙下的日子就跟昨天一样。

中学第一课:深挖洞……

1969年3月2日的"珍宝岛事件"后,"深挖洞,广积粮,不称霸"成了当务之急。我们秋季一踏进中学大门,就加入到全民大挖防空洞的热潮中。听了传达的文件,大家知道了9个字的伟大教导,源于朱元璋刚起兵反元朝时,谋士建言"高筑墙,广积粮,缓称王",有个同学听三不听两,把"缓称王"听成了"还称王",没弄明白是怎么回事儿,就义愤填膺:"这不是篡改最高指示吗?"

我们在学校操场旁边挖壕沟,两边砌墙,顶上拱券,俗称"打券"。高年级同学拿瓦刀砌,我们管回填土;甚至体育课也是在老师带领下,去捣鼓防空洞。有个体育老师叫祁云楼,高大威猛,同学们背地里都管他叫祁门楼子,一进了洞,再高的"门楼"也得低头哈腰。

我们还干过脱砖坯的活计，那可是俗称的"四大累"之一，绝对的重体力劳作。实践出真知，在老师指点下，和泥时先过筛，再用水闷，五六个人围成一圈儿，一遍一遍地翻倒，有时还要用脚踩；过后再放在平台上反复摔"熟"，使泥团呈润泽状而不再粘手；最后双手举泥过头，倾全身之力，奋力摔向地面上的木模子，磕出来就是砖坯了。尽管一身汗一身泥，却被大家当作改造思想、锤炼忠心的实际行动。

放学回家了，也不消停，还有制作砖坯的任务。几个同学一小组，找木板先做好模子，城墙那儿的黄土取之不尽，弄好的砖坯，放院子里晾干。好像每组到时要交300块坯，那就是我们的"家庭作业"。满胡同的人不是在脱砖坯、"咔哧"城砖，就是在胡同里院子里掏防空洞，全在业余时间。那时还没"八小时内外一个样，领导在不在一个样"的说法，但家家户户大人小孩都特认真，没人偷工减料。

距学校大门口几十米的地方，不知在哪位高人率领下，垒起了土砖窑。没赶上"1958年大炼钢铁"，1969年我实实在在地赶上了土法烧砖。燃料除了煤炭，大量的是我们各处找来的树枝木头，当时这叫"烈火炼红心"。不间断地烧上48小时，砖就出窑了，砖坯变成了山寨红砖。赶上差的，质地堪比桃酥。

有时正在上课，突然打铃，开始防空演习；每个班都顺序下楼，按既定路线，跑向指定洞口，鱼贯而入，在洞里各自的位置集结；大家七嘴八舌，争说哪儿哪儿是自己的杰作。那都是我们改造思想的成果，凝结了众多少男少女响应伟大领袖号召的无限热情。改革开放之初，239厂盖宿舍楼，填埋了部分防空洞，我们的血汗毁于一旦。同时失去的还有当年让我们相当自豪的足球场。

从那时经过的人，都应该对此有深刻的记忆，就如电影《地道战》，只是把"村自为战"改为了"厂自为战""校自为战"……北京城地下，曾经四通八达。

2010年2月5日，报社同仁谭璐在《北京青年报》上发表了《北京地下城往事:毛主席九字方针"深挖洞"》，是对张一民的专访，他在1969年至1985年间，任北京人防办副主任，绝对是"深挖洞"的亲历者、见证人，同时也介绍了那些"洞"后来的状况。

从1978到1985年，人防工程开始平战结合，要求做到战时平时都能用。对已建工程能用的都要用起来，暂时不灵的也要改造到能用。

利用旧物首选做旅馆。当时北京旅馆奇缺，海淀领头，西郊八里庄的"京城地下第一店"开了先例。随后在全市迅速发展起来，达到了800多家，床位8万多张。二是开地下商场。首推西单商场地下营业厅，年均营业额5000多万元；大栅栏地下营业中心接着开张；月坛公园地下改造成"天外天"小商品市场，开创了单处人防工程平战结合的新尝试，受益匪浅，年均交易额约5亿元。还有改造成地下餐厅、各式仓库、教室、会议室、电影院、滑冰场的，花样多了去了。

北京后来还有几座"山"是用防空洞挖出的土堆成的，比如东单公园原来是广场，后来用土堆成小山；陶然亭的北山也是这么来的，后来都植树种花、绿化美化了。东单土山上还修了亭子，很多人就不清楚它们的由来了。天坛里以前也有一座这样来的土山，由于影响祈年殿景观，1987年前后被夷平。

报社同事王世荣，先是从部队转业到前门街道办事处。他说从1980年开始，位于原崇文区西打磨厂的"北京地下长城"成为涉外旅游景点，那是1969年由当地居民、社会团体义务劳动修建的。2005年对市民开放，在北京奥运会之前关闭。那里头的地儿大得邪乎，专供参观的进出口一个在打磨厂胡同里，一个在天坛。其余的出口还有许多，他办公桌下边就是一个地道口。那时候哪有空调啊，有个电扇就奢侈的不行，一般人的"降温设备"就是大蒲扇。所以夏天一午休，他就蹬开地道口盖板，到底下睡觉去，那可是冬暖夏凉的好地方。20世纪80年代街道还没有会议室的时候，他们常在地下开会或放电影，可见地下设施的规模。

当代愚公拆城墙

为了更好地"深挖洞"，我们同时在大拆城墙。除了集中拆，全体同学放学之前都得去搬一趟城砖，就像当时的"天天读"，雷打不动。

在小街豁口东侧、煤厂后身儿和苏联大使馆旁边的城墙拐角处，是分配给学校拆城墙的地方。高年级的管刨、负责往下拆，我们新生就往学校搬。男生扛起一块儿就走，女生抱起半块儿也得来一趟。到学校交了城砖才回家。田秀斌说她怕脏了衣服，就摘下那时女生几乎人手一块的大方格儿头巾，把城砖包起来抱着走。班干部干什么都得先干一步。前襟儿倒是省了，可头巾给磨出了窟窿，她后来一想起来就说真不合算。

史英记得在拆城墙的劳动现场，老师还不时提醒：大家伙儿干活热了，千万别把脱下来的衣服搭在大使馆的栏杆上，你一过界就叫"侵略"了。她还说：值得一提的是我们刚上中学就亲手把城墙拆了，一下子就把城里城外的距离给拆没了，消灭了"三大差别"之一的城乡差别。像我们去平谷劳动，也是拉近了城乡距离。可能和当时流行"打鸡血"有关，人们热情空前。

新中国成立后，北京城市面貌发生了巨大变化，城区范围迅速向城外扩展。1950年的《北京市街道详图》中，城区的范围主要圈定在城墙以内，就是今天的二环以里。以方便交通的名义，北京开始拆城墙，"旧城改建"，各工厂、机关和街道居民就多了一个义务劳动的场所。

其实，北京城门和城墙的拆除始于1915年，因修环城铁路，就把正阳门、朝阳门、东直门、德胜门和安定门共五个门的瓮城给拆了。

开天辟地的1921年，崇文门箭楼和德胜门城楼被拆掉。

又过了五年，在宣武门与前门之间开了两个拱形洞，供车辆、行人通行，被称为和平门。

1939年，"日伪"在内城的东西城墙各开一豁口，东边的叫长安门，西边的叫启明门。抗战胜利后，改名建国门和复兴门，寓意建国、复兴。

1950年，内城9门实存的8座城楼、5座箭楼，都进行了测绘并做出修缮设计。次年，外城7门实存的7座城楼和6座箭楼也基本完成了如上工作。

但随着北京现代化建设的展开，避免了内战炮火的古老城楼，非但没被继续修葺，反倒相继遭殃。从1951年拆除永定门瓮城开始，阜成门、西便门、地安门、广安门、朝阳门、永定门、宣武门、崇文门、阜成门、东直门相继被拆除，直至1969年，安定门、西直门被拆除，雄伟、巍峨的城楼、箭楼、瓮城几乎片瓦无存。那些"门"只保存在了公交和地铁的站牌子上。

楼如此，墙亦然。20世纪50年代末，北京外城城墙基本被拆除。随着1965年地铁的开工，城墙的拆除也随即四处开花，"文化大革命"期间达到高潮。

早年间，靠近城墙的住户，得近水楼台之便，常常就地取材，偷偷去拆城砖、盖小房。还有人把城砖中间凿通，做成举重的杠铃。尽管那时不论是街道还是"积极分子"，都会制止对城墙的"破坏"行为，豁口两边裸露的黄土前边，也矗立着"禁止拆砖取土"的木牌子。

城墙也是"国家财产"。1957年5月20日，北京市财政局就曾向"北京市人民委员会"打报告，提出关于拆用城砖的几项规定："(1)各单位拆用城砖均须先报经城市规划管理局批准，再向所在区人民委员会办理交款手续后，方得拆用……(2)所在区根据城市规划管理局批准拆除城砖立方米数，按每立方米2.50元（包括整砖、半砖、碎砖）计价先交半数，并按指定的地点进行拆用。(3) 按实际拆用城砖立方米数结清交款，所在区亦应负责督促清缴。(4) 各单位交款时须凭财政局印制的交款书……直接向人民银行各区支库交款；财政局得随时抽查交款情况。"[①] 市人委虽然在1957年6月19日通知了市规划局暂缓拆除城墙，但只是"暂缓"而已。

到了1969年秋，基层政府组织开拆豁口一线城墙，老百姓一哄而上，每块重48斤的城砖有了五花八门的用场。工厂用汽车拉、农民赶着马车来，就像蚂蚁啃骨头，北京几十里长的城圈就这么消失了。

我们初一时参加"三夏"劳动，是到顺义温榆河畔的东城区教育局五七干校，那儿的一片"校舍"全是大城砖建造的；在城墙周边的住户，谁家没几块城砖？甚至连北城根一带的公厕都是城砖盖的。"墙倒众人推"可是真见识了。

梁思成1950年曾撰文：北京城墙除去内外各有厚约一米的砖皮，里边全是"灰土"，这三四百年乃至五六百年的灰土坚硬如同岩石，粗算得1100万吨，堆起来等于十一二个景山，用20节车皮拉，83年才能运完。[②] 这位大师可就忘了"老三篇"里的"愚公移山"精神，在几百万"愚公"看来，这不是小菜一碟么？

在《北京城墙存废记——一个老地方志工作者的资料辑存》一书中，记下了档案资料中"彭真在中共北京市委会议上谈到城墙问题的言论摘录"，1951年8月21日，彭真说："有几个问题：牌楼要拆；城墙要拆；中华门大概要拆。由此可见革命的立场。"

和梁思成力保城墙相对应的是另一个建筑大家华南圭。华南圭20世纪初留学法国，归国后考取了工程进士，历任京汉铁路总工程师、北平公务局长。网上可查到他1949年起出任北京都市计划委员会总工程师，以人大代表身份提交了在北京西郊建新城的提案，但查不到他曾力主拆城墙。

1957年6月7日，《北京日报》接到读者陈士廉来信，就《日报》6月3日所登华南圭关于拆城墙意见的意见："一、北京城是一个整个的艺术建筑，并且是规划得很好的，是千百万个劳动人民的血汗，数百年的苦心经营，代表着我们文化的结晶，也是我们宝贵的遗产。所以，我们不应该粗暴地拆除它，并且拆去城墙，仅留下天安门、三大殿，也是很难看的。二、说城墙隔绝了城市的统一，不好打成一片。我们认为，前门外多少年来也没有因前门的城墙影响到前门外的繁荣。三、说

[①] 王国华：《北京城墙存废记——一个老地方志工作者的资料辑存》，北京出版社2007年版，第144页。

[②] 梁思成：《关于北京城墙存废问题的讨论》，《新建设》1950年第2卷第6期。

图 1-6

城墙上修公园，老人、孕妇上下不便，并且不易灌溉。我们认为，如果这样说，佛香阁、排云殿以至于景山、白塔都应拆除了，拉成平面，以利孕妇、老人。华代表忘了，北京还有些个利于老人、孕妇游玩的公园，况且一天工作完了，上了城上公园，登高远瞩，心旷神怡。谈到灌溉，我们认为如果不便，北京的大楼上就没法安自来水了。因为大楼比城墙就更高了。所以，此条更不成立。屋顶尚可辟为花园，城上有何不可！"陈读者还谈到"四、经济价值"，认为拆城墙不是给国家省了，而是给国家增加了负担。通篇文字，痛快淋漓。

北京的城墙和城门始建于元，建成于明，历经清和民国，一直保留到新中国，历经7个世纪。北京作为一国之都，城墙的规格也是最高的，全长40公里，内外城一共16个城门，其宏伟和壮丽，世界上没有哪个城市可与之相比。但到1968年，举世无双的城墙和城门几乎"爪儿干毛儿净"，几近荡然；随着环城地铁的修建，城墙基本上都拆除了，只剩东南角楼等几段残垣。到2006年，只有前门城楼及箭楼、内城东南角楼、德胜门箭楼保存下来。

北京青年报老报人明连生，后来调到中国建设报，在2001年6月1日撰文介绍了德胜门箭楼曾险遭不测的过程：

1979年2月，全国政协正在开会，传来消息，为解决德胜门一带南北交通问题，北京市政部门准备将德胜门箭楼拆除，工程队伍几天之内就将进场。正值"文化大革命"后拨乱反正时期，全国政协曾组织一批专家到全国做调查，了解"文化大革命"中破"四旧"时毁坏了多少文物，调查的结果令人触目惊心。此时听到又要拆德胜门箭楼，大家都急了。时任全国政协委员、全国政协城市建设工作组副组长的郑孝燮先生立刻给时任党中央副主席的陈云写信，力陈五点理由，说明保留德胜门箭楼对衬托北京风景名胜的主体风格的积极意义，并特别以巴黎并没有因交通的原因而拆除凯旋门为例，强调保护风景文物资源的重要意义。几经周折，德胜门箭楼终于被保住了。

但这并不等于此后就可以高枕无忧，箭楼再次遭到破坏的可能性依然存在。直接拆大概一时还不至于，但间接的破坏却时刻都可能发生，那就是破坏它周围的环境，如在箭楼周围架高架桥、建高层建筑，箭楼作为历史景观的价值就会大大削弱，甚至价值全无。北京城区西南部的天宁寺塔，遭到的就是这样的命运。北城德胜门的境遇也大抵如此。

图1-6／ 2014年11月29日，从戏楼胡同看雍和宫东大门里的牌楼。当年我家在北城根，要去北新桥，这儿是必经之地。那时这个门右侧的墙角有个小酒馆，现在给改成了公厕。

建筑大师张开济说过，如果把北京城比作一幅画，那么城墙就是画框。画框一旦没有了，这幅画自然也就难保了。自从城墙被拆毁之后，北京，这个被梁思成称为"整个体系是全世界保存得最完好，而且继续有传统、有活力的、最特殊、最珍贵的艺术杰作"也被一点点肢解，彻底失去了数百年大国古都的神韵。

祸福相依修地铁

据说，1965年1月15日，北京地下铁道领导小组以《关于北京修建地下铁道问题的报告》上报中央：修建地铁的目的是适应军事上的需要，同时兼顾城市交通。利用城墙及护城河，既符合军事需要，又可避免大量拆房；既不妨碍城市正常交通，又方便施工，降低造价。众所周知的题词"精心设计、精心施工"，就出自毛泽东主席对那个报告的批示。

一开始修地铁，古老的城垣就难逃被拆的命运。中苏交恶，准备打仗，我们用自己的双手，又为城墙的消失拆了一块砖，"出了一份力"。

其实城墙与护城河有一定距离，大约是三四十米，有的地方窄些，过去一二十米，就是护城河。有人疑问：为什么不在护城河以外修路呢？那时候过了护城河就是"城外"，远没有多少今天的"拆迁"问题。

内城东西南三面的护城河变为暗沟，成为施工者说的"盖板儿河"。我每天路过的北护城河硕果仅存，但也变成了水泥槽，河水与自然界的整体联系被割断，自净能力全无，昔日水下大小石头时隐时现，河水哗哗流淌，水草丛生、虫唱蛙鸣、蝌蚪小鱼恣肆的风光，已"黄鹤一去不复返"，绝难再称之为"河"了。

《中国青年报》在2007年6月29日刊登过一篇《北京为河流松绑》的专文，回顾了北京自1990年大规模地改造和美化水系，结果是"铜帮铁底三面光"，河道成了抽水马桶；十多年后开始的改造，则是意图要恢复河道的自然状态……

至停止拆除残余城墙并保护遗留城楼时，北京的城池几乎全部灰飞烟灭。北京站南面一段劫后余生的城墙，就是现在的明城墙遗址公园，成为现代化大都市中保存了些许历史痕迹的"香饽饽"。有报道说：因为修北京站时，工棚依城墙而搭，后工棚成了一些单位的仓库和住房，城墙内外逐年增建了大小不同的房舍，整个把城墙包裹其中。

我原来单位一同事屈荣艳，在20世纪80年代调到北京铁路局设计室，办公地点就在北京站的大圈里面。她知道北京站后身到城墙那个范围里，有分局的工务段、电务段、房建段好几个单位，还有三栋宿舍楼。城墙的多数地段都成了大土坡，坡上自建房有不老少。有时她坐公交车上班，就到崇文门东边下车，在大土坡上的小饭馆里吃完早点，下坡进北京站。她说进入新世纪后，"北京站扩能改造工程"上马，向南扩建站台，直至城墙根儿。北京铁路分局负责拆迁城墙上下的建筑物，北京市负责城墙的恢复工作。"明城墙遗址公园"就是这一工程修成的正果。

东便门的一小段城墙，被地铁施工单位用作堆放建筑材料的货场围墙而未被全部拆除，电业局路灯队的办公室也藏身其间。地铁在北京站拐了弯，这段城墙没影响修地铁和地面道路，加上依墙而建的那些房子做了"掩护"，所以后来也没来得及拆。总之是在无意间保留下了一点儿明城墙。

1996年，那些依墙而建的房子终于被推倒，这段城墙露了出来。到2006年，遗址整修完毕，也被纳入遗址公园。是年6月13日，《北京晚报》有专题报道《老北京的记忆 北京启动保护城门城墙系列工程》："这是北京的明城墙遗址公园，西起崇文门三角地东到东便门角楼，共长1600余米，它像一个缩影向今天的人们展示着古城墙的气派。作为北京市新中国成立以来最大的文物保护项目，明城墙的修复体现着'保护为主、抢救第一'的宗旨，整个工程共迁出2600余户居民，拆除各类建筑6000余间，同时铺设绿地12万平方米，彻底改善了这一地区的城市环境。走在城墙根下，人们深深地感到，古老文明的恢复与保护让今天的城市更有内涵。"

这里和沙滩的皇城遗址公园一样，既标示出了"遗址"所在，同时也仅是个"公园"而已。像有人拿块玉佩让别人看，碰到一般人一听说这是红山文化的玉器，一定啧啧称奇；真要叫懂行的给掌掌眼，人家也不会扫你的兴，也得说：不错，挺好看，拿着玩儿吧！私下里知己问他：那东西真吗？他就得实话实说：真得了吗？博物馆里才有多少？你真让他扔了不是不合适嘛！

水蝎子——不怎么蛰（着）

修复城墙时，北京城里"捐献城砖"的动静不小，很多过去住在城墙左近的老街坊们，把家里收存的旧城砖献出来，用做"城墙遗址公园"的修缮，据说总共有40多万块。现在时兴收藏热，古董受热捧，同学赵培荣说在他印象里，小时候他家唯一的"古董"就收藏在煤球炉子底下——两块明朝的城砖，把炉子垫高了。后来一搬家,"古董"不知所踪。

有一位捐赠者的说法,极能代表大多数亲手拆过城墙者的心声:"就像小时候不懂事,轻易撕毁了一张价值连城的'龙票',时间越长,越让人觉得懊恼。"越是往后,越觉得北京城悲壮的保卫者梁思成当年断言的准确:"不出50年,你们会后悔的!"但悔之晚矣!

20世纪70年代立交桥兴起,80年代高速公路兴建,90年代亚运场馆建设,直到2008年的北京奥运会,今天高楼林立、环路层层"包围"的北京城,已经没有了曾经环绕京城的老城墙,仅余一段"明城墙遗址公园"。宏伟的多达47座的城门城楼、箭楼和角楼,也仅仅残存了正阳门城楼、箭楼、德胜门箭楼和东南角楼。人们不禁要问:没了城圈儿的北京还叫"城"吗?

亡羊补牢也算是知错能改,补上总比溜儿光要强。还有一个"牢","补"得不比城墙晚几天,乃是1957年拆除的永定门城楼。2001年5月,北京市政府批准了重建的建议。2004年3月复建工程开工,2005年国庆节竣工。原永定门前有箭楼,后有城楼,中间为瓮城。由于箭楼和瓮城的位置都在现在的护城河里,所以只恢复了永定门城楼。奇的是竟然还有"专家"说:"复建的永定门城楼仍然是文物。"据说由于复建是在原址采用原材料、原形制、原结构、原工艺进行,因此其文物价值不容怀疑。这让我想起老百姓的一个说法:水蝎子——不怎么蛰(着)。

一些业内人士也认为,它距"原汁原味"差远了,永定门不可能死而复生。复建后的城楼,没有了雄伟,更缺失了沧桑,宛如一个微缩景观摆在一堆现代建筑之中。见证了古城北京废与兴的文物专家罗哲文,就反对重建永定门,认为它修起来也是假古董。他说:从永定门昔日的拆除到今天的重建,时间和历史留给了我们一个大大的问号,我们的城市由起点又回到原点。

在大兴土木、大肆拆迁的时候,我们是不是更应该在保护古文物上面多想想?北京62.5平方公里的老城区,仅占1085平方公里规划市区面积的5.76%,为什么非得跟这一小疙瘩地儿较上劲儿了呢?

有人评论:建一个纽约,有个几年、几十年就差不多了,但如果建一个老北京,可能几百年也完不成!不管是修路还是危改,都不能以牺牲人类文明的遗产为代价。

近年来在弘扬民族文化和民族精神的口号下,复制古董,制造假文物、假文化的现象,又暗流涌动。作家肖复兴在《蓝调城南》一书里写道:"1964年在威尼斯通过的《国际古迹与修复宪章》,明确反对任何文物与古建筑的复建。曾经被我们自己的手破坏了的,还能够重建起永定门来弥补我们的罪过吗?即使永定门劳民伤财修复起来了,其价值与意义究竟有多少呢?"

永定门重建后,我曾在那里流连,崭新的城楼四周,道路宽阔,车流奔涌,让人无法立足;楼北侧原来绿树成荫的永定门内大街,现在既非公园,又非广场,也不是纯粹的大道,而是在两边行车道中间,专门"休闲"的地界儿。似乎和"使劲儿待着也比干活儿轻省"一样,待着需要"使劲儿"?休闲需要"专门"?那应该是生活中的随意之举,而不需刻意为之。

如果是荒地上建成如此绿树森森的休闲场所,确实是为市民办了件大好事;如果想到还有"拆迁"这一前置条件,投入之大,可以想见。但离开了原先周围整体环境的衬托,就感觉不到曾经的高大和亲切。现在人们只能从历史照片和画作中去感受老北京的城门、关厢文化。或许那城楼只剩"南中轴线的标志性建筑"这么一点价值;或许赝品戳在那儿,也仅具聊胜于无那么丁点儿意义。

原地重建的代表,还少不了前门大街。

那本是老北京人文荟萃之地,宣南文化重镇一隅。那条街道好似历史长廊,明清、民国、新中国成立后和"文化大革命"期间的建筑,特色鲜明,交相辉映,时代的"肌理"在大街两侧一览无余。街巷的活力在人气,城市的建筑有生命。那些老店铺的典故,让你觉得好像清朝皇帝才离开;中国革命史的常识,又使你仿佛听到了和平解放、大军进城的锣鼓和喧嚣。

这样一条北起前门,南至珠市口,全长840米的著名街道,拆了,建成新的了,它所记录的历史信息全抹了,人文积累转瞬间就给归了零。难道一个城市的记忆仅仅是"再现清末民初风貌"?殊不知它是一个生命的发展过程。如果说以前的大街是爷爷孙子几代同堂,那么现在一码肩膀头一般齐,一溜棒小伙儿,全是同辈儿的,老乡讲话:坟头儿改菜园子——拉平了!

以前的大前门在商业上也是个聚宝盆,现在整个儿给改成了个旅游点儿。据我在那儿观察,人虽不少,但除了"都一处"等少数几个门脸儿前有些顾客,以及鲜鱼口内又有了扎堆儿的小吃,其余满街筒子人,都是游客留影拍纪念照的。就像到了某个影视城,街道两旁的建筑,就是影视剧的布景。

是那个庙还得是那个神儿

2010年6月,北京几家老字号小吃再次撤离前门地区。包括爆肚冯、年糕钱、羊头马、茶汤李、豆腐脑白等老字号,从前门大街西侧的青云阁挪到东边的鲜鱼口，依然不灵。一个红、白案儿通吃的老师傅说：是那个庙可不是那个神儿了！通三益一杯秋梨水要9块，锦芳小吃的面茶3块，天兴居的炒肝卖8块，都比别处的贵不少，还甭说味儿怎么样！据说庆丰包子要卖到一斤50—60元才够保本，那谁还买？你投巨资兴建了商业设施，当然不能做赔本儿的买卖；可是你能让传统的豆汁儿、焦圈儿，卖出索尼、诺基亚的价儿么？人家不搬走还能如何？ 2010年北京市"两会"上，就有《关于重塑前门大街文化旅游商业步行街的提案》，指出前门大街"旺丁不旺财"。话又说回来，如果这儿全是高附加值的洋玩意儿，因为他们掏得起昂贵的房租，但那还是咱前门大街的味儿么？

相关人士说：修缮始终把握"商业功能与古都风貌相结合""历史遗存与历史符号相结合"两大原则。奥运前夕的2008年8月7日，大众传媒竞相报道"全聚德烤鸭店燃起封存的百年老火开门迎客"，如果说某食肆讲究"百年老汤"还有其价值的话，咱真不明白这"百年老火"的意义何在？烤鸭子非"老火"不成？莫不是在奥运之前开张，要模仿从奥林匹亚迎取"圣火"的隆重仪式？就算烤鸭是咱老北京的一宝，这张开得也忒庄严了吧？

还有媒体津津乐道于"拨浪鼓、鸟笼子……这些老北京百姓手中的玩物，现在被放大了许多倍，成了前门大街的照明设备"①，这能说就体现出了"古都风貌"，这就是"历史符号"？我想到了一个词，"穿凿附会"，玩具和路灯根本就是两回事，这不就是典型地把讲不通的不相干的东西硬扯在一起吗？非要"穿凿"出点儿东西，就像以前西单筷子商店前的街头雕塑，一个大碗上插几双筷子，自以为挺美的，终因有违民俗，不得不拆除了事。也怪北京人鲜有大出息者，名人高官巨贾中难觅踪迹，就是近邻都少见。古代，以"推敲"名世的贾岛，让后人吟出了"贾岛醉后非假倒，刘伶饮尽不留零"的名对，可生于京南涿州；当代，老干部吴德，虽然做过北京市一把手，留下了"吴德有德，吴忠有忠"的美谈，但只是京东丰润人。

谁也不能把您"怎么的"，游客是宽容的，他们说：古今对照，已失去胡同肌里的新前门大街，少了老北京的沧桑，多了许多现代化元素；如果没有北京的市井文化，那么在老外眼里，前门大街也就是一条

---

① 《北京旅游:浓缩五百年商贾沧桑的大前门》，《北京日报》2013年6月25日。

仿古街道而已；但不管怎样，它能带给老一辈温馨的儿时回忆，带给新一代一段历史的模拟，也聊补"此情可待成追忆，只是当时已惘然"之憾。

2011年7月5日来自市文物局的消息：已经纳入计划的地安门复建被取消了。北京又少了一处假古董，原因是影响交通。成也萧何，败也萧何。

在北京，无论是粤东新馆、曹雪芹故居遗址，还是美术馆后街22号院……对诸如此类"货真价实的古董"，许多权威专家学者都一再呼吁保护，但最终还是被房地产开发商拆掉，而在大量拆除真古董的时候，却又花巨资建出大量假古董来，让人对这种拆真建假的怪事百思不得其解。

据说文物保护有一招，叫作"异地重建"，最早的"异地重建"大概始于拆掉地安门时。异地又真正重建的，迄今为止，似乎只有东西单牌楼。据《北京晚报》报道：2011年国庆节时，陶然亭的"佳境"和"陶然"两个排楼亮相，是年底全部修复开放。当年在王府井南口稍西的东长安街牌楼，和府右街南口稍东的西长安街牌楼，因影响交通需要拆除，所以在1955年2月17日，将具有较高历史价值和艺术价值的东、西两座单牌楼，迁建到了陶然亭公园里。1971年9月，"为封建帝王将相树碑立传"的这两座牌楼，在一个深夜被炸毁了。复建的这两座牌楼，原想恢复当年西单排楼匾额上的"瞻云"和东单的"就日"，但西单文化广场已经启用了"瞻云"，所以才起了新名字。但俩牌楼的规制，跟原有的牌楼大体相当。

后来拆除崇文门外蒜市口的曹雪芹故居，说要"异地重建"，一晃十年，2010年6月29日《新京报》曾报道：曹雪芹故居有望年内复建，工程力争年内启动，结果到第二年、第三年也没见动静；我上下班无数次经过的官菜园上街和自新路之间的过街楼，被拆时也说要"异地重建"；拆粤东新馆还说"异地重建"……时至今日，都"异"哪儿去了？谁还记得它们？

"观音院过街楼"在百度百科中的介绍耐人寻味："（原）宣武区重点保护文物。该文物于1998年修建菜市口大街时被拆除。拆除前，曾引起社会关注，但拆除的事实再次证明了：任何文物也阻挡不了智慧的北京城市建设者建造自己新的城市。"这种"智慧"的最新注解是：北总布胡同24号是建筑大师梁思成、林徽因故居，2009年部分被拆，市文物局曾表态将严格保护，但在2012年春节前，再遭拆除，仅余一地瓦砾。面对汹汹舆论，开发商的回应闻所未闻——"维修性拆除"。

"最大文物"的前景光明

我国文物界著名专家谢辰生曾主持起草1982年《中华人民共和国文物保护

图 1-7

法》，2013年12月4日他在接受人民网文化频道采访时说：目前，很多人，包括一些媒体，一提到文化遗产，一提到文物，就把眼光聚焦在值多少钱上，比如一些电视台的节目，人们找到古董首先要问的是值多少钱。这是一种误导，慢慢全社会就形成了"一讲文物就谈值多少钱"的观念……

说到文物，不能不说老北京城就是最大的文物，她又值多少钱？我们又该如何面对有人舍得花钱造假古董，却不保护真文物？

即便舍得花钱，还有一个保护与利用的矛盾。比如什刹海，2009年初晋身为4A级景区，这一带应该最能体现老北京风貌，在北京划定的历史文化保护区中，什刹海地区的面积最大，文物古迹众多，清末民初，已是市民游览胜地，景区就包括有名的烟袋斜街。上学时，我从东边来什刹海游泳，常从地安门大街穿行烟袋斜街，对那里印象深刻。

印象中的烟袋斜街，就是画胡同名家况晗的铅笔画那样：破败、灰色、单纯，但厚重；狭窄弯曲的胡同两边尽是砖堆、三轮、蜂窝煤；居民搭建了不少小棚子，或做厨房，或卖点烟酒冰棍，也不乏裱画的招牌、裁缝的幌子、公用电话的小铁牌；小棚子紧靠的老房顶上，蓬蒿丛生，随风摇曳，看房子前脸儿，老年间这里必定相当繁华，少不了茶馆、酒铺、古玩店之类。老话里提到北京热闹去处常说"东单、西四、鼓楼前"。但我走过时最气派者，只是进东口的一溜高台阶，路北的老澡堂子，还有胡同西半拉路南一粗大的公用水管子，旁边老是人声不断。

现在的烟袋斜街，俯仰之间就俩字：震撼！不说胡同干净，也不说人流熙攘，单是狭窄的胡同口陡然而起、临街耸立的牌楼，其高大粗壮金碧辉煌就足堪"震撼"，牌楼上赫然四个行书大字"烟袋斜街"。想北海南门里的牌楼，正面书"积翠"，背面是"堆云"，那意境，绝了！要换成"北海公园"？满完！在老照片上看烟袋斜街，牌楼身量和左边门脸的揪头拍子相仿，比右侧房子女儿墙还矬一截，和现在的牌楼相比，虽都是地道国货，但小毛驴改大骡子，贫雇农成了地主老财。

走到胡同西头，便是"不尽沧波连太液，依然晴翠送遥山"的所在——燕京八景之"银锭观山"，又是俩字：无言。"银锭"犹在，再难"观山"。作家陈建功在《痛兮银锭桥》中写道："北京人，你家的后院儿有一汪碧水，碧水那边是莽莽林带，是迤逦绵延的青山……你为什么要在不当不正的地方，盖一栋不伦不类的破楼？你成心要给自己的家添恶心吗？"现在楼已不是一栋而成了一片。

图1-7／ 2014年9月27日，在景山万春亭上俯瞰东南，故宫角楼在一片高楼大厦掩映下，默然峙立，秋日夕阳给琉璃瓦和玻璃幕墙都涂上了一层金黄。

据说,曾有财大气粗的开发商要全资复建烟袋斜街,条件是拆除周边平房,开发高级四合院。但政府没有大拆大建大危改,而希望整旧如故、小规模渐进式有机更新,保护传统的胡同和街区;进入21世纪后,陆续投入成亿资金,铺路面,拆违建,改造市政设施,延续的历史文脉和胡同风貌促进了烟袋斜街商业价值蹿升,酒吧、服饰店、古玩店鳞次栉比。我曾采访过那里的"海吧"老板林绍宁,有件事让他"抱憾"至今,海吧对面曾有几十平方米的房屋当初要卖38万,好几个月没人理。搁今天试试?不得上千万?奥运期间,重修后的广福观以展览——"京华胜地——什刹海历史文化展",成为烟袋斜街吸引中外宾客的亮点。

人们对酒吧并无反感,与现代生活合拍有何不可?但如果所有遗迹都改成酒吧就过了。真正的古老街巷是名城历史的载体,舍去历史痕迹还有什么价值?这不也是酒吧生存的根基?人们不就是冲着传统文化这点古韵味儿来的吗?建筑大师吴良镛说:"城市是一个有机体,对它的整治与改造应顺应原有的城市肌理,创造适应今日的生活环境,千万不可粗暴地大拆大改,否则城市失去了史迹,犹如人失去了记忆,沦为丧失历史遗迹的'历史文化'名城……"①

我觉得尽管店面中西杂陈,北京特色浓郁的历史名巷已经异化,几近旅游商业酒吧一条街,但终归从根本上避免了"建设性破坏",避免了全部推倒。当"拆"成为一种习惯时,很多好笑的事就会发生。比如我曾住过的北城根一带,有一阵子忽然听说要开拆,理由是"改造城中村",这不瞎说么!所谓城中村,是说城市发展到郊区,把一些村落包裹到新城区里。而北城根,打从北京建城开始就是城里,居民打有户口那年开始就是城市户口,哪儿来的"城中村"?要找拆的借口也得能自圆其说嘛!

所以,才希望能在坚持"居民区、旅游区、传统风貌保护区"基本定位的前提下,再谈自然风光与人文景观辉映、古都风韵与时尚生活融合,建设和完善传统风貌旅游区。

这种共识也体现在政府的行动中。在2008年迎奥运时的环境清理之后,2011年5月,什刹海地区喧嚣的商业氛围再次被整顿:拆除灯箱广告、灯笼、射灯,通过降低光照度,来还原老北京的温馨夜色。除了统一设计的光源外,所有的商业广告、酒吧和店铺私自加装的照明设备,

---

① 《城市,别失去记忆》,《人民日报》1999年8月2日第9版。

都全部拆除，使什刹海之夜复归安静、闲适的古城古街区的本来面目。

东城区南锣鼓巷街道的保护和利用，似乎是旧城"改造"中的好的样板，得到旅游者、历史学家、民俗专家等各方人士的认可。首先是那里有悠久与完整的胡同街区，自元代形成的"鱼骨式"胡同格局，在老北京的胡同系统中比较完整。其次是这里的四合院、名宅古园、山石碑刻数量大、质量好，保存较为完整。有末代皇后婉容旧宅、茅盾故居、可园、蒋介石的行辕等。最后是酒吧街的现代服务与所在地悠久的历史相融合，独特的新、老北京的文化反差，适应了现代人群既要发思古之幽情，又要追逐时尚享受的新需求，因而形成了独特的价值和地位。

从2006年开始，这里每年秋季都举办一届"南锣鼓巷胡同节"，意在"漫步百年古巷，品味文化南锣"，并推出了首部胡同公约——《南锣公约》。胡同节的活动有：南锣鼓巷寻宝之旅，按照"寻宝图"与南锣鼓巷地区胡同、文物铭牌合影……鲜花装点的"花香南锣"、多种创意品牌的"创意南锣"、聚集戏剧文化的"文化南锣"等主题活动，让参观者深入了解胡同、四合院的传统文化内涵，为游客呈现一个多姿多彩的南锣鼓巷。

我上高中时，"开门办学"是常态，曾经"开"到了和南锣鼓巷相交的后圆恩寺胡同，在那里的一个模型厂，"学"过一个月的木工手艺。虽然我的成绩只是做了一只小马扎，但看工人师傅耍巴着锛凿斧锯、扁铲电钻，做出各种精美木制模型，煞是喜欢。看了模型，就知道真东西是啥样子了，模型的功能之一就是以小见大。南锣鼓巷之受欢迎，可能就是这个道理，尽管还不尽如人意，但总归可以看作是老北京的一个缩影。

2010年7月1日起，北京城四区改为东城、西城两个区，"崇文""宣武"两个行政区划成为历史名词。"有利于加强历史文化名城的整体保护"，是促成合并的诸多因素之一，虽有"不见文武，只剩东西"的笑谈，但现在北京城已经抛弃了大拆大建的"城市改造"，开始提倡"整体保护"，让我们隐约看到了"最大文物"的光明前景。诚如谢辰生先生所言：对于一个民族来说，历史是根，文化是魂。如果一个民族忘掉了历史和传统，就好比断了根，丢了魂。文化遗产是民族历史文化的重要载体。保护它，正是为了维系我们的根和魂。文化遗产的保护，关键是要树立这样一种正确的遗产观。

北京城栉风沐雨千百载矣。小时候我见识过大雨瓢泼，合作社卖的西瓜满街漂；近年天气预报也时常预警，立交桥下的小车成了"汽艇"，催生出玩笑：知道为啥征车船使用税了吧？

我企盼风雨过后的彩虹，七色耀目、承前启后，带来一个响晴薄日的艳阳天。

第二章
神州第一街

图2-1／ 1952年，王府井南口西侧的东长安街牌楼。新中国成立之初扩建长安街，东西长安街牌楼被拆除。据《陶然亭公园志》记载，1955年2月17日将牌楼迁建于陶然亭公园内，在"文化大革命"期间的1971年又被拆除。2011年，两牌楼分别取名"陶然"和"佳境"，在国庆节重新亮相于陶然亭。

图 2-1

图 2-2

长安街承载着中华民族追求科学与民主的历史，见证了新中国波澜壮阔的发展历程，理所当然地被誉为"神州第一街"，如今已从首都著名的"十里长街"，延伸为名副其实的"百里长街"，以历史上从未有过的如虹气势、伟岸身姿，连接东西，横贯北京。

广场恢宏　长街百里

1949年初，新中国如一轮朝阳喷薄欲出。

但看那时的老照片：天安门广场杂草丛生，垃圾遍地，长安街也不过是由太庙、社稷坛到东西单牌楼的两段石板路；在新生政权领导下，成千上万市民、学生、干部参加了整修广场的劳动，天安门城楼被粉饰一新；1949年9月27日，第一届政协决议：即日起北平改名为北京，10月1日在天安门广场举行开国大典。广场上30万人听到了毛泽东的声音："同胞们，中华人民共和国中央人民政府已于本日成立了。"1952年董希文创作的巨幅油画《开国大典》，表现了这一辉煌的历史时刻。

帝制在中国成为历史后，由北洋政府内务总长朱启钤主持，首开改造天安门地区先河：1913年拆除广场两侧的千步廊；1915年拆除正阳门城楼与箭楼之间的瓮城，在正阳门两侧开券门，缓解交通紧张；在皇城南城墙开出南长街门洞和南池子门洞；后来又拆了长安左门、长安右门两旁的红墙及三座门的门扇，仅留门洞，才使东、西长安街贯通，贩夫走卒拉洋车的，也能走进这个象征着至高皇权的广场了；于是，高举科学和民主大旗的"五四"新文化运动、反对分裂呼吁抗日的"一二·九"爱国学生运动，才有可能在这里爆发。

新中国成立十周年前夕，拆除中华门，扩建天安门广场，建设大会堂、历博、革博等十大建筑，如火如荼。扩建后广场长880米、宽500米，总面积达44万平方米。前清时西直门到圆明园20里古御道上的长方形铺路石板，此时经过上百石匠夜以继日地劳作，一块块重新凿平，全部铺设在天安门广场。南池子到南长街修起了80米宽的游行大道；复兴门到建国门全线贯通，铺设了35米宽、6.7公里长的沥青路面，著名的"十里长街"诞生。新的天安门广场当之无愧地成为新中国首都的中心，旧北京的中心——紫禁城，退而成为天安门广场的背景。

北京的一位离休老干部段天顺，曾作《天安门金水桥咏史》，其一便是："翠带环流出禁城，天安门外玉桥横。分明一面盈盈镜，鉴古凭今记废兴。"道

图2-2／1958年，西长安街。但见远处兴建中的电报大楼傲然而立。

出了多少人漫步至此的感慨万千！

在祖国前进的脚步声中，天安门在成长，长安街也在延伸。

1970年重修后的天安门，比原来长高了83厘米，通高为34.7米。

1976年在广场南端修建起毛主席纪念堂。

中华人民共和国成立50周年前夕，长安街进行了大修。

CBD、东方广场和金融街这些在世纪之交落成的新建筑，展现了长安街风格的变化；继之以国家大剧院，在天安门广场西侧如巨蛋静卧；央视新大楼在长安街东线的大北窑屹斜而立；更有300多米高的国贸三期傲然而立，500多米的"中国尊"也将拔地而起，让老百姓和专家们都瞠乎其目，结乎其舌。

目前，长安街延长线东起通州运河广场，向西过首钢东门，在与永定河相交的莲石湖段，恢复100公顷的生态湖面，并跨越永定河，直达门头沟。前者自古就有"九重肘腋之上流，六国咽喉之雄镇"的美誉。奥运会后，北京全面启动亦庄、通州、顺义3个重点新城的建设，其中，通州这个首都东大门的新城将建设成为综合服务新城。

后者，以工业研发设计为主的各类创意活动，将在首钢老工业区集聚。60年前，烟囱林立、钢花飞溅、机床轰鸣被视为发达的象征，是一个国家现代化和强大的体现。于是，当时就在北京城的西南布局了首钢这个巨大的工业区。今天，打造世界城市，成为首都发展的新目标、新定位，以首钢新兴产业基地建设为先导，加快推进京西南地区高端产业聚集，就是这种新气象中的重要一环。

"神州第一街"已经成长为名副其实的"百里长街"。

中国的每一天从这里开始

有人说：中国的每一天，从第一缕阳光投射在天安门广场上开始。当年天安门给我的最初印象，是每年的金秋九月，北京的中学生都到这里彩排，以手举纸花组成文字或图案，构成国庆节广场上壮阔浩大的背景图案，而且内容变幻无穷，都是通过纸花颜色的变化而完成，通称"组字"。"祖国的未来"每年为祖国的生日奉献出一个月的青春时光。

翻开那时中国的"门脸儿"——《人民画报》，常见到天安门广场及长安街两侧人头攒动，人们手举花环或标语旗，齐呼："欢迎！欢迎！热烈欢迎！"夹道迎候外宾的热闹场面，几乎每一期前三分之一的内容都近似，都是"我们的朋友遍天下"这一恒久主题。天安门时刻与政治紧密相连。

直到1971年9月下旬的一天，我所在学校的队伍来到东华门十字路口，一直待命到深夜，最后得到"不上广场了"的命令，才整队返校。由此例行的国庆游行、晚会等活动取消，此后改成工农兵和各民族代表都去"游园"。好长时间以后，才从传达的中央文件中知道了"9·13"事件。

工作后的每天黎明，我都会在晨光熹微中，融入长安街上滚滚的自行车洪流，向西涌去；下班了，背负夕阳的热情骑行，是最惬意的时候；如果再晚些，华灯初上，干脆骑车到天安门广场悠闲地转几圈儿，那时广场上可以骑车，累了就坐在自行车后架子上发呆，附近居民就在广场上纳凉。在微醺的夜风中，或近看游人的面貌动态，远看广场上一群游人一起动手，放飞蜈蚣式的大风筝；或眺望天安门城楼上的主席像，想这么重要的画像是谁画的呢？偶尔又想起有外地小朋友来此，倒说那不是天安门，说天安门是放金光的。那时北影厂的厂标是烁烁放光的天安门，她显然被那时有限的电影片头误导了。

我一上中学，就跟班主任、美术老师李槐惠学画画儿；后来教语文的李体扬老先生也倍儿热心，在我工作后的一天晚上，带我骑车到西单路南东铁匠营胡同的一个小院，去见一位老师——中央工艺美院教授张振仕先生。那时孤陋寡闻，去张老师家好几次之后，才知道详细揣摩过的天安门上的主席像，就曾出自老先生之手，"文化大革命"中构成红海洋的主席像，也是他的作品印刷品。

天安门城楼巨幅画像经历了周令钊、张振仕、王国栋以及葛小光、刘杨等四代画家。1949年，修葺天安门，国立艺专周令钊老师，受命绘制了头戴八角帽的巨幅主席像；一年后，中央决定毛主席画像要脱下戎装展现新形象。全国美术院校的30多位画家齐聚北京，绘制马恩列斯以及毛泽东、刘少奇、周恩来等领袖像。经中宣部、文化部出版总署及专家仔细审定，张振仕画的领袖像名列榜首。从此每年"五一""十一"都要更换新画像，通宵达旦赶绘6米多高的巨大画像成了常事。直到1964年，组织上考虑他教学任务重，年岁不饶人，才由王国栋接替他。

没想到老了又碰上我去添乱。老人家的女儿毕业于工艺美院，见他辅导学生一丝不苟，极端认真，心疼老父亲，就说她有个同学叫王胜军，在文化宫主持工人美术班工作，建议我去那儿，可能条件更完备。

我也觉得惭愧，转天就奔了天安门东邻的劳动人民文化宫，进去就找靠西墙的美术教室。在那门口遇到一位长发艺术家，一打听就是他。他正急着往外走，颇不耐烦，我赶紧拿出"介绍信"。一听说是女同学写的信，还没看呢，"长发"已笑容满面。那两年的星期天，我都在天安门旁的太庙里练画画，石膏、静物、人体齐备，素描、色彩、速写全有。那时在文化宫搞美术普及工作的还有一位叫赵大鹏，也是工艺美院的毕业生。

1979年的京津沪工人美展，由三地各自的展览中选出的作品组成。我画了一竖构图油画，画面是"4·5天安门事件"后的清晨，坐在广场边上沉思的"工人民兵"，背后是挂满小白花的松墙，远处是灰蒙蒙天空之下的纪念碑，参加了北京的展览。因为别人画的都是"被镇压者"，是"高大全""红光亮"、正气凛然的正面形象，我画的则是"镇压者"，有名家认为这种形象早就臭了街，你画他干什么？但我坚持"反思"何错之有？最终因为角度新颖，入选了该展览。在准备展览之前，市总工会向所有被选中作品者的单位借调作者，集中在文化宫东配殿修改参展作品，使我与长安街密切接触了一两个月。

1988年1月1日，"北京国际旅游年"的第一天，天安门城楼正式开放。

2009年，报社成立摄影爱好者俱乐部，首次活动，就是8月1日清晨，到天安门广场集体拍摄升国旗仪式。我是工会宣传委员，报社图片总监程铁良是俱乐部主任，我们俩怕迟到，下夜班在单位迷瞪了一会儿，就打车奔天安门。的哥建议走前门绕广场东侧路，结果那儿也禁止车辆驶入。只见无数旅行社的小旗儿在晃悠，一队队旅游者在人山人海中向广场方向蠕动。瞻仰升国旗仪式，早成了中小学爱国主义教育的重要方式，也是外地来京人士必不可少的活动日程。

在涌向观礼台的人潮中，我想起以前曾忝为电力系统新闻美术班特聘教师，听北京供电局的同志讲，1977年以前，升国旗没仪式，只由供电局一工人在黎明前骑车到那儿，自己估摸着时间，等东方天际蒙蒙亮，就把国旗升起来。我没见过那场面，但见过两三个卫戍区战士在旗杆底下，跳过由石栏杆构成的小四方圈儿去升旗的景象，当时还觉得不得劲儿，石栏不安排进出口太不可理解。后来新闻里就常有国旗班出现，再后来就变成武警国旗护卫队了。随着我国国力日益提升，升旗仪式也日益神圣庄严。某些时候，形式就是内容。

2010年8月11日，《中国青年报》刊登了《电力工人为天安门广场升旗26年凭感觉估算时间》一文，印证了我的耳闻。

在1951年的10月1日，22岁的普通电工胡其俊，站在天安门广场的旗杆下，花了两分钟时间升起了一面国旗。此后的26年里，他便正式成为天安门广场的升旗手。那时除了一些特殊的日子，天安门广场上并不升国旗，只有当"五一""十一"、元旦、春节、国内重要会议、重大外事活动或国家治丧的时候，才会升起或降下国旗。每当此时，他都会独自一人扳动开关，在祖国的心脏升起国旗以示庆祝，或降旗为哀悼渲染悲伤。没有乐队，没有掌声。

1977年"五一劳动节"，48岁的北京电力局职工胡其俊，特意换上了一身涤卡衣服，又一次把国旗升到了天安门广场上空。傍晚，他降下旗，把它送回天安门管理处办公室，然后骑车消失在长安街的人流里，属于他的一个时代，由一个人升国旗的时代结束了。北京卫戍区国旗班代替了胡其俊，天安门广场的升旗从此告别了"业余"时代。

自从2007年胡其俊去世后，他那些由国旗映衬的故事细节也被带走了。《北京晨报》2011年10月2日报道，"十一"清晨，来自全国各地的12万余人，汇聚广场看升旗，迎来了共和国的62周年华诞，此后每年都大抵是这个规模。

2011年10月20日《京华时报》刊登了《75岁老太坚持义务清理天安门垃圾17年》：每天清晨，75岁的刘玉珍老妈妈都来到天安门广场，在熙攘的人群中，一会儿猫腰用木夹子拾起个烟头，一会儿蹲下身去和黏地上的口香糖"较劲"……从1994年至今，无论刮风、下雨、沙尘暴，她几乎从不"缺勤"，平均每天捡拾垃圾30多斤。那儿的执勤警卫、环卫工人都亲切地称她为天安门广场的义务美容师。她觉得世界看中国，中国看北京，北京自然要看天安门，广场要是不干净，她会觉得脸上无光；她说天安门广场一直是我心中的家，为自家打扫卫生，应该的。这里一年要有4000多万游客，尽管有专门的环卫工人，毕竟游人流动性太大，垃圾总是循环出现，因此也需要她这样的人来帮忙"查漏补缺"。

天安门在人们心中的位置由此可见一斑。

2013年7月31日上午，我所在的单位组织复转军人和摄影俱乐部成员，来到天安门国旗护卫队慰问，和最可爱的人共庆"八一建军节"。慰问仪式在国旗护卫队荣誉室举行，这是午门前东侧、旧时的朝房。武警天安门支队领导向我们介绍了国旗护卫队的光荣历史。

最后，护卫队进行了队列表演。此时我们着夏装、躲阴凉，尚且满脑袋冒汗，遑论战士们还是大壳帽、衬衫、军装、领带、武装带、手套齐全？他们夏不穿单，冬不穿棉，以免着装乱飞或臃肿，影响军容；尤其是一年四季全穿着长筒靴执勤，艰苦程度可想而知。在荣誉室里我们看了一部有关国旗护卫队的纪录短

图2-3

片，其中就有从靴子里往外倒汗水的镜头。国家的脸面是战士们的汗水换来的！

随着神州第一街的延伸，天安门前的仪式也使祖国这一概念愈发延伸至每一个同胞的灵魂中。

首都建设日日新

如今北京城的规模今非昔比，地图的出版周期与以往相比明显缩短。20世纪90年代之前的北京地图几年都是一个模样，90年代能够做到一年一变，而进入21世纪不久，北京地图就基本做到了一月一修订，每月都有内容更新和重印。《北京青年报》曾以《北京地图每月一版》为标题，在头版刊登了这一新现象出现的消息，要不然追不上城市变化的脚步。

铺天盖地的汽车拓展了人们的出行半径，"城里"的概念也从二环以里扩展到三环、四环、五环……修路的速度似乎永远赶不上车辆的增长，我曾从雍和宫一早开车上二环，40分钟都没到西直门，要骑车都早到了！这才明白什么叫利害相关。2010年8月的《瞭望》周刊介绍：全市16400平方公里国土资源中，能利用开发的平原约6000平方公里，按以前的规划，2020年容纳1800万人口的规划，早被提前突破。无怪乎《红楼梦》里一句"大有大的难处"成为经典。

由此想到了新中国成立初期的北京城市规划之争。梁思成在五十多年前提出的北京未来城市规划的科学设想，已经预见到了今天我们所遭遇的尴尬。当年他为保护北京古建筑所做的努力，随着东便门城墙遗址公园的落成，更让我们肃然起敬。

1950年，梁思成与陈占祥共同撰写了《关于中央人民政府中心区位置的建议》，提出在旧城外西侧月坛和公主坟之间修建新的政府行政区，以东西干道连接起中国的政治心脏和城市博物馆，"古今兼顾，新旧两利"。但他的整体环境保护方案被指责为与"老大哥"分庭抗礼，与"一边倒"背道而驰。

1953年，行政区设在旧城中心并首先发展工业被明确，开始拆除古建筑。从1954年起，北京的牌楼、城墙被当作四旧拆除。2010年9月25日，中国共产党新闻网在"党史频道"转载了《吴晗与梁思成的牌楼之争》，记述了国务院会议上的吴梁之争：北京最初的城市改造执行者、副市长吴晗说梁思成是老保守，将来北京城到处建起高楼大厦，这些牌坊、宫门在高楼包围下岂不都成了鸡笼、鸟舍，

图2-3／2014年11月14日，西长安街。华灯俏丽，绿树掩映。

有什么文物鉴赏价值可言！梁思成当场痛哭失声。1958年1月，毛泽东在吹响"大跃进"号角的南宁会议上拍板：北京拆牌楼，城门打洞也哭鼻子，这是政治问题！

时至今天，我有时路过东直门北小街，见到南馆一带高楼包围下的通教寺，这个据说五环内唯一的尼姑庵，当年栖身在针线胡同时，和周围的民居，水乳交融；或在著名的篤街路北，与那个铁栅栏围起来的"敕建东药王庙"小门楼擦身而过，就不觉想起"鸡笼、鸟舍说"，颇感似曾相识。

文保历史上有一段佳话，说是平津战役期间，毛泽东曾三次电示保护北平名胜古迹和大学校园，要求"绘图立说，人手一份，当作一项纪律去执行"。当解放军找到梁思成时，他深受感动，与同仁编成了《全国重要文物建筑简目》和《古建保护须知》。

梁思成在日寇投降前夕任战区文物保存委员会副主任时，曾受命编写沦陷区文物建筑名单，附以照片和中英文简介，提供给国军和陈纳德麾下第十四航空队，用于大反攻；他也转交给时在重庆的周恩来一份；他为轰炸日本的美军绘制了日本文物建筑保护地图，特意标示出古都京都和奈良。他说：要是从个人感情出发，我恨不得炸沉日本。他也有亲人在抗战中殉国。但他认为建筑绝不是某一民族的，而是全人类文明的结晶。

新中国成立之初，彭真站在天安门城楼上说：毛主席希望将来从这里望去，要看到处处都是烟囱。梁思成大吃一惊，但他相信"我们如果有缺点，就不怕别人批评指出。不管是什么人，谁向我们指出都行。只要你说得对，我们就改正。你说的办法对人民有好处，我们就照你的办"。他能接受改造思想，但不能接受不从长远考虑改造北京古城。他对彭真说：50年后你会发现我是对的，你是错的。你们会看到北京的交通、工业污染、人口等会有很大问题。

"唐山大地震"前后，前三门矗立起一溜板儿楼，取代了梁思成向往的空中花园——古城墙上的环城公园。

1982年，北京成为国家公布的首批历史文化名城之一；《中华人民共和国文物保护法》颁布；国务院强调："北京是我国的首都，又是历史文化名城"，"对珍贵的革命史迹、历史文物、古建筑和具有重要意义的古建筑遗址，要妥善保护。在其周围地区内，建筑物的体量、风格必须与之相协调"。

伴随历史的脚步，北京列出了40片历史文化保护区，保护传统风貌成为城市规划的重要内容，要求从城市格局和宏观环境上进行整体保护；平安大街和两广大街通车，成为长安街南北的两条纵贯城市东西的交通要道……2005年，《北京历史文化名城保护条例》公布，对旧城的整体保护和复兴又多了一层保障。

北京在保护与发展中一路蹒跚走来，如今已将"两轴两带多中心"作为发展方向，以取代以往单一中心"摊大饼"式的扩张。"两轴"指在传统中轴线和长安街沿线十字轴的基础上，构筑起北京传统文化和现代文化的轴线；"两带"即东部"新城发展带"的一串新城，实现新北京的产业新需求、发展新构想，以及西部与山区相连的"绿色生态带"，构成生态保护屏障；"多中心"，则是建设不同的功能区，承担不同的城市功能，来提高服务效率和分散交通压力。这不能不说是对城市规划曾经失误的补救和对未来的美好希冀——控制城市的无序蔓延，使北京在21世纪健康地成长。

第三章
"十大建筑"的今昔

图3-1/ 2014年8月25日,人民大会堂。矗立在天安门广场西侧近一个甲子、仅用一年建成的大会堂民族风格浓郁,瑰丽、大气、庄严,是为新中国成立十周年的十大建筑之首,至今风采依然。近年屡有"标志性建筑"冒出,奇形怪状大出风头,估计60年后是否还存在都难说,否则就没"豆腐渣"一说了。

图3-1

图 3-2

图 3-3

第三章 "十大建筑"的今昔

要论北京的头一大名牌，非"十大建筑"莫属。20世纪50年代，为迎接中华人民共和国成立十周年，兴建了人民大会堂等十大建筑，成为古老北京城的新地标。

新中国六十华诞前夕，"北京当代十大建筑"又被评选出，首都机场3号航站楼位列榜首，第二至第十名依次为：国家体育场（鸟巢）、国家大剧院、北京南站、国家游泳馆（水立方）、首都博物馆新馆、北京电视中心、国家图书馆（二期）、新保利大厦、国家体育馆，以"宣传改革开放成就，彰显北京城市魅力"。在20世纪的八九十年代，都曾选出不同时代在北京城市建设上标志性的新十大建筑。"十大建筑"已然是一个传统称谓了。

"老十大建筑"经典永存

小时候，人民大会堂只是庄严神圣的概念——那是决定国家大事的地方。

我在西南郊工作时，下班回家要奔城东北角，常常骑车进和平门往北，钻进路东的帘子胡同或绒线胡同，悠然而行。国营蔬菜商店前的绿色塑料大棚遮住了整条胡同，尤其是雨后，在夕阳的辉映下碧绿通透，人行其间顿觉神清气爽；在"碧玉"下看且行且近、本就金碧辉煌的大会堂，在强烈的色彩对比下，更是一片"金黄"，烁烁放光。沁人心脾的视觉盛宴映现在我眼中，"上层建筑"和"经济基础"在此时此刻达到了空前完美的协调与统一。

后来讲对内搞活、对外开放，有许多不是国家大事的事也可以进大会堂了，各种政治、经济、文化活动的主办者都以此为提升活动档次的要诀。我调到报社工作没几年，90年代初，一次活动经历让我印象尤深。

我本想从中山公园西边的长安街北侧，走地下通道，到路南的大会堂。在通道口有便衣把守，说不许走了。我也没想为什么，就直接从路面上的人行道走过去。也是眼神儿不济，快到路南便道了，才发现路边一溜警卫战士，紧着挥手让我往西走。往西一看，大会堂西路与南长街相对的十字路口西南角，斜立的一堵画有遵守交通规则宣传画的大墙下面，沿墙根儿蹲着一溜人。说是刚进城的农民工吧，脚旁边似乎又差了点儿编织袋一类的道具，走近了一看，咳！原来是那次活动的组织者和各路记者们。走得还挺累，得！我也蹲那儿了。眼前要是再铺一张纸，上写"封

图3-2／2008年，北京奥运会主会场——鸟巢。（胡金喜　摄）

图3-3／2014年，央视大楼雄踞东三环。其造型独特、线条交错，颇具现代韵味，但它好像随时能一屁股坐下来。

阳台，铺地砖，通下水道"，就更像那么回事了。

　　和旁人一聊天，原来是大会堂东门有迎国宾的欢迎仪式。此前的迎宾仪式都在首都机场搞，三军仪仗队再壮观，放到空旷的机场上也显不出来，要碰上雨雪更糟糕。当年在电影的加片《新闻简报》上，那样的场面可没少见。现在改在大会堂前，在壮观的民族风格建筑的廊檐映衬下，空间紧凑了，欢迎仪式则更显威武雄壮。如果赶上天气不好，仪式就搬到大会堂室内举行，更是富丽堂皇，给足了来宾尊贵的感受。这也是对外交往形式更务实的新气象。众人等得不耐烦，正呼朋唤友要改地方，组织者接个电话后说："快了，待会儿听礼炮一响，过15分钟军人准撤走。"

　　从来没这么折腾过，好不容易才进会场落座。发布会的内容是一南方书画家将来京办展。组织者一介绍书画家，会场上顿时爆发出一片笑声："真够麻烦的！"原来书画家大名：麻凡。

　　国庆十周年时的十大建筑以人民大会堂为首，包括现已合并、更名为国家博物馆的中国革命博物馆和历史博物馆、军事博物馆、农业展览馆、民族文化宫、北京工人体育场、北京火车站、民族饭店、华侨大厦、钓鱼台国宾馆。1958年9月6日，北京市副市长万里召集1万多名建筑工作者，作国庆工程动员。专家教授和老百姓都提出了自己的建议，其中仅大会堂就提出了84个平面方案和189个立面方案，是为1958年9月以后开工兴建的十大献礼工程。有一些图书曾误把此前已建成的苏联展览馆、电报大楼，和此后竣工的美术馆、工人体育馆都列入了十大建筑。

　　其后落成的东直门北官厅、广渠门安化楼、西城区福绥境的三座"九层大楼"，在当时有个统称叫"公社大楼"，寄托着人们对共产主义生活的理想。那时有个尽人皆知的歌谣："共产主义是天堂，人民公社是桥梁。"那可是当时罕见的高端住宅楼，据说就是用国庆工程的建筑材料盖起来的。虽然有人不承认，但不能否认的是这仨"天堂"或"桥梁"，都是在那一时期建成的。

　　三个大楼颇有苏联风格，室内空间高大，楼道宽阔。我去找同学时曾在那里琢磨过，除了和现在的建筑相比，采光稍嫌不足外，最大的特点是隔音好。这也是那时楼房普遍的优点，混凝土楼板上还打上一层厚厚的焦砟，然后才抹水泥地面。现在许多高档住宅，"吹"什么的都有，欧陆风情、亲水乐园，甚至中央空调、外飘窗、防盗系统、24小时热水，都是所谓卖点，我就从没见过哪个项目说我这儿隔音效果好。时下再贵的公寓楼，上层哪怕是掉了一钢锄，又辘辘到哪儿撂平了，下层都听得真真的。还别说穿着高跟鞋或跐拉板走动了。

我曾在北官厅大楼俯瞰下的一简易楼住过，和它那敦厚壮观相比，我住那地方是老西瓜——真"娄"了！21世纪之初，东直门北官厅、南馆公园一带，兴建北京第一个生态试点小区"民安小区"时，爆破那座大楼，居然有一角不倒，又用机械拆了三天才算完。总编室在处理发在报纸头版的那幅施工现场照片时，我们一干编辑无不赞叹：就是结实！那时哪儿能想象得到，后来还有竣工典礼都没举行就垮塌的"豆腐渣"呢。

北京城建系统那当儿可出了俩名人，用现在的话说也是"进城务工人员"：一个宝坻走出来的木工李瑞环，一个来自香河的钢筋工张百发，都是全国有名的青年突击队队长。李瑞环虽然从小没上过学，但在大会堂施工中，打破了木工先放样后下料的旧规，闻名全国。后来还凭着顽强毅力，上完了北京建工学院函授学院的课程。在三年"困难时期"，白天饿着肚子干活，晚上骑车去上学。1964年北影厂拍了《青年鲁班》，原型就是他，说的是青年建筑工人李三辈出身贫苦，中华人民共和国成立后努力工作，积极参加夜校学习的故事。1966年他的专著《木工简易计算法》出版，曾几次再版。张百发在80年代当北京市副市长时，也在中国人民大学的夜大拿下了基本建设经济专业的文凭。

这两个例子恐怕是空前绝后了。

十大建筑总面积达67.3万平方米。著名建筑师张开济回忆："20世纪50年代的国庆十大工程，在短短不到一年的时间内就全部建成，创造了世界建筑史上的奇迹。我当时陪同苏联建筑师参观十大工程，他们都不相信这些建筑是在这么短的时间内建成的。"[①]经过半个世纪的风雨，人民大会堂已经成了中国建筑史上当之无愧的经典。在每个中国人心中，大会堂都是一种象征，一种精神上的向往与寄托。冰心老人曾感叹："走进人民大会堂，使你突然地敬虔肃穆了下来，好像一滴水投进了海洋，感到一滴水的细小，感到海洋的无边壮阔。"[②]

"新十大建筑"视觉盛宴

带着国门初开后的懵懂与稚气，北图新馆、中央电视塔、抗战纪念馆、新东安市场等各时段的新的北京十大建筑，构成了视觉的盛宴，现代化建设使北京的城市面貌天翻地覆。在北京三环外四环外，面对擎天大厦、车水马龙，我真不能

[①] 《北京：从"十大建筑"到"世界建筑博物馆"》，新华网2004年9月29日，http://news.xinhuanet.com/newscenter/2004-09/29/content_2037283.htm。

[②] 转引自叶倾城：《我们怎样建造了人民大会堂》，《中华遗产》2009年第9期。

想象当年出了二环就是城外，这里就是一片庄稼地。

建国门内大街上的海关总署、交通部、全国妇联等部门，曾为一时之建筑翘楚，在坊间荣获"大裤衩儿、棺材板儿、肚脐眼儿"的雅号，那是老百姓对建筑师追求的不解与调侃，形象得令听者无不拍案叫绝。现在海关"大裤衩儿"的"裤裆"已经堵上了，既提高了建筑使用空间，又使那绰号无疾而终，可见是从谏如流。后来，"民族传统、地方特色、时代精神"成为优秀建筑的重要评价标准，以图往"夺回古都风貌"的方向上引导建筑设计。

中国建筑在人们印象中往往是红墙黄瓦、富丽堂皇的故宫，绵延起伏、气象万千的长城，溢满亲情的北京四合院，雅致有序的上海石库门，严谨敦厚的山西民居，淳朴含蓄的徽派建筑，还有风雨桥、吊脚楼、土楼，尤其是方正端庄的棋盘式城市布局，天地人和的建筑理念……然而，很多珍贵的建筑样式和风格在时光的淘洗中沦落。尽管我们有丰厚的历史文化积淀，当代经济发展速度又令世人瞩目，但兼具"时代感"与"中国特色"的建筑佳品，数量难如人意。

经典的老十大建筑之前，曾建起一批被冠以民族风格的大楼，比如景山后街两侧的绿色"大屋顶"，以及友谊宾馆、三里河附近的一些部委楼，都差不多，以为加上琉璃瓦这种中国传统建筑元素就民族化了，显然有生吞活剥之嫌，并非"化"到根本。

后来建设北京西客站，依然故我，据说若干设计方案往那儿一摆，北京市的拍板者就认定了车站顶个大黄亭子的方案。1999年5月31日，在《中国青年报》上有《中国的建筑师在哪里》一文，其中论述了吴冠中在一次有关建筑的研讨场合的发言："像北京西客站的门楼，很糟糕。我体会我们中国古代的建筑都是伏在土上，有一种敦厚的、趴着的感觉，就是塔高一点，看上去也像一棵长在泥土里的笋。但是西客站在那个高高的西式顶上，趴了一个中国建筑，我觉得特别别扭，很不舒服。"

进入21世纪，申奥成功，北京加快了城市建设步伐。一些崭新的建筑如雨后春笋拔地而起，建筑界的"外援"们都来北京参与城市建筑建设的设计，和中国同行携手，造就了不少特色鲜明、令人惊诧的"作品"，北京变成了一个"世界建筑博物馆"，或者说是各国建筑师的角斗场。

2005年年底，美国《商业周刊》评选出了中国十大新建筑奇迹。其中北京过半，包括：

奥运主会场"鸟巢"：由瑞士赫尔佐格、德梅隆和中国李兴刚联合设计。

　　国家游泳中心"水立方"：由中国赵小钧、王敏，澳大利约翰·贝尔蒙设计。

　　首都机场T3航站楼：由英国诺曼·福斯特设计。

　　国家大剧院：由法国保罗·安德鲁设计。

　　央视新大楼：由荷兰雷姆·库哈斯设计。

　　2007年7月，英国《泰晤士报》评出全球在建的十个最大最重要工程，其中"鸟巢"位列榜首，首都国际机场T3航站楼和央视新大楼也同时入选。

　　同年年底，美国《时代》杂志评选出的2007年世界十大建筑奇迹，"鸟巢"和央视新大楼，又以造型独特甚至超乎想象而位列其中第6、第7位。

　　2008年北京奥运会的成功举办，使一大批新建体育场馆在世人面前完美亮相，成为新世纪新北京新建筑的代表。奥运开幕式时"鸟巢""水立方"在焰火的笼罩下，姹紫嫣红，壮阔刚劲，成为中国最时尚的名片。它们入选"北京当代十大建筑"，实至名归。"以发展办奥运、以奥运促发展"，也促进了中国建筑市场的全面跨越。2009年6月，承担设计建造"水立方"的英国奥雅纳全球公司，获得2009年度英国工程最高奖"麦克罗伯特奖"。评奖委员会主席说："水立方是2008年北京奥运会的一个足以使人晕倒的作品。它令人叹为观止的建筑设计与具有创新意义的材料使用、环境处理相得益彰。它的工程进度在许多人看来是根本不可能的。"[①]

　　央视新大楼也是新时期新建筑的标志之一，其方案中标时评委的评语是："这是一个不卑不亢的方案，既有鲜明的个性，又无排他性。其结构方案新颖、可实施，会推动中国高层建筑的结构体系、结构思想的创造。实施这一方案，不仅能树立CCTV的标志性形象，也将翻开中国建筑界新的一页。"[②]

　　但大楼怪异、扭曲、空洞的"身形"无疑是在挑战人们的审美底线。有人为其叫好，认为这个矗立在北京CBD的庞然大物，在一片水泥钢材玻璃幕墙建构的城市森林中起到了极好的视觉调节作用；有人认为是以钢铁和玻璃去挑战极限，极似天外来客，张牙舞爪，这个设计在设计师自己的国家或者任何欧美国家都不可能实现；也有人"打哈哈"：形式是奢华的，立场是倾斜的，思路是混乱的，创意是疯狂的……民意如此，所以未能入选"北京当代十大建筑"，也是意料之中、理所当然的事。我一开始也疑惑那楼里的电梯是不是斜着的？

　　我每次开车走在大北窑一带三环路上，面对它都有怪诞突兀之感，恐怕对路

[①] 《水立方获2009年英国工程最高奖》，《法制晚报》2009年6月12日。
[②] 《央视新楼今天奠基　通过安全审查可抗8级地震》，人民网娱乐频道2004年9月22日，http://www.people.com.cn/GB/yule/1081/2800094.html。

人的视觉神经也是不小的考验！20世纪90年代初，那里净是平房或顶多三五层的红砖楼时，15层的中央工艺美术学院的大楼建成，和北边建成不久的京广中心、南邻的国贸一期遥相呼应，蔚为壮观。现在要是远远地从南面向北眺望，央视大楼如一下蹲的壮硕身躯。

央视大楼好像是一个形式大于一切的产物，为了形式，其他元素都成了老太太的鬏儿——后边儿去，功能、结构、造价等方面的考量都为形式让路。有设计师撰文指出：如果说建筑是否合理是以其功能和性质是否相符合来判断，新央视大楼是最不合理的结构。从用钢量来说，大剧院6750吨，水立方6700吨，鸟巢4.2万吨，CCTV是12万吨。民间戏称"大裤衩儿"，因为不雅，央视内部征名，最终定为"智窗"，又因与"痔疮"谐音而举棋不定时，"大裤衩儿"的"小弟弟"——北配楼失火。我所在的单位与之遥遥相对，有个同事是央视家属，面对大火，他说真可惜了。

我觉得要是把它和大剧院放到五环外，还可以接受。背景的开阔才好衬托出其另类的构思，就如"鸟巢"在北郊一片菜地上长大那样舒展，而不应该像现在，于大北窑里乱中添乱；于中轴线旁扰人视线。我也认为：任何新建筑都要与环境相适应，所谓创新最重要的一点是与众不同，但这个不同的代价太昂贵了；对它应该像当初的埃菲尔铁塔一样，需要一个反应时间，结果经过若干年，埃菲尔铁塔反而成了巴黎的象征；卢浮宫前建的现代金字塔，如今也同它才建时的反响不一样了。也许多年后的评价才能恰如其分。

2012年2月14日，国家科学技术奖励大会上，两院院士吴良镛成为两位获奖者之一。人民网刊文《吴良镛曾批评打造名城说法 称北京旧城开发过度》：他愤慨不少地方因为片面追求特色，使得一幢幢不讲究工程、不讲究结构、不讲究文化的"标志性"建筑拔地而起。这些"巨型结构的游戏"全然抛却建筑适用、经济的基本原则，追求"前所未有"的形式。"试问，如果东倒西歪、歪七斜八也算是一种美，那么震后的汶川不成了美的源泉？这个问题也许要请教心理学家。"

"地标性建筑"雨后春笋

改革开放的成果是许多"地标性建筑"的落成。1990年6月，209米高的京广中心落成，一时被誉为"北京之巅"。为了表达对当年9月举办北京亚运会的信心，当时的副市长张百发曾说，如果亚运工程出了问题，他就从京广中心跳下去，是为其时最高级别的承诺。1994年9月，北京最高的建筑桂冠，戴到了"北京之峰"——405米高的中央电视塔头上。

有一个常用句式：没有最什么，只有更什么。2011年9月19日，北京的又一新高度——510米的"中国尊"在CBD举行了一个"启动仪式"。

据当日中国广播网报道，"北京未来第一高楼今日奠基，被指消防设施不合规"。所以，楼的业主方否认"奠基"，说只是个"启动仪式"。北京市消防局相关负责人在接受中国之声记者采访时表示，如果"中国尊"按照媒体此前报道的设计方案，很可能不能通过消防审批，即使建成后也不能通过消防验收。当天《北京晚报》也有报道。

此前有消息说，"中国尊"采用了最先进科技的高层消防设计，塔楼高速电梯可以大幅缩短逃生时间。北京市消防局审建处处长马建民说，火灾时，电梯绝对不允许使用。我记得单位曾请驻地消防队的指导员来做消防知识的普及，他举过一个例子，火灾过后，打开电梯门，扑面就是一股呛鼻子的熟肉味。原来是有人企图坐电梯逃生，结果断电被困，不幸被烤熟了。

根据《高层民用建筑防火规范》，高层建筑动工前要经过一定的审批程序，在取得了建设工程的规划许可证之后，要对它的建筑设计进行消防审核，看符不符合国家强制性标准。我们会出具一个行政许可的意见书，这是建设工程开工的前提条件。如果办理了开工证，一旦要开工，还要及时去属地的消防机构进行施工备案。

据介绍，北京的消防云梯最高只能达到百多米，能否应用还要受很多条件的限制；日后将装备的消防直升机，何时能形成战斗力还是个未知数，而且"尊"容的玻璃顶层是否考虑过直升机的起降，更是未知。所以，消防问题，绝对是高层建筑必须正视的问题！

据说"中国尊"构思源于中国传统礼器之重宝"尊"的意象。建筑外观，自下而上的菱形机理，又源于中国传统器皿——竹器，既透出竹编的灵秀，又蕴含着莲花盛开的清丽。从政治角度看，用建筑形式阐释了中国的古文化，文化理念中的一种符号象征，有利于塑造北京的中国形象；从历史角度看，它的建成可以成为一个中国式标杆，就像长城一样；从经济角度看，节约了空间，经济效益最大化，综合资源整合最优化。

"尊"是中国传统礼器之重宝不假，但人们印象中以四羊方尊为代表的青铜礼器之尊，质地敦厚、极具分量感且器型饱满，所以重要的雕塑、佛像都以"尊"为单位。这个一柱擎天的"尊"也太瘦高挑儿了吧？同时在感觉上和轻盈的竹器更是一点不沾边。或许有的描述还靠谱点儿："最终呈现一个双曲线建筑物的外立面，有人把它形象地称为小蛮腰。"尽管这个"腰"有500多米高，离

图3-4

"小"的距离则更远！至于"形象"，说是雨后春"笋"似乎更合适；"标杆"与否，见仁见智，暂且不论；是否"节约""低碳"，那就是秃瓢脑袋上的虱子——明摆着的事儿。

亟须重视的一点，是有报道说："中国尊"丰富了CBD的天际线。"启动仪式"那天，我正由西向东行驶在长安街上，路经天安门前，就见东边的北京饭店新楼迎面扑来，煞是高大。当年它才落成时，就有人提出它在高度上对天安门形成了压抑效果；再后来，东单路口西北角崛起更大体量的东方广场，同样引发了如此议论热潮；俗话说："债多了不愁，虱子多了不咬，习惯就成了自然。"此时，我更惊异于远在大北窑的国贸三期，330米的大楼傲然耸立，在我的视线中已经和北京饭店一个高度了，如果比之又高了小200米的"尊"再戳在那儿，让人从这儿放眼望去，不更是顶天立地？广场不啻成了盆地，那将置天安门城楼于何地？这不比"天际线"更重要？

随着中国经济的持续发展，2010年中国经济总量已跃居世界老二。城市化改造势如破竹，有人开始觉得，摩天大楼最能代表一个城市的形象。据说当今中国正在建设的摩天大楼总数就超过200座，相当于今天美国同类大楼的总和。所以"中国尊"所在地的领导可以自豪地说："CBD集中了许多北京的地标性建筑。"面对此情此景，吴良镛老人的话更发人深思："违背建筑设计的基本原则，不顾使用功能，离奇地耗资，此类大型建筑自国家大剧院开始，在我国各地接踵而来。我们的国家已为此付出沉痛的代价……看来这一关系中国建筑发展方向（特别是大型公共建筑）往何处去的问题，必须引起政府、科技界、社会公众和媒体的注意。"[1]

北京的建设方向是绿色、科技、人文！在经济一体化、科学规范化、技术标准化，包括设计的功能部分都应该与国际接轨的状态下，唯独建筑设计的思想内涵方面一定不能接轨，中国特色要一目了然！有先贤早就说过：越是民族的才越是世界的！

---

[1] 《吴良镛毕生追求诗意栖居》，《中国新闻周刊》2012年2月24日。

图3—4／ 2014年8月25日，首都中央商务区。许多另类设计挑战着人们的视觉极限和审美底线。图左侧是设计高度500多米的"中国尊"施工现场，远处是300多米高的国贸三期，有官员说它们组成了CBD"大门"。这俩"门框立柱"可差了小200米。

第四章
难忘大杂院

图4-1／ 2012年9月9日，崇文门内后沟胡同俯瞰。一片灰色屋脊，确如奥斯瓦尔德·喜仁龙在1924年撰写的《北京的城墙和城门》里所说，像海浪一样起伏。遗憾的是像海啸过后，海面漂浮着许多杂物和残骸——曾经的院落中见缝插针地冒出违章建筑。喜仁龙同志是瑞典美术史家，没受什么组织派遣，不远万里来到中国。一个外国人，毫无利己的动机，把保护老北京的历史古迹当作他自己的事业，这是什么精神？

图 4-1

图 4-2

第四章 难忘大杂院

记得有个作家说北京的四合院是拟人的，像老母亲环绕双臂呵护着儿女们。一般四合院多依着街巷坐北朝南，左右带耳房的北房为正房，南房叫倒座，与东西厢房相连，宅院东南角开院门，按五行四象的说法：东青龙、南朱雀，都是神兽、祥瑞之物。进大门是影壁，规模大的还有左右跨院、前后几进的院套院，以垂花门区分内外宅。院里四面房屋各自独立，又有游廊相连；"天棚鱼缸石榴树……"关起门来一家人其乐融融，住着舒坦。尽管后来不少四合院异化成大杂院，但亲情依旧，我就是从小在大杂院中长大的。

小孩子有困惑

小时候，我家在美术馆后身儿大佛寺，现在叫美术馆后街，我姐和我哥都是大佛寺小学毕业的。几家人住在路东的一个小四合院：墙垣门楼，进街门是一木照壁，花木扶疏，木盆锦鲤，小猫在窗台上打呼噜，房脊上鸽子时起时落。夏天我跟大孩子屁股后边粘知了、逮蜻蜓；时不常地拍洋画儿，推铁环；有时到街上煤铺里看人摇煤球儿；深秋还常为家里买白薯去排队，拎着麻袋我四下看，南边黄墙黄瓦的美术馆近在咫尺，北边绿色大屋顶的老交通部也不很远，我常寻思：再远的地方是什么样呢？"喵喵"声和盘旋而过的鸽哨伴着肚子里的咕噜声——"三年困难时期"常常很饿，那是我学龄前的模糊印象。我老想鸽子怎么不饿？

头上小学，搬家到北新桥的明亮胡同。院儿套院儿的大杂院儿里，住户众多，但空间依然宽敞。新中国成立后，传统四合院变了，不说王府官邸变成了机关、学校、医院、工厂；还住人的院子也"与时俱进"，众多家庭杂处其间；昔日的恬静、幽雅渐行渐远，按"原始设计"只住一家一户已不合时宜。被分割改造后，大杂院的邻里关系想不亲密也不成，出来进去的，一天不定照多少回面儿呢。胡同风俗就是邻里之间的相互照应，"远亲不如近邻，近邻不如对门"。

开始这儿是北京机床附件厂的幼儿园。那厂子本部在大佛寺，一扩张，就把我家住的那个院子鲸吞了，那时还没拆迁的说法，只把我们打发到了这儿。幼儿园里最早掺杂的住户，只有住两间半西房的我家，和住南房的大佛寺就在一个院的任大妈、严老师两家。身处"祖国花朵"丛中，整天热闹异常。

幼儿园唯一的电话，白天夜里都放他们办公室房檐下窗户外头，你随便打，

图4-2／1954年，大杂院里的居民听收音机。这个传统延续了二三十年，直到院里老街坊们扎堆看电视才渐渐消失。

常让接电话的主儿惊诧莫名：你们院儿里还有电话哪！比现在你称架私人飞机一点儿不差。当时整个交东大街也趸摸不着俩公用电话呀！

后来幼儿园收缩战线，东屋成了一户复转军人的家，再后来北房又被三个家庭占领，当中一户人家，老婆儿肥硕，老闺女苗条，母女俱超强悍，院里孩子畏之如虎。

苏叔阳说话剧就六个字——"人说话，说人话"，他的《左邻右舍》里，有个林连昆饰演的时代怪胎——造反派"洪人杰"，住进大院的北房，朱旭扮演的党委书记在剧中说：工人阶级是占领上层建筑，他可先占领上房建筑了。我在首都剧场看"洪人杰"时，就联想到当年的"强悍"芳邻及其隔壁。

幼儿园解散后，那个厂的职工家庭先后搬进来，陆续把前后院儿住满了。后院里孩子们的活动大厅也被分割成一溜房间，住了好几户人家。那时一个单位里哪儿的人都有，真正是"五湖四海"，看着人家的小孩儿动不动就回河南、山西的老家，我特纳闷儿：怎么我姥姥家就在北京呢？

欢快里闹是非

老北京建院儿盖房讲究的风水，实际是中国古代的建筑环境学；装修、雕饰、彩绘等民俗民风，如以蝙蝠寿字寓意"福寿双全"，以花瓶内插月季花寓意"四季平安"，对幸福生活虔诚的向往是不言自明的；门簪门头上的吉祥词儿，大门上楹联上的贤哲古训，名对名句，更是透着风雅，洋溢着浓郁的传统文化气息。

"中国文化革命的主将"鲁迅，当年也是"北漂"，1923年买下阜成门西三条占地近400平方米的21号院，自己设计改造，房款加装修，才花1354块银元。南屋三间，东西厢房，北房四小间，中间是会客室。会客室后凸出一不足10平方米的小房，就是著名的"老虎尾巴"，"尾巴"窗外是30平方米左右的后小院。他在教育部任佥事，是那时的科、处级干部，每月挣300块，还有稿费和讲课费。据记载，1927年北平小学教员月薪38块至50块，年薪大约500块左右，被时人认为"素称寒苦"，是最普通的工薪阶层。

"在我的后园，可以看见墙外有两株树，一株是枣树，还有一株也是枣树。"这是八十多年前，鲁迅在"老虎尾巴"里写的《秋夜》开头的话，用在我这儿也差不多，只是这儿在院子当中间。枣树边上是水管子和下水池子，下水道旁边还有个"历史遗留问题"——渗井。早年有的院儿里没下水道，就挖一口井，不为吃水，只是脏水倒里边让它慢慢地渗下去。

夏天一场大雨，院儿里顿成泽国，有热心肠把渗井箅子挑开，好让水下去痛快点儿。"复转"家的小儿子见那儿水上飘着的树叶子直打旋儿，觉着好玩儿，一脚踩上去，小身子出溜就下去了，幸好俩胳膊支在了井口上，千钧一发之际，被旁人一把拽将上来。当天晚上小小子被他"复转"的爹一通好打，吱哇乱叫。

后来房管所淘井的时候把井口扩大开，人人见了后怕：上面像个小下水口，底下足有多半间屋子大，一丈多深，整个一闷葫芦罐儿，"复转"那孩子要是顺下去哪儿有个跑啊！

"复转"回来可能到武装部了。有一天戴着白手套，在院里摆弄一支小口径，让院里孩子"大叔、大叔"地哄晕了，一时兴起，抬手一枪就把北屋房脊上立着的一块多余的瓦片打个粉碎，一帮孩子叫好，羡慕得直吧唧嘴，恨不得把手里的嘣弓子都扔了，可又舍不得。

大杂院里欢快的气氛让儿时的我印象深刻，也第一次体会到了复杂的人际关系。"复转"的大儿子比较淘，一次进院时和后院一暴脾气大叔发生了冲突，他是张嘴就骂人，"暴脾气"拎着他就是几脚，说我就替你爹管管你。没承想人他爹不知你这个情。"复转"下班就听说儿子受委屈了，带上白手套就摆出了要拳击的架势，亏得街坊们给拽住了。后来一个街道积极分子问我：他们怎么回事啊？我说就我看见了，那孩子先骂人家，人还不踢他？活该！

吃完晚饭我爸就叫我赶紧睡觉，并且厉声告诫：一会儿来人要问你下午院儿里打架的事，就说没看见、不知道。听见没有？我正应着呢，那个积极分子带着一警察就来了。我遵父命应对，来人无功而归。那位没"积极"成，后来也不在街道干了，上地安门帽儿胡同的一个食堂上班去了。

可能是没有对"暴脾气"有利的说法儿，结果让他蹲了拘留所。过了几天，我见他回来就不大得劲儿，用现在的话说是颇感内疚，可他倒是表现出极端抬不起头来的意思。那时人的是非荣辱观念很浓，哪儿像现在，别说进局子待几天，"老子新疆10年大刑上来的啊！"这倒成了耀武扬威的资本，足以号令一片街头小痞，真正是香臭不分了！所以，那时大杂院里就是有点儿波澜，回味起来也是印象美好。

老话有"桑枣杜梨槐，不进阴阳宅"之说。可北京小胡同大杂院里枣树特多，不信你看哪儿拆迁，大片的房子一推平，瓦砾残垣间就凸显出众多的枣树来。更甭提郊区的坟圈子里，除了松柏，最多的还是枣树。粗壮的大枣树加深了街坊们的感情。"七月十五红圈儿，八月十五落杆儿"说的是枣的成熟过程。中秋前后的某天傍晚，院子里必定有个颇隆重的"仪式"：小孩们在树下捯起床单之类的东西接着，有大人爬上树，先用大竹竿梆，不解气就抱着树杈子乱摇一气，全不管树底下有老太太喊"别把树摇晃疯啦！"熟透的红枣就雨点般落下，掉土地上没事，掉砖头上就裂开或碎了。归拢到一堆，全院"坐地分赃"，极像梁山好汉。

"文化大革命"时过日子

南屋严老师是单身，短头发，戴眼镜，和气又认真。有老人说她"爱凿四方眼儿"，我琢磨着就是爱较真儿的意思。她是一中学语文老师，和我国老油画家李瑞年曾是同学。她说学文的有支笔就能吃饭，所以当过记者，1949年后当了老师。在我出生之前任大妈家就跟我家是街坊。后来一个她教的学生认她做干妈，曾过来住过，两间屋子正好一人一间。"文化大革命"一来，严老师首当其冲，女学生先起来造了干妈的反，然后参加"大串联"云游四方，再没回来过。这下儿又剩她一人了。

严老师干什么都不甘人后。有一天不知道怎么回事，晚上院子里不知从哪家拉出来电灯，真是强中更有强中手，在北屋"强悍"旁又一姓曹的"更强悍"的领导下，全院开会。不知为什么就批判起任大妈来了，好像说是出身不好什么的？没闹清。院里人头攒动，严老师也踊跃发言："她欺骗了我们老邻居！"眼镜在灯泡子的照射下一闪一闪的。

我知道任大妈就是挺慈祥一大妈，带着女儿过；儿子天津大学毕业后，分到唐山矿冶学院教书；老伴搞科研，长年工作在中科院河南安阳棉花研究所。好在任大妈从来谦和，院里谁都觉得是一本份的家庭妇女。所以没有什么"喷气式"，纯粹的口舌"文斗"，而且第二天谁都该干吗干吗，就没那么八宗事了。"更强悍"挑不起院里继续"斗争"，也就坡下驴，估摸着在单位里他备不住也危了。那时候今天你斗别人、明天别人斗你的事儿常见，要不怎么突然就和气起来了？从前我们轻易看不见他嘴里那颗大金牙。

日子照样过，邻里间还是一切照旧，随遇而安是咱北京人的脾性。就如老舍在《我这一辈子》里说的："年头的改变不是个人所能抵抗的，胳膊扭不过大腿去，跟年头叫死劲简直是自己找别扭。"

"样板戏"大普及是当时的一大气象。你想，电视都没听说过，话匣子还是稀罕物呢，顶多是中学生组装个矿石收音机，"广大人民群众焕发出了冲天的革命热情"，干吗去？胡同里大一点儿的院子，每到晚上，全院人麇集，这院唱《沙家浜》，那院里排《红灯记》，赛着热闹。小孩儿们上蹿下跳，各院乱钻。但要登"台"亮嗓子，还得在各自所在的院儿里。人们都还有点儿"本位主义"，哪能让外院的人占领本院的舞台，更何况"外援"这词儿还没发明呢。我那时喜欢《智取威虎山》，一唱到"解放区人民斗倒地主把身翻"时，肯定把同台的"复转"儿子撅起来做斗争状，弄得他挺有意见。我那时已经上小学三四年级了。

在"复课闹革命"之前，我常常不去学校。有一天，忽然看见我姐和几个同学来了。平常她只是星期天才回家啊？那时我姐上大四，也照例戴了个红袖章，"红卫兵"三个毛主席手书大字之下是一行小字："首都大专院校红卫兵司令部"。本来是随大溜的集体活动，到我们胡同西边不远的土儿胡同去抄家，那儿可能有家"黑五类"吧，他们几个看着不舒服，又离我家挺近，就都脱离组织，到我家串门来了。

"文化大革命"期间，别的胡同里有抄家的热闹可看，我们胡同里院儿里，除了我们几个半大小子活跃点儿，可能抽冷子上房、上树折腾折腾，基本风平浪静，没啥牛鬼蛇神出没。

苦涩中忆温馨

四合院的平房朝向有讲究：北房西房好点，东房夏天西晒，南房冬天阴冷，所以老话有"有钱不住东南房"一说。夏天都在院里笼铁皮炉子，先用报纸刨花什么的引着劈柴，再搁煤球，冒一阵子烟，煤球就着了。要一不留神火灭了，一个钟头甭打算吃上饭；冬天取暖是一大不方便，得在屋里装上铸铁的炉子，连做饭带取暖。甭管是烧煤球还是蜂窝煤，都要安上烟筒风斗防煤气——学名"一氧化碳"。头睡觉封火时上边盖上盖火，连接烟筒处的炉门儿得打开，底下掏炉灰的炉门要关得只剩一点小缝儿，关死火就灭了，缝大了火冲，一炉膛煤坚持不到第二天。可每年冬天总有几个让煤气熏死的人。我就中过煤气，迷迷糊糊中被人弄到屋外，这个说得喝醋，那个让灌积酸菜的汤，这通折腾！

其实到冬天哪屋都够呛，门一开就是"外边"，冷风呼呼地往屋里灌，所以

图 4-3

图 4-4

头入冬家家都忙着打糨子、溜窗户缝——就是用纸条把窗子的缝隙都糊上。老话讲"针鼻儿大的窟窿斗大的风"。可接水倒水上厕所都得出门啊,谁要是夜里懒得出去,就妥不过第二天大清早去倒尿盆儿。

那时厕所在院儿里,上厕所的人一多,那儿就开上了院儿里的"新闻发布会",急得外边等着蹲坑儿的人直跺脚,连嚷:"嘿!嘿!嘿!有完没有!麻利点儿!"那时北京出了个劳动模范石传祥,就是背粪桶钻胡同进院子为市民掏"茅房"的清洁工。

国家主席刘少奇接见劳模时,握着时传祥的手说:"你是清洁工,我当国家主席,只是革命分工不同。"这对小学生们动辄"长大了要当科学家"的"远大理想"震动不小。是理想重要,还是分工重要?谁的理想正确?又根据什么来分工?可能到现在都说不很清楚。早年共产主义一具象化,必定少不了"楼上楼下,电灯电话",那时我就想起码还应该加上"拉屎不出屋"才对。因为最早的筒子楼和"文化大革命"期间盖的简易楼,想方便了您照样得去公厕,尽管它设在楼道里。

由于曾深受一氧化碳之害,我给南屋严老师安烟筒时就特别细心,烟筒里高外低,最外头装一拐脖儿,省得北风倒灌,在拐脖儿那儿再吊一小铁皮桶,好接烟筒油子,省得嘀嗒到路过的人身上;用细铁丝固定好之后,还把每节烟筒接缝处用纸条糊严实了才算罢了。那时每家都在春季撤火后把烟筒刷干净,里边放上石灰块儿防潮,再捆好挂房檐底下,以备来年再用。后来我在报社工作的很长一段时间里,秋末冬初,"烟筒炉子大白菜"准是社会新闻少不了的内容,新词儿叫关注民生。自然,现在人们都关注房地产和汽车了。

记得上小学前,我和我哥去菜站拣菜叶子,城外拔青草,养了俩兔子,到年底想宰了吃肉。纯粹是什么都定量供应,馋的!王蒙曾说人类遇到的问题大约有两类:一是吃不饱饭饿出来的问题,一是吃饱了饭撑出来的问题。真是精辟!听人说一弹兔子耳朵后边就齐活,我想干脆用擀面杖保险。结果一提兔子耳朵它就踢

图4-3/ 1968年6月27日,大杂院里的家庭学习会。那时节政治挂帅,落实最高指示不过夜;斗私批修、狠斗私字一闪念;讲用会、全国学毛著,当时的英模门合说:一天不学问题多,两天不学走下坡,三天不学没法活。

图4-4/ 2008年12月30日,韩家胡同煤铺。这是传统的孑遗,前门地区居民用煤的唯一供应地。当年住平房大杂院的主儿,无冬历夏不捅炉子眼儿就开不了饭。

图4-5

腾，几擀面杖都搢它脖子上了，一把没攥住，兔子就窜出去了，如风似闪，从没见它跑那么快过！它一头就钻进严老师家，正巧碗柜门没关严，"嗖"地一家伙进去了，稀里哗啦一阵乱响，一柜子盘儿碗儿碟子全提前过年了——"岁岁（碎碎）平安"。亏了严老师拦着，要不然我爸非拿我当兔子打不可。

　　严老师家安个炉子粉刷房屋之类的事都归我。那时候刷房可不像现在，刮完泥子，再底漆面漆且招呼呢，就是大洗衣盆里，泡开山货店买的成坨的大白或工地上拣的白灰块儿，滴上几滴蓝墨水，让颜色柔和点儿，别煞白一片，再放点盐，好叫白色牢固些，然后拿排笔刷吧，您呐！一方面是老家儿差遣，一方面干完活儿总有奖励，多半是我打小爱画画所用的笔墨纸砚。当然，后来我家搬走了，我还是一如既往，每年都去给她安炉子拆炉子，就纯粹是敬老之心，直到老人驾鹤归西。

　　如今四合院鸟枪换炮，先是煤气罐和土暖气部分取代了煤球炉子，后来又"煤改电"，火炉子彻底退了休。微循环改造旧城区取代了推平拉倒的老法拆迁。以前每到夏天，大雨一来院里就有人揪心，漏雨还算小事，有的危房一阵大风大雨就许哗啦啦了；房管所虽说未雨绸缪，老早就给重点房屋盖上了苫布，还是得随时待命防汛。现在旧城保护是原地落架重起，住房的和管房的都把心放到了肚儿里。

　　北京特色的小胡同是国之珍宝，四合院也成了富豪的象征，动辄上千万。家庭四合院旅馆"奥运人家"在北京的奥运之年真露了脸，成了接待中外游客的"招牌菜"。2011年8月4日，北京旅游委又为首批"北京人家"正式挂牌。成为"北京人家"的前提条件必须是四合院，符合国家和地方的住宿接待标准。人似秋鸿来有信，事如春梦了无痕……

　　欣赏北京文化的各方人士来咱这儿看什么？四合院牛气冲天了！

　　图4-5／ 2014年10月7日，宽街西边水簸箕胡同里的小院。残破的砖、石、门墩是岁月的烙印，国旗、童车、晾晒的被褥，老街旧邻温馨的生活就在眼前。

第五章
缅怀小胡同

图5-1/ 2008年,大栅栏地区的小胡同之晨。肇始于明清的南城市井,在传统商业街区的闹市之侧,还保存着如此清幽之地。小巷风情包罗万象,如同砖瓦写就的史书,告诉我们先人的生存状况,是千百年来流传至今的见证。北京有金碧辉煌的皇家宫苑,也有世代北京人栖息的民居胡同,这才是一完美的五朝古都。

图 5-1

图 5-2

图 5-3

胡同是北京特有的市井文化精髓，沿着数百年前形成的街巷形制，一直延续到今天，像纵横交错的棋盘，是北京城的肌肤和骨肉，承载着悠远的历史和北京人的生活。要是没胡同了，那北京和别的城市还有区别么？

两个绰号的来历

我喜欢胡同里的情调，记得有一次串胡同的收获不小，因为"导游"是位曾被讥为"胡同串子"的年轻民俗专家。常走的地方经他一白话，嚯！还有这么多故事在这儿发生过？再看那些弥漫过历史风云的大街小巷，尽管其貌不扬，但感觉确实不一样了。

"北京胡同多数是东西向，南北走向多数是街，再窄的也叫小街。"专家不说我还真没注意，我只知道如果胡同小，可以加儿化音；如果"同"字不能儿化了，甭问，准是大胡同。北京人的习惯，儿化音透着小巧。如果进饭厅你问吃什么？答"花卷"，要不带儿化音，乍一听你就得觉着那花卷儿够分量！有老外学北京话说"大前门儿"，你肯定也别扭，前门楼子怎么就像个小不点儿了？

专家那时在街道办事处工作，带我溜达，碰着有说头的院子推门就进，一点儿不含糊，要是院儿里有老头老太太问，理直气壮："我们房管局的！"一路畅通无阻。专家在供职所在地许多胡同口装置介绍，使人对那些地方的"身世"一目了然，一下子拉近了游客与历史的距离，对此我深表佩服。但专家长叹：领导怎么想？你让人都知道了那些地方那么重要，还怎么拆呀？不拆哪儿来的钱？没钱怎么发展？临了领导送了他一"胡同串子"的绰号。他则以"胡同刷子"回赠。

因为每逢节日或重大活动，总有大批施工人员忙着给大街小巷"涂脂抹粉"：或是在墙面抹上水泥，再画上点儿墙缝；或直接用灰浆刷满胡同两侧，更绝的是在需要捣饬的地方立上板子，满是彩喷的"街景"，像舞台上的影片。自以为美了、颜色统一了，"干干净净迎XX！"，可老百姓不认可他们的得意之作：怎么看这色都别扭，就像一街筒子都是老旧公厕。这种做法可能是"放之四海而皆准"，现在有的地儿不更邪乎？上边要求绿化，他不组织种树去，愣能用

图5-2/ 2005年10月13日，东堂子胡同75号蔡元培故居。蔡元培1917年至1923年任北大校长期间，租住在此院最后边的两间房，"五四运动"在此策源。

图5-3/ 2005年10月14日，米市胡同43号南海会馆、康有为故居。自1882年进京赶考，到1898年变法失败，康有为大都住在会馆旁院的"七树堂"。

图 5-4

图 5-5

油漆把远处的荒石头山都给刷绿喽！哄事儿哄到了登峰造极！

曾有小偷夜里直接就去拆路边正运行着的变压器，结局也算是"以身殉职、倒在了工作岗位上"，可见没文化干什么都不灵。如果说老北京是个大博物馆，有谁愿意去看满街的赝品？"修旧如旧"是基本常识啊！"刷子"们的成果是统一了历经时代风雨的各种建筑的颜色。而建筑物所固有的青砖、红砖、水泥、石料的优美肌理和沧桑感觉则荡然无存！所以，唤起人们对胡同美好情感的"胡同串子"，绝对是个美称！

"拆迁拆迁，一步登天！"是小胡同大杂院里的老街坊们，挤在当年"小厨房""抗震棚"里的衷心企盼。原因不外乎是住不下了，过了几十年，原来系"屁帘儿"的主儿都早就当了爹，一家子分蘖出好几户，真个是"野火烧不尽，春风吹又生"；加上平房本身年久失修的破旧和诸多不便，还有许多住在"违章建筑"里的人，尤其提心吊胆，这更让人们渴望搬进宽敞明亮、厨卫俱全的楼房。

城市改造初期，拆迁对应的是实物。你户口本上是几口人、几代人，据此给你分配两居室、三居室，或两个单元。虽然给你的楼房基本上都比你住平房的地段差，但也几乎都会超过你原住房面积许多。所以在多数情况下，远比后来的货币拆迁阻力要小得多。人们想改善居住环境的愿望有错吗？伴随着城市发展和住房制度改革，北京的开发速度"蹭蹭"的。

北京奥运前，北京建筑工程学院开始了一项耐心细致的工作——把北京现存的1320条胡同建成数据库，挽留即将消失的古都记忆。新中国成立初北京有大约3200多条胡同，到1990年只剩下2200多条。这些年又消失了800多条胡同，平均每年50条，差不多一礼拜少一条胡同。在某些利欲熏心的开发商眼里，要没人拦着，连故宫都敢拆，何况小胡同？

记得一位作家的随笔，他赞叹曾任过平遥古城县委书记的同学有眼光，现在光那个小城圈儿就是一聚宝盆！光是进小城的门票都每人120块了。他同学说哪儿啊，当年是太穷了，但凡有一点儿钱，也早把城墙拆喽！

前两年有消息，说是平遥有一处城墙角落坍塌，有好事者可逮着了，说你看，古代也有豆腐渣！紧跟着就给自己招来一顿痛骂：就算是豆腐渣，人也是矗立了好几百年的"豆腐渣"！哪像现在，不管是高楼还是大桥，立着的年头越来

图5-4/ 2014年12月17日，北新桥香饵胡同。"发展经济保障供给"是计划经济时代最常见的口号，我上小学时家在明亮胡同，常到北边这家副食店打酱油。

图5-5/ 2009年1月17日，前门外小江胡同。水管下的冰坨子尽显严冬威力。

越少，有的干脆没竣工就垮塌了。

平遥算是因祸得了福，因为穷，才得以保存，真是坏事变好事。曾经的秀水、三里屯，现在的烟袋斜街、锣鼓巷，可能也比推倒重来要好得多吧！

在繁华闹市、商务中心区，晃眼的玻璃幕墙看着"气派"，但少不了有人腰系安全带，从楼顶上垂下来，在楼外边逐层清洗楼面。如果没有那些"高端"保洁族，玻璃大厦用不了三年就看不得了吧？而且，这种外装形式早就被发达国家所唾弃，冬天不保温夏天贼热不说，还造成无法解决的光污染。国内的不少有识之士也发出此类呼声，但它还是如雨后的狗尿苔，"蹭蹭"地往外冒，但拍板拿主意的两耳不闻质疑声，一心只建大高楼，让人不服不行！同样的道理，几十年不好好照顾那些街巷院落，得过且过，怎么可能不衰微破败？就耗到它岌岌可危时好"危改"？难道我们能在唏嘘当年不该把城墙拆了的同时，却无视天下无双的北京胡同在我们手中消失吗？

我在那里长大

北京"土著"没住过胡同的怕是不多，胡同的印象恐怕一辈子也抹不掉。除非是住在各色"大院"里的"外来户"，严格地说那也就算"客居"而已。曾经遍布北京四九城的胡同，而今在蜂起的高楼广厦间风光不再。

我有个朋友叫况晗，在安定门外的中国石化出版社工作，虽是江西老表，却疯狂地爱上了北京的小胡同，在拆迁潮中不消停，用铅笔与推土机赛跑，为后人留下许多昔日胡同的印记，也成为中国美术界独树一帜的艺术家，是画胡同的No.1。在《留住胡同——况晗宽线条铅笔画作品选》及《消失的胡同》等系列画集中记下了几百条胡同的身影，也包括我曾住过的地方。现在我的床头上方，就挂着一幅他的"胡同"。

20世纪60年代末，我家搬到北城根儿。门牌乱乎，一会儿叫青龙胡同37号，一会儿又叫藏经馆1号，是城墙南边一点的东西向胡同：西距雍和宫不远，东望小街口北官厅，南面是炮局。有同事来访，说你这儿"进去"挺方便。我说那儿是吉鸿昌就义之处，你当是个人就能进去？从我家向南，可以曲里拐弯地进入北新胡同，"老表画家"就曾住那儿，我们也是曾经的街坊。那时大家住的都是公房，觉着合适就互相换，房管局有个便民项目就叫换房站，各片儿都有"换房状元"，那真是为老百姓着想。

老北京有无数的四合院，院落间的通道就是胡同。我家住的这院儿是以前一大宅门的一部分，居于一排南房当中，而且高出一大块；两扇街门异常高大，一推"吱扭扭"作响；一尺多高的门槛上有铁链，能从里边和大门扣在一起，还可以提起来卸掉；门两旁是长方形的石门墩，上卧小狮子；门前两棵核桃树，显出年代的久远，俗话说：桃三杏四梨五年，枣树当年就还钱，没有子孙您别种核桃园……

后院更大，游廊环绕，隐约看得出当年的气派。只可惜这院儿前面和左右两边全被北京帆布厂蚕食，后来厂子再一扩建，就把我们都扫地出门了。歌里一唱"金梭银梭"的纺织挺诗意，其实就是成排的一尺多长的大木头梭子在机器上来回窜，整天"哐当""哐当"的；改成喷气织布后动静小多了，但也是沙沙声一片，老像下雨呢！赶上礼拜五东城区的工厂全休息，厂里没人影了，清静的瘆人，反倒睡不着觉了。晚上一关院子大门，除非家里人盯着，不然关外边儿就没辙。有一回居委会张大妈通知个事儿，叫不开门就找根木棍儿敲我家后窗户。我家住的正经房子是两间倒座南房，后窗户正在大门旁边，所以张大妈一用劲儿，愣一下把窗户玻璃给敲裂了。

被工厂包围着，常有乐子看。有天晚上，我从外边上公厕回来，见车间门口有一小伙子请假："我难受，得看病去！"一中年妇女看样儿是班组长："天亮下班你再去。"青工："不行，我现在都站不住啦！"班长："这么精神还站不住？你不是没躺下吗，你躺下啊……"一片哄笑……

老作家汪曾祺对北京的胡同人生高看一眼："'穷忍着，富耐着，睡不着眯着！'这话实在太精彩了！睡不着，别烦躁，别起急，眯着，北京人，真有你的！"胡同里也没啥隐私，甭管是岁数、癖好、挣多少钱……张嘴问随便聊，谁要不从实招来准叫人不待见："背人没好事，好事不背人。"邻里间还得讲究公德，谁要光顾自己不顾别人，就有人出来"管闲事"，说"公道话"，一般是年长者，多数是那些居委会的。

那时居委会里老太太多，而且她们警惕性特高，跟警察似的，戏称"小脚侦缉队"，整天戴个红胳膊箍，在胡同里轮流值班，四下里转悠，老街旧邻的情况倍儿熟；也搭上顶值钱的三大件——自行车、手表、缝纫机，就有两件不离身，家里都没什么值钱玩意儿，溜门撬锁的还就是少。张大妈退休前是"领导阶级"，在机器轰鸣的车间里练就了大嗓门，好主持个正义，别看平时特随和，可也偶尔露峥嵘。

在小街改造成和平里跟北京站之间的通衢大道之前，我们东边东直门北小街里的四眼井办起了马路市场：北头卖杂货，有富余粮票了能到那儿换个扫帚、簸箕、塑料盆伍的；南面卖菜，难免遍地菜帮子和垃圾。张大妈受聘于街道办事处，挎一收管理费的书包来"领导"市场了。有个商贩大概其没拿老太太当回事，嬉皮笑脸，该收拾的地方没弄利落。她眼睛一瞪手一指，小贩就一哆嗦，"我罚你信不信！"掷地有声。那中年汉子立马服软儿："得勒，张大妈！我赶紧归置还不行吗？"三下五除二把地上打扫得倍儿干净。张大妈这才腆胸叠肚，满意而去。

其实我对那些卖菜的挺有好感，先是居民方便了，您炒菜要炝锅没葱花了，出来现买，误不了多大事；在这儿我也养过兔子，是逗孩子玩儿的，买菜时就捡些菜案子底下的菜叶喂兔子。卖者见状，赶快从后边筐里拿些品相不佳的菜免费塞给我，还真诚地说摘摘洗洗一样吃，眼里没有半点不屑。他一定是瞅我像下了岗的，过日子困难。

人之初，性本善！

"夜撮儿"退役 "臭味儿"分级

胡同留给我的记忆，既宁静，又热闹。每天清晨，结伙儿上学的呼朋唤友，赶着上班的车铃叮叮，然后就只剩下暑季的蝉鸣，或"三九"的北风；日落鸟归巢，各家的锅碗瓢盆交响曲开演，胡同里必定少不了一阵喧嚣：顺子、利子、平子、节子，回家吃饭喽！二柱子你个死嘎奔儿的！死哪儿去啦？三丫头，你绕世界瞎跑什么呐？不知道饿呀？

哪个小小子要头上带青包、鼻子淌着血、灰头土脸地回家来，赶上"护犊子"的老娘们儿，不问青红皂白，就得拉着孩子："谁打的？走！找他们家大人说理去！""严于律己"的老爷们儿，问明缘由，八成还得再把不争气的"败兵"揍一顿："他打你，你长手干什么吃的？没告你别跟他们玩儿吗？叫你不听话！叫你不长记性！叫你满世界惹事去！我打死你个小兔崽子！"于是乎大人喊，孩子哭，街坊劝，这是胡同里再平常不过的景致了。更何况歇后语里还有一说：下雨天打孩子——闲着也是闲着！足见那阵儿小孩儿挨打是家常便饭，隔三岔五就得开开张。不像现在，都一个儿，顶头上怕摔着，含嘴里怕化了。

胡同生活每天以"倒脏土"宣告结束。那时的垃圾以炉灰为主，扫个院子也能撮起半簸箕土，所以"土簸箕""土筐""土箱子"是每家必备之物。天黑之后，端着、抬着，或用四个轴承做轱辘的小车拉上土筐土箱子，就是垃圾筐，把脏土倒在"土站"——文明词叫垃圾站。

再晚些，清洁队的"土车"——垃圾车一到，三四个清洁工跳将下来，七咪咔嚓，用板儿锹把垃圾撮车上，高声一吆喝，走喽！再齐刷刷蹬在车后边的踏板上，风驰电掣般奔下一堆，故名"夜撮儿"。他们都头戴劳动布的工作帽，为防尘土，帽子后头都连着一块布，遮住脖子，既像炼钢工人，也像电影里戴着战斗帽的"日本鬼子"。

日久天长，倾倒垃圾的那块地儿都快铲成坑了。后来进步了，更卫生了，有的地方摆上几个带盖的垃圾桶，不方便的街边，就有电动的小号儿垃圾车来定点集中收垃圾，街门外一响起"十五的月亮……"那个曲子，就是倒土的信号，老少爷们儿的活计就来了。

以前多数胡同里、一般大街边儿，都是住家儿，买卖很少；现在可了不得，只要临街，一家儿挨一家儿，谁都不落空，全改门脸儿。哪怕是楼房，也在临街一面，用角铁焊出台阶来，没有不开张的油盐店，推门就营业。是自己干还是吃瓦片收房租，反正外人也看不出来。

居委会是基层政府的手和脚，街道有点儿什么事，尽义务的"积极分子"——老太太们成帮结伙，挨家挨户且得通知呢：老街坊们，政府修永定河大堤，咱都得出点儿钱啊！那时我还在北城根住。街道的人拿着印刷好的每幅有"两圆"字样的捐款票据，挨着门走。我老娘实诚，问得买几张您那个小票啊？回答是您来五张吧！得，10块钱出去了。

现在有拿工资的职业社区工作者，骑着电动自行车，一会儿就都告诉到了。在安定门内大街，我就见到这么一位，到每个门脸儿前，都是手一捏闸，脚一点地：哥们儿，记着9月26号之前都把国旗给挂上啊！回应大概都是：得勒您那，忘不了！

我曾去西城武定侯胡同串门，在那院儿里见过一景儿，几个街道干部挨家推门：现在给残疾人捐款啦，你们家准备捐多少？屋里八仙桌旁坐着一汉子，说好啊！回手从背后拿出俩拐来：那就给我掏点儿吧？我就是残疾人！那几位戴红箍的一个劲儿犯愣，连说：得！您歇着，我们走啦！你看这事儿闹的。又鱼贯而出。甫问，没品没级也不见得就都"混同于普通老百姓"，所以才有"官不大，僚不小"的说法。

现在的胡同平房四合院都成了香饽饽，为什么？无非公用设施接入，去除其弊，光剩其利了，出来进去省事，侍弄花草方便，还有老百姓讲究的"接地气"，最起码没有四楼屋里有丁点儿动静、底下三楼都听得一清二楚的那个烦劲儿,更有源远流长的邻里亲情。那些搬进楼房的老街坊们,面对虽方便,但对门多年不相识的居住状态,让他们又止不住地念叨往昔生活艰辛但人情温暖的大杂院。所以今天人们编的段子里,不光有:管儿子叫"小兔崽子",管狗叫"儿子";更有:手机里存了几百个号码,但没有一个是近邻的。

胡同里就是有点儿不愉快,也透着那么有意思。我曾见一中年妇女拉着一小狗遛弯儿,突然小狗狂叫起来,并奋力向前扑,事发突然,愣把主人拽了个趔趄;顺着狗扑的方向一看,一条健壮的大狗跟着男主人昂首阔步地走着,目不斜视,根本没把小狗看在眼里的劲儿,煞是逗乐儿。可能中年妇女也觉出大狗的蔑视,抬脚就把小狗踢一滚儿:"叫什么叫?你从来也打不过人家!"嘿!原来那俩狗有旧仇。

至今还住在胡同里的,和以前可大不一样了。煤改电之后,少了捅炉子眼儿、倒炉灰的麻烦不说,公厕都改到了胡同里,白瓷砖到顶。还有方便残疾人的马桶、不锈钢扶手,相当于公共洗手间里的VIP待遇。那种隔二里地能闻着味儿找WC的事儿,已然有了很大改观,也免了出恭时面面相觑的尴尬。但从硬件到软件,离国际化大都市还有不小的距离,离着十米八米时那味道还是不咋地。

所以,2011年岁末,北京市政市容委要求全市1000座二类以上公厕要加装除臭味阀;其服务标准,除了做好排风、除臭工作,还应提供卫生纸、洗手液,定时喷洒灭蚊蝇药物,确保厕内设施完好、干净整洁;并且24小时有人值守,内部设置无障碍设施。其时,西城区所有公厕基本都装上了除臭装置。当然,人一上百,形形色色。2013年10月5日《北青报》上登过一个极端的例子:天坛公园里一个公厕一天就消耗掉58卷卫生纸,最高纪录是3分钟一卷……

2012年5月,北京市公厕管理服务工作标准出台,除了无障碍设施等硬件明确了以外,还量化了臭味的6级标准,同时要求每一公厕中苍蝇不得超两只。尽管遭到了许多调侃,但其积极的进步意义不能否认。

考虑到大杂院里人多晾衣难,而随意拴绳又影响美观,有报道说:在西城区的部分胡同里,由街道给安装了崭新的统一规格的晾衣竿,立架是2米黄铜色,上面是银色镀锌3米长的横杆。西长安街街道自2006年就开始了此项工作,现在街道所辖的13个社区中,有10个平房社区都装上了统一晾衣架,在23个胡同里设有160组,给居民提供了极大的方便。

以前的笑谈是买得起马置不起鞍,现在是"马"买来了,没地儿

"拴"。所以，时代进步的体现，少不了胡同两侧、窗户根儿下停满了的汽车，和为占车位各家装的地锁。要不然您下班晚了，转半天腰子也没地儿搁车啊！邻里间为这事闹矛盾的可不少见。说句老生常谈，这也是发展中的问题嘛。

小胡同里大乾坤

胡同见证的历史风云是我长大些才了解的。比如，随便在胡同里遇见个老者，一聊，进北京时是四野的，虽然一直在工厂干活儿，可现在是离休待遇；常见的一老工人，看着嘻嘻哈哈，但抗美援朝参加过上甘岭战役，见过了太多的生死。

工作后我一直搞设计，常在胡同里写生，也闹过笑话。比如画的时候有人围观，看一阵子扔下一句话颠儿了："这张纸真好！"让你运气：合着我把这张纸糟蹋了？还有一回，我在炮局胡同里写生，觉得配上门外两树间拉起根绳子晾被子的生活场景有意思，没想到院儿里出来一老太太，看见了死活不让我画，我就只当耳旁风。见说话不管事儿，她干脆把被子收起来了，让我摸不着头脑。一问，敢情人觉悟挺高："破门楼破被卧的，你这不是给咱社会主义抹黑吗！"

我在初冬的朝阳下，拍过东直门内北沟沿胡同23号的"梁启超故居"：一条南北向的胡同里，北起大菊胡同，南至东四十四条。故居坐西朝东，在临街房的高大后房山中间是屋宇式西洋门楼，门北边墙上镶着1986年被东城区列为文保单位的汉白玉标牌，一片残破，早成了大杂院。胡同里数棵向东倾斜的老槐树，粗大枝干覆盖了整个胡同，连接起故居与对面52号的"梁启超书斋"。1912年年底，梁启超告别十多年的流亡回国，先是在北洋政府里当了好一阵子"总长"，晚年授课清华，1929年病逝。恰如其诗："却余人物淘难尽，又挟风雷作远游。"

我也曾在天津参观"梁启超故居"——著名的"饮冰室"，那故居也处小街巷中，小楼干净利落，对外开放，有人解说。我说北京也有梁氏故居，讲解员愕然：只听说新会有正宗"故居"，北京的没听说过，可能是借住他夫人李蕙仙堂兄的宅第吧？那位堂兄是曾任清政府内阁学士的李端棻。对比京津两处故居的保护状况，如果说后者是富翁，那前者连"叫花子"都不如！后来梁家后人反对，"故居"又换成了"四合院"的牌子。

我拍过的地方还有东单路口以北、东堂子胡同75号的"蔡元培故居"，和路口东面靠南的西裱褙胡同"于谦祠"一样，仅存一半，如果当时没有各界舆论反应强烈，虽挂着"文物保护单位"的牌子，也早被开发商拆光了。夕阳下人流如织，没人注意胡同路北的故居小门。其所处的东单、东四路东一带据说完整保存了元代以来的规模形制。

图 5-6

图 5-7

北京城里在元代就有名的胡同，首推西四砖塔胡同。从西四大街进胡同往西走，鲁迅曾在砖塔胡同61号简陋的小院里住过；再往西，大作家张恨水住过95号。前几年我带女儿在那一带流连，已是遍地瓦砾，小丫头满眼迷茫，估计是从这儿连不上《啼笑因缘》？

藏身在北池子和北河沿之间的箭杆胡同20号，是陈独秀1917年应蔡元培之聘，任北大教授兼文科学长，以及主持《新青年》编辑部的住处。从此这里成了新文化运动的中心，被毛泽东尊为"五四运动时期的总司令"当之无愧。当年从这里发出的呐喊震撼着全中国。

我前两年寻到此地，看门楼西侧的"陈独秀旧址"标志不是镶在墙上，而是立在地上，不是牌，而似碑。虽是市级文保单位，唯分不清"旧址"和"旧居"的区别。我又想起了张恨水，1942年他在重庆《新民报》上曾发表《吊陈独秀先生》："道德文章一笔勾，当年好友隔鸿沟，故人未必痴聋尽，总为官阶怕出头。"门里恰巧走出一位古稀老人，特热情地介绍起来。一问，就是原来的房主，还引我走进院子，详细介绍当年东院都租给陈独秀，陈住北房，南房是《新青年》编辑部，靠街门的小房是传达室，《新青年》编辑部的牌子就挂在那儿……想必他也是听上辈人所说。

整个胡同目前仅存路南这一个门：小院面目沧桑，两个石门墩上的小狮子已显老旧风化，院门及门槛木筋毕露，缺损残破斑驳，显露出岁月的痕迹。东面是贴着白瓷砖的大楼，颇有点前些年土财主家装修的风范。老人说那是民政部，原先那儿是北京大学三院——法学院，从此向北与文学院所在的沙滩也相距不远。

我曾去鼓楼东北侧豆腐池胡同里的鼓楼中医院看病，它的西隔壁15号是"杨昌济故居"。毛泽东第一次来北京，就到未来岳父家落脚。几天后转到景山东街三眼井吉安所左巷8号，与众同学"隆然高炕，大被同眠"，住这儿倒是与"打工"的北大红楼更近些。

东城区修缮故居，方便了外地朋友寻觅伟人足迹。我画的吉安所故居油画，近景就是三轮车"司机兼导游"手指故居小门，正向坐在车座子里的俩女孩子介绍，物质和精神各取所需。伟人远去，故居长存，还在为人民服务。

2012年8月31日，"走进先贤——京城名人之旅"高端旅游线路向社会开放，让我们把这些闪光的名字连起来：梁启超、蔡元培、陈独秀、毛泽东，中国革命史的发展脉络清晰可见。

图5-6／1961年，南锣鼓巷。　　图5-7／2009年，小石碑胡同。

第六章
供应短缺的年头儿

图6-1／ 1953年，大栅栏里的瑞蚨祥绸布店。这家百年老字号，曾是老北京布匹行当八大祥之首，民间有"同仁堂，八大祥，不胡吹，不乱诳"之说，是老年间市民购买各式布料的首选之地，1954年公私合营。几年后赶上"困难时期"，再上这儿来您就得带着布票了。

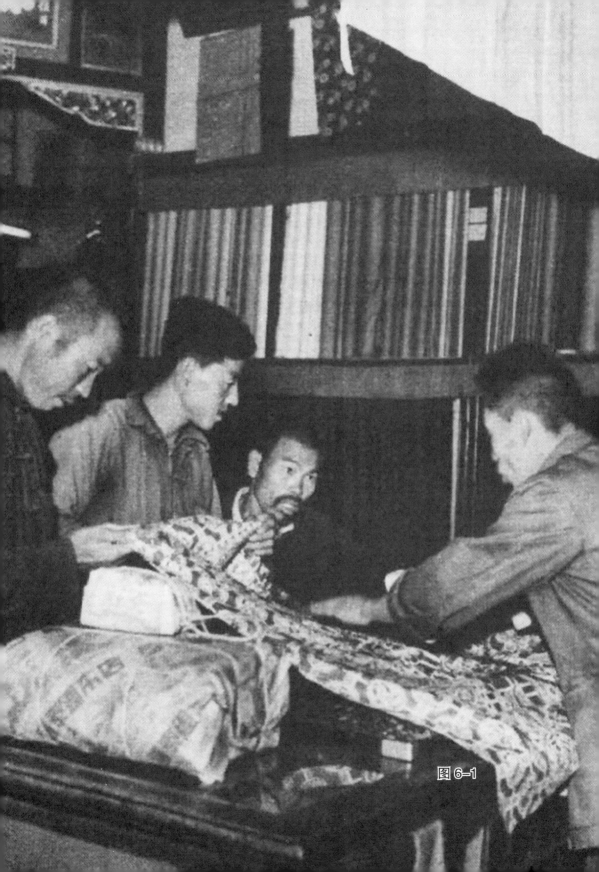

图6—1

图6-2

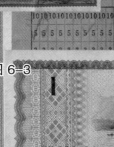

图6-3

一天早晨，我到东三环华威桥侧的首都图书馆还书借书，九点钟一开门就往里走，见前边几个中老年妇女提着书兜子摇摇摆摆地溜达，就侧身快步超过去，有位老大姐不乐意了："又不是买豆腐去，干吗呀这是！"听到这话我乐了，又想到了当年首图还在国子监里时的情景。那年月物资紧缺，哪个副食商场门口，早上都有一堆人糗着，门儿一开，男女老幼一齐往里挤，好奔各个柜台去排队。

票儿比钱重要

说起早起排队买东西，50岁以上的人都记忆犹新。那时几乎买什么都得凭票或写本儿，还定点定量，副食店一有动静，好像《地雷战》里扳倒了消息树，街道上胡同里就忙活开了，人们奔走相告，"张大妈，合作社刚来豆腐了，快拿盆儿买去！""李大婶，供销社可来芝麻酱啦，晚了就没谱儿啦！""赵大爷，告诉街坊们，发粮票了啊！"大有"剑外忽传收蓟北，初闻涕泪满衣裳"的意思。

那时粮票可比钱票还重要，亲朋好友一碰面，准是一句标准的问候："您吃了吗？"透着老北京的热乎劲儿。这可不光是传统习惯，打从1960年"困难时期"开始，您不掏粮票甭打算在北京的各类饭馆吃上饭；上班路过早点铺，光有6分钱没二两粮票，那大火烧就只有干瞅着的份儿。

据说当年国家领袖和普通市民一样，粮食定量，也领粮票、布票。居家过日子没票寸步难行，像粮票、米票、面票、油票、肉票、点心票、糖票、鸡蛋票、布票、棉花票、工业券……北京市1961年凭票供应物品达69种，再加上副食本、购粮本……后来还有煤气本、电视机票、大衣柜票……网上还看到农村有粪票之类。真想不出来多少不要票的东西。总之，当年的票证比今天的各种"卡"可多多了。

"票证经济"的产生，源于新中国成立之初，为了保证人民生活的最低需要，实行农副产品统购统销，粮食、棉布、棉花、煤油定量供应；1955年，全国通用粮票诞生，各地的粮食票证也相继问世；1957年，少数大城市实行凭购货证供应猪肉、食糖；转过年，又开始对肥皂、碱面、鸡蛋、鱼、糕点、香烟、自行车、手表、毛衣等货源不足的商品，凭票或凭副食本限量供应。

图6-2/ 新中国成立后的40年里，粮食定量供应，人们牢记"贪污和浪费是极大的犯罪"，粮店营业员把面粉倒入盛粮食的大柜里之后，要把面口袋翻过来，用两手撑住，从头抖到尾，把口袋里附着的面粉全抖搂干净。（张光提供）

图6-3/ 当年居民日常生活中所见所用的部分票证。

小京纪实

一个"50后"心中的北京

北京从1959年开始，把自1954年"统购统销"后实行的买粮"凭证"改为"凭票"，"浮肿"也成了常见病。以至于后来在刚出羽绒服时，有个老太太想给闺女买一件，叫不出新名词，都跟售货员说："劳驾，您给拿那件浮肿的棉袄我看看。"当年粮票的种类千差万别，最邪乎的是西藏军区1967年发行的军用粮票，票额一万斤；最"小巧"的是南京市1960年发行的一钱粮票。尽管当时中央主管经济的陈云同志说："计划供应只是一种暂时的措施"，但一暂时就暂时了三十多年。

那时，北京的新生婴儿凭医院开的出生证明，发给奶证，每天供应两瓶，每瓶半磅。满一周后，减为1瓶，再掺兑"代乳粉"。代乳粉票和婴儿糖票，每月各发一张。凭票到指定商店能买由黄豆粉、大米粉加一点奶粉掺合成的代乳粉1斤，还有黄砂糖——当时叫古巴糖——2两。我的小孩80年代出生，还得每天天不亮就拿上沾在一小块五合板上的奶证，到家附近的四眼井奶站排队买奶呢。排到了，两瓶奶放到自己钉的、带提梁的长方形小木盒里；递上把一个月排成表格、每天占一格的奶证；卖奶的拿圆珠笔一比画，在相应的格上打一钩，特神气。

据统计，1961年北京市人均全年肉食消费量是8两半，是有史以来北京居民消费水平最低的一年，但仍远远高于其他兄弟省市；那时大白菜是老百姓一冬天的当家菜，凭北京市居民副食购货证——老百姓简称"副食本"，根据货源状况每户供应数量不等的冬贮大白菜；还有油、糖、粉丝、茶叶，乃至于花椒、大料、木耳、黄花等，无不如此；听说还是老舍建议市里设法搞点芝麻酱，好让市民夏天能吃上过水面、拌茄泥。北京当时有400万人口，甭管彭真怎么嘬牙花子，后来还是做到了逢春节、国庆、五一节，凭本每户供应1两散装芝麻酱；直到1965年以后，才由"每户"改为"每人"春节供应半斤花生和2两瓜子。

老舍的《四世同堂》重拍后，热议不断，相当多的观众认为主创人员太年轻，对名作体会不深，只顾"青春靓丽"，与老版厚重沧桑的历史感、撼人心魄的艺术力量没法儿比。譬如剧中韵梅，一面说过日子艰难，一面又抱怨过年包饺子没韭菜，细节都如此，剧作质量还用说吗？甭说日本侵略中国的时候，就说改革开放前，您想在大冬天吃上韭菜容易吗？

都1980年了，哈尔滨市市长王崇伦，见群众吃豆腐难，就实施了"豆腐工程"，被老百姓誉为"豆腐市长"。咱"总设计师"都称赞他

"抓豆腐抓得对,抓得好,我们应该有更多的这样解决市民生计的好干部。"其后北京的菜篮子、米袋子工程与之一脉相承,可见民以食为天的重要。1988年,"粮票"改成卡了;1993年"购粮本"退出了历史舞台,短缺经济走进了历史。

喝粥的童年

虽然民间有"大的疼、老的娇、挨打受骂在当腰"的说法,可上有哥哥姐姐,下边还有妹妹的我,并没觉出"在当腰"的苦难感。记忆中小时候家里的晚饭经常是菜粥,就是在夏秋的时候,把各类菜帮菜叶晾干,到冬天放到粥锅里一起熬,连菜带饭都有了。在放干菜之前,老娘先要盛出两碗来,让我和比我小两岁的妹妹一人喝一碗白米粥,我也跟着享受了老小的待遇。

即便是菜粥,也是好东西,不是谁想喝多少就能喝多少,因为做饭前,都要根据人数,用小碗量出用多少米,严格计划,多一点儿也不行,否则月底全家就得把脖子扎起来。所以最后的空粥锅也是宝贝,也归我们俩承包,一人拿一小勺,刮得山响,最后锅里倍儿干净,都不用刷了。小时候听人讲故事,说是有人特别懒,几天的工夫,他那饭锅里就能又磕出来一个锅,就特不明白,我恨不得把锅给刮下一层来,他怎么能让锅里留下那么多饭或是粥呢?

懂事之后才听说,1959年到1962年,是共和国历史上被重重记下了一笔的惨痛经历——遭遇了重大自然灾害的三年"困难时期",到底是天灾还是人祸,那是后来再判断的事,当时哪顾得了这些,就是住在中南海的人们也全都勒紧了裤腰带,连延安时期的口号"忙时吃干、闲时吃稀"都被翻腾出来,刷在了大墙上。我们在懵懵懂懂的童稚时期,就经常喝稀的,有时就是榆钱儿榆树叶加上点儿棒子面熬的糊糊,算是不自觉地践行了最高指示。

后来经济形势虽有好转,但大家习惯成自然,每到头入冬,家家都把大缸刷干净,积酸菜、腌咸菜。那时谁家要是没有几个大缸小缸,盛水、盛菜、盛粮食,就不叫过日子的人,肯定为街坊们所不齿。

北京人积酸菜,都挑中溜棵儿、芯儿瓷实的白菜,白口青口的都成,去掉老帮儿,在菜头上破成十字,用热水烫一下,在缸里摆好,放水漫过白菜,压上一块老大的鹅卵石,盖好缸盖儿,过个十天半拉月,齐了。酸菜粉或酸菜馅儿,老少咸宜。要是腌咸菜,原材料更广泛,不管是大白萝卜还是雪里蕻,凿凿实实一大缸;一层菜,一层大粒盐,反复多次,最后压上石头,这一冬天算是有着落了。还可以随吃随续,是吃窝头喝粥的绝配。

没入冬也有事干。在夏天西红柿最便宜的时候，买上一筐，熬成酱；再淘换一堆医院里输液用过的玻璃瓶，在开水锅里煮沸，消毒杀菌；把西红柿酱倒入瓶中，用蜡封好口，码不碍事的地方，齐活。只要罐装环节得法，瓶子里不留空气，一般坏不了。到天寒地冻的十冬腊月，打开一瓶，满屋飘香。过春节时饭桌上要是有西红柿酱和腊八蒜，红绿相间，可是难得的美味佳肴！

在院里房前屋后的空地上种点菜，比如豆角、丝瓜之类，对生活也不无小补，按现在的说法，绝对是绿色食品。那时城里居民养鸡养兔子的也不在少数，和现在饲养宠物可不一样，就是为了吃。有个同学的父亲，居然在他们家的院子里养了好几箱的蜜蜂，他戴上纱窗布做的面罩捣鼓蜂箱，成为远近闻名的一景，让一胡同的孩子好生羡慕。

那时的邻里关系也融洽，说现在的词是和谐，一家人要是做点特殊的饭菜，哪怕是包了一点儿新鲜馅儿的饺子，也得煮得了让孩子给走得近的大妈大婶送一碗去尝尝。

储存大白菜

"储存菜"似乎已经是北京的一个历史名词了。早先冬天在郊区农村的暖栋子里，因为生着火，温度有保证，不但养花，也种蔬菜，但数量稀少，远非常人所能享用。那时也没有塑料膜可供推广大棚种植技术，十冬腊月天寒地冻就种不了菜了。所以一到秋末初冬，北京市民就开始积酸菜，或者存起够一冬天吃的大白菜。那时多数老百姓的饭桌上只有三样菜：土豆、胡萝卜、大白菜。政府为了解决首都人民的吃菜问题，只能进行冬储菜"运动"——从冀、鲁、豫等邻省往北京调菜。

一进11月，就能看见车槽帮里大白菜垛起老高的大卡车，一队队排成长龙，浩浩荡荡开进城区；有交管部门给运菜的车辆保驾，比现在高速收费站设运送生鲜的专用通道还重视；区里、市里都派专人负责，雇好多临时工帮市民把大白菜从菜店运回家；广播里报纸上满是冬储大白菜的消息，我调到报社工作后，大白菜也是应时的重要报道内容。

大街边上胡同里的国营菜站旁，一堆堆的大白菜都插着小牌儿，一级菜多少钱，每个副食本可买多少斤；二级、三级多少钱，不要本，随便买。众多市民排队开票、交钱、领白菜。小孩子们也在凛冽的寒风中跟着买菜的队伍蠕动着,为各自的家庭贡献着力量。可能从空中往下一看,与蚂蚁往窝里搬运食物无异,因为哪家人过冬也得买上个几百斤。大白菜销售点卖一天的菜,第二天那周边就是一片白菜帮子;要赶上下雪,就冻成了起伏的丘陵,骑车人到了这地界儿,就得加上十二分的小心。

住平房的,院儿里要是宽绰,就挖个菜窖,把白菜存里边。在20世纪90年代,我在北城根的胡同里碰到急匆匆上班去的同学徐浩,问他忙什么呢?都回答:看我急着像去救火,其实是到单位挖菜窖去。因为那时虽然大白菜已经失去了至尊的地位,但物美价廉,在酒仙桥一带的老国企里还大有市场。

白菜买回家,得先在半太阳地里放放,散发一下水气,然后收起来,盖上草帘子或破棉被,隔三岔五的还得翻动翻动。我家搬到楼房以后,冬天的阳台就是专存大白菜的地方。如果保存得不好,一开阳台门,就是一股烂白菜味儿。

在北京,一提"当家菜",甭问,说的准是大白菜。可一搞市场经济,大白菜就当不了家了。20世纪80年代末,供需失衡,堆积如山的大白菜愁坏了菜农和政府。因而1989年,大白菜有了一个非常神气的别名——"爱国菜"——买得越多越爱国。至此,"储存大白菜运动"的历史宣告终结。

北京的菜店,原先多少年都是国营的,国家拨什么卖什么,有菜没菜好菜坏菜都由不得你,当然价格也全部一致,没有砍价的烦恼,也不用担心上当。后来逐步过渡到承包制,菜的品种和质量开始有了改变,比过去新鲜多了,可就是菜店网点不够多。再后来干脆市场化了,菜农后半夜就把新鲜蔬菜拉到批发市场,小商贩再把菜趸到早市上,无论春夏秋冬老百姓都能吃上鲜菜。国营菜店没打造成"蔬菜航母",反倒慢慢被彻底淘汰。现在的大型超市自不必说,不想办法提高服务质量,搞些半成品菜、无公害高档蔬菜、礼品蔬菜、外国引进蔬菜之类,就犟不过早市菜摊。

现在北京的冬天,全中国甚至全世界的菜都可以见得到,光白菜就有许多种:高山娃娃菜、奶白菜、玉田青口菜等。传统的普通大白菜也静静地待在角落里,因为北京人不会忘记它,那是一个时代的记忆,一种怀旧的情结,隔三岔五地吃一回,变变口味,也让思绪随着大白菜的清香,飘向并不遥远的往昔。当年不是传诵着革命导师的一句名言嘛"忘记过去,就意味着背叛"。

啥都定量供应

我对票证最初的印象是粮票。1960年时我家住交道口东大街,买粮食就得去北新桥十字路口东边路北的粮店。那时可不像现在都是包装好的3斤、5斤的自发粉、饺子粉，而是拿着能装好几十斤的大口袋，到店里交完钱和粮票，到大粮柜前等着售货员用大铁皮簸箕从柜里撮出米面或棒子面墩在柜上的小台秤上，称完了，顺钉在粮柜上的铁皮大漏斗上一倒，就进了卡在漏斗下接着的大口袋里了。

售货员收上粮票来，就用糨子全挨排儿粘在一张纸上，粘完拿毛笔蘸墨水一涂抹，就谁都别想使了。那时的"标准粉"每斤一毛八分五，长期如此。逢年过节宣传"大好形势"时总得说："物价稳定，市场繁荣，既无内债，又无外债。"物价是第一位的，就是没讲进入"市场"要凭票证。有时我跟着哥哥去买粮食，去时我拿着口袋，回来就让他扛，要到家门口了我才要替替他，意图马上被识破，于是在家长面前邀功之举宣告未遂。

到我结婚时，苦于没有各类家具票，自然钱票也不富裕，我哥就各处搜罗木头，又买来弹簧等辅料，舞动锛、凿、斧、锯，给我打了从大衣柜到沙发床等全套家具。买不着三合板，就买纤维板代替。然后请他做油漆工的同学，先在家具上涂满底色，再用几块剪成锯齿形的硬皮子在纤维板表面划上木纹，还是水曲柳的，简直惟妙惟肖，最后罩上清漆，足以乱真。物资短缺真能极大地激发出人的潜能，要不怎么"老大哥"一撤，咱照样造出原子弹呢！

同学付勇的哥哥在北新桥副食商场卖肉，每天早上一开门，往摆好几扇肉的案子后一站，旁边放个装钱和肉票的大箱子，大砍肉刀平放在案子上，面对一字长蛇阵般的买肉队伍，豪迈地手按刀把一拍案子，砰砰作响："要多少？"气发丹田。拍案声就像排队叫号。那时人们买肉都想要肥的，最好是五指膘，回家能炼点儿大油，剩下的油渣撒上盐花也是难得的美味。一个老太太嫌切给她的肉皮太厚，忍不住叨唠了一句，同学哥又扶刀把一拍："肉皮再厚也没肉厚！下一个！"

北京有口头文学创作的传统，当时有关"四大"的段子里有：听诊器、方向盘、人事干部、售货员。说的是四个最吃香的行当：大锅饭时代，有人想泡病号就得求大夫，现在你想给人开假条，好多人都不见得要；服务行业不发达，运东西送人得求司机，现在搬家公司、出租汽车到处都是，谁还去搭人情求人；人员不流动，各色人等全像卖给单位了，想调工作自然得找干人事的，现在则有点像当年的统战政策，"来去自由"；与人们日常生活最息息相关的，非第四类莫属。

当时"粮食部门吃得饱，商业部门穿得好，小学教师饿得满处跑"，买什么都得找售货员，甭管凭票不凭票，那叫路子。相声演员高英培说过一段子，就是"拿料头换布头，拿布头换馃头"的故事。尽管谁都反对走后门，可又都希望办啥事都能找个关系，尤其是买东西的时候，所以售货员们的社会地位很高。不像现在，全世界有什么北京就有什么，就怕您没钱。

我们插队回城后，有一部分同学分到了一商二商系统，感觉都不错。唯一不同的声音是：一个村插队的刘同孝分到了百货大楼，他的职业自豪感倍儿强："大楼是什么地界儿？你就是进点儿大粪勺，也能当炒勺卖出去。"但他母亲可是极端不满意：我们高中毕业了，站柜台？当售货员？不是大材小用了么？我只能现身说法：比我去修马路强多了吧？老太太这才点点头：那倒是！

插队时，城里粮票稍有富余，但在农村还比较稀罕，我们就拿些和社员们换鸡蛋，他们缺粮票。村里人都养鸡，号称"鸡屁股银行"，买个针头线脑的全指着鸡蛋呢。有一次我回家，找了一个烧水的壶，里边絮好稻草，再把鸡蛋用报纸挨个包好放里边。那时从村里到县城就一趟班车，走在下山坑坑洼洼的沙石路上，左摇右摆，我们都猜开车的八成是摇煤球出身。下山车速飞快，突遇一大坑，又加上我正坐在车厢里最后一排，一下子把我颠了起来，直撞上车顶篷，脑袋上立时多了一小"鸡蛋"。到家一看，一直抱在怀里视若珍宝的一壶鸡蛋，一个没碎。

工作后，有位师傅兼好朋友老范，要买辆自行车，那时物资供应似乎比以前充裕些了，但凤凰、飞鸽、永久还是紧俏。一天下班后，我找了在东四人民市场工作的同学道书魁，只拿钱票帮他买了一辆新出的燕牌自行车。原打算从东四骑到他在右安门的家，但刚过前门，连接脚蹬子和车架的"大腿"上的穿钉就掉了，也搭上天晚了，原来满街的修车摊这会儿一个都找不着了，结果我是推到他家的。尽管新车都要重新收拾一遍，紧紧各处的螺丝，但也不至于连这么个距离都骑不了啊？看来"萝卜快了不洗泥"，真是有传统了。

老名牌才货真价实，我的第一块手表是凭工业券和单位发的手表票买的上海牌手表。后来禁不住各色电子表诱惑，换来换去，终归使不住，最后戴的那表出故障，要修得好几百。我说拉倒吧，把老上海找出来，30块钱洗洗油泥，又戴好几年了，什么事没有。时代进化得真快，单位里小青年说，现在戴老手表可不算落伍，还颇有点时尚之感。

计划经济时代，要调动工作，必须要有工资关系、粮食关系，其次才是组织关系等手续。我到报社工作了好几年后，人事部门新来了个领导，有一天突然找到

图 6-4

我，说问你个事，你的档案在哪儿呢？我说这可得问你们了。她说别着急，我们一整理档案没找着你的，要不然你问问原来单位，是不是还在他们那儿？我一打电话，原单位人开玩笑说你还要啊？我们以为你有饭吃就不要档案了呢！敢情原来我到新单位报到时，只是自带了工资、粮食关系，档案根本没人去拿。

现在人们生活质量提高了，有人又感叹吃什么都没味了。这固然和化肥、农药、激素饲料的普及有关系，但不能否认的是东西太多了，也让您吃顶着了。估计再让您过每月每人只有2两糖、3两油、每户1斤鸡蛋的日子，起码现在很普遍的脂肪肝肯定踪迹皆无。据说有人曾问智者苏格拉底你怎么有那么多不懂的东西，苏格拉底说人的知识就像一个圈，你的圈子越大，你所感觉到的未知领域就越大，你就越会认为自己知识贫乏。同样的道理，可能是你越发展越会遇到前所未有的问题。打个不恰当的比喻，还是套用苏格拉底的话，从前可能是"为食而生存"，现在是"为生存而食"，这就是本质的区别。

图6-4／ 1967年，海淀区四季青人民公社。是年京郊大白菜获得了历史上少有的大丰收，待运的大白菜码成垛、积成山，城里居民一冬天的吃菜问题基本就指着它了。老百姓"当家菜"的地位是历史奠定的，当时哪儿想得到一改革开放，一市场调节，大白菜一度被当作"爱国菜"购买。

第七章
当代国人的服装演变

图7-1／1952年，北京市劳动人民文化宫举办联欢会。工人、店员、解放军、学生在跳集体舞。列宁服、军装、背带工装等富含时代特色的服装交相辉映，在这一场合和谐亮相。由此，人们的穿戴和家庭出身、政治面貌、革命立场、阶级感情都挂上了钩，引导了一代国人着装的潮流。

图 7-1

图 7-2

"衣裳是衣裳，底下的那叫裤子！"这是上高中时我一同学赵培荣，在楼道里听何瑞琪老师说："衣裳是个合成词，上衣下裳"时，瞎起哄架秧子，惹得老师无奈地调侃："我要是你爹，一大耳刮子扇过来你就明白了！"现在想起来，衣裳不单是人的脸面和包装，更是社会发展的见证和历史延续的记忆。

人一说起回忆，就是"过电影似的"，形象的记忆说出来是语言，写下来就成了抽象的文字；如果再返回去，可能就达不到原来那样丰富多彩。

大裤裆历史悠久　布拉吉事关国策

服装和政治的紧密相连在中华人民共和国成立之初就开始了。

那时人们的穿戴还残留着以往的痕迹：市民一般穿侧面开襟扣袢儿的大褂儿，现在说相声的一上台，还是这扮相；妇女穿旗袍，和现在强调腰身的剪裁比起来特像一面口袋。由于进入了新社会，一切都要无产阶级化，穿衣打扮也革命了起来，为了表明自己的阶级立场，大家都自觉不自觉地选择与解放区、解放军、工农大众相似的装束；西装、旗袍对应的自然是资产阶级、小布尔乔亚情调，很快就在生活中消失。我插队时，有一同学邢旭昭，把家里遗存的许多领带都带到村里，给同屋人当腰带使。待他现在常穿西装时，提起那事就满脸的惋惜：挺好的东西都拴"驴"使了。顺口还把大家挤兑得不善。

那时社会生活中少不了一大特色：缅裆裤盛行。裤子主体多半是深青色，说白了就是黑色，一拃宽的大肥裤腰多半是白色，左右一缅，两边和后面是一层，前边三层，大裤裆滴里嘟噜，结实的布带子腰里一扎，脚脖子那儿多半系着腿带，穿上整个就是一两头儿不进风的分岔儿大口袋。脚下是内联升的"千层底"，还是苦力穿的"踢死牛"，另说。这一"国粹"的特点是不分前后，物尽其用，不会老磨一个地儿，多少年来都是国人的唯一选择。社会阶层之间只以裤子的面料相区别：地主老财东家掌柜的穿绫罗绸缎，贫下中农贩夫走卒一律粗织土布，尽管价值天壤之别，可形式都是大缅裆。直至改革开放，缅裆裤在农村起码还占据着下半身儿的半壁江山。和现在流行的韩式大裤裆比起来，正反两面穿，更实用、更科学。

当"缅裆裤"们的日子一天天改变时，服装也跟着变。穆青在其名篇《县委书记的榜样——焦裕禄》中记述了老焦的一句名言："榜样的力量是无穷的。"

图7-2／1960年，穿背带工装的青年女工。

新社会的榜样在20世纪50年代还有"最可爱的人"——志愿军战士。后来在CCTV老故事频道看当年的老纪录片，看反映抗美援朝战争的电影诸如《英雄儿女》里的画面，女干部、女战士几乎是人人必穿列宁服。

据说列宁服是因为列宁在"十月革命"前后常穿而得名，所以在列宁服的老家原本是男式上衣，却在流传到中国后阴阳颠倒演变成女装。看来"异化"一词，在中华人民共和国成立初期已现端倪。列宁服首先在新中国参加工作的女性中流行起来，西装开领，双排扣，腰中束一根布腰带，双襟中下部各有一个斜插的暗口袋，成了无数中国女性最崇尚的革命化"时装"。直到60年代开始"反修防修"，列宁服才带着一代人激情燃烧的岁月，在中国大地黯然退场。

在全世界主要是两大阵营对垒的大势下，新中国选择了"一边倒"的施政方针，"老大哥"的影响面面俱到，"布拉吉"也成为最受女性欢迎的服装之一。布拉吉在俄语里是连衣裙的意思，像早期发动机叫引擎，电话叫德律风一样，都是音译。为了体现社会主义事业的欣欣向荣，人民生活的蒸蒸日上，色彩鲜艳的布拉吉成了各大中城市中最靓丽的风景，好像老百姓一穿漂亮，就成了"意气风发，斗志昂扬"的绝好写照。经历了"大跃进"的疯狂，迎来了三年"困难时期"，填饱肚子成为生活中头等大事，布拉吉也就从人们的视野中消失了。

关注服装流行趋势的人都知道，一种款式可能过了许多年又开始流行，叫复古风也罢，说是辩证法的螺旋式上升、波浪式发展也行，反正是压箱底儿的老古董常常变身新时尚。比如60年前的列宁服，今天有人又拿它当时装了，灰色咔叽的、藏蓝呢子的，配上金属扣，煞是养眼。

这些年，各式"申遗"成了时髦，网上就有人做了篇《关于缅裆裤申遗的可行性研究》，罗列理由有：第一，历史悠久。至于有多久，已无从考证，反正是作为中华民族服饰文化的化石，绰绰有余。第二，设计巧妙。穿着舒适，男女皆宜，远胜牛仔裤之类。第三，正在失传。中山装、唐装都卷土重来焕发青春，谁还记得缅裆裤？越要失传越需保护，很符合联合国教科文组织的原则。这虽是戏言，却反而证明了没人忘记它。

时代的特征——补丁

抛开盼着逢年过节穿新衣裳的学龄前不算，我以前穿的衣服不外乎黑、灰、蓝这仨色，那时中国人的穿着，常被好奇的外国记者形容为"蓝色的海洋""灰色的天地"。但最大的好处是通用，几乎哪个季节哪个年龄都能穿，因为一年的布票有限，正好一衣多穿。直至石化行业发达，化纤产品满街，到了20世纪80年代，布票才告别日常生活，成为今天收藏品的一个种类。这仨色儿还有不显脏的优点，也就省了肥皂票！我只在少先队集会活动时才穿白汗衫，好与红领巾、蓝裤子相配，一天下来，领口多半让"车轴脖子"磨得发亮。

那时人们穿衣裳，买的少，做的多，裁缝铺是大街上胡同里常见的店面。小孩衣服更是多半家里给做，而且还要往大里做，先把袖口、下摆窝里边缭上，冬天套棉袄，小了再春秋单穿，再小就"下放"给弟弟妹妹，或是在袖口裤脚再接出一截接着穿。

马寅初1959年才提出《新人口论》，所以"50后"们多数家里一堆孩子；即便后来推行计划生育，也是"一个不少，两个正好"；真正"只生一个好"是20世纪80年代的事了，所以"60后""70后"们也能体会到什么叫手足之情。

1963年，上海出了个"南京路上好八连"，保持了艰苦朴素的优良传统，成为人们学习的榜样，"新三年，旧三年，缝缝补补又三年"，妇孺皆知。其实以那时的经济状况，全国人民衣裳的胳膊肘、裤子的膝盖和屁股蛋，早就补丁上针脚一圈一圈的了。区别仅仅是有的胡乱补上一块，补丁和衣裤的质地颜色不大一致；心灵手巧的，补完浑然天成，就像现在有些西服胳膊肘那儿的装饰，别有风味。那时套袖几乎人人必备，就是怕把衣袖磨坏了，尽管大家公认"笑馋笑懒不笑苦，笑脏笑破不笑补"。

长期占据家庭财产"三大件"位置之一的缝纫机，除了本身100多块钱的高身价外，更在于一家人做新衣补旧袄，一会儿也离不开的重要。那时都是棉布，加上体力活多，好像衣服都不禁穿。给衣服补个补丁对我而言是小菜一碟，上学时还曾到地处东直门外左家庄的大华衬衫厂"开门办学"，正经在车间里使过一个月工业电动缝纫机。用那玩意脚倒是省劲儿，可手上得紧捯，底下轻触开关，机头那儿的动作就得比家用的快好多。听说那厂子的"天坛"牌衬衫出口形势本来好好的，但一"革命化"，就给改成"曙光"牌的了，结果外商全不要了，咱给人解释得口吐白沫，说这就是原来的天坛牌，白搭！人家就认那个祈年殿的小标志。

高中毕业时赶上"批判修正主义教育路线回潮"，都得去农村"接受贫下中农再教育"。正巧同学刘同孝的哥哥在一文工团工作，看我能画画，就把我推荐给单位，答复是干舞美没戏，服装还能考虑，但前提是得自己能剪裁、缝纫，做出样装。我家那时有台北京产的燕牌缝纫机，虽比不上老名牌"蜜蜂"之类，但也足堪自豪。马上练习立裆怎么裁，袖子怎么上，没有布料怎么办？旧衣裳先翻新再改小，拆了扎扎了拆，糟尽不少东西，比光打补丁麻烦多了。

　　准备得差不多了，人家又带话来：你得到学校开封证明信，说你符合留城条件，要不可有破坏上山下乡运动之嫌。那时教语文的李体扬老师给我也想过类似的办法，结果也是这样一个要求。最初我想这应该不难，学校马金钟主任对高中学习比较好的同学寄予厚望，曾说张三琴拉得好就去考音乐学院，李四爱画画你就考美术学院。虽然不能考学了，但去搞专业工作也不枉他一番苦心吧？但证明到了儿没开出来，教我画画的李槐惠老师说，一批"回潮"，马主任说话也没地方了，工宣队的头儿成了大拿。我只好跟缝纫机"拜拜"，奔了"广阔天地"。

天安门引领服装新潮流

　　在时装概念普及之前，不分老幼，大家都是千篇一律的灰色、蓝色中山装，或与中山装近似，只是明兜改暗兜的建设服，也叫军便服。开国大典时新中国领导人身着中山装的形象出现在天安门城楼上，端庄豪迈，气度不凡，使中山装成为全国标准的干部服；及至"文化大革命"，绿军装横空出世，又成了普天之下的最好装束。儿歌里唱"我爱北京天安门，天安门上太阳升"，那"红太阳升起的地方"在1988年元旦正式对外开放之前，客观上早就成了神州大地上最大的服装流行趋势发布台。

　　1923年，孙中山在广州任大元帅时，感到西装烦琐不便，于是穿起自己设计的世界上第一套中山装，只为好看、实用、方便。很明了的事，被好追究些微言大义者附会出一番玄妙意蕴：四个口袋表示国之四维——礼、义、廉、耻；五颗纽扣是区别于西方三权分立的五权分立；袖口仨小扣代表奉行三民主义；后背不破缝，宣示国家和平统一之大义；上兜盖如何，衣领又如何……总之是一经问世，不胫而走；又经1949年的光彩亮相，更是风靡全国。微信盛行后，我在"朋友圈"里又见到了阐述中山装寓意的文字。您看中华人民共和国成立之初对农业、手工业和资本主义工商业的三大改造之后，到新时期之前老百姓的结婚照，新郎几乎百分之百是着中山装或军便服。我20世纪80年代初结婚还做了一套灰料子中山装，遑论此前30多年里办喜事的前辈爷们儿。

"文化大革命"开始了,随着"支左"的军人深入地方,一首歌流传开来:"解放军是个革命大学校,毛泽东思想红旗举得高。战斗队、工作队、生产队,敢把重担肩上挑……""革命大熔炉"影响所及,一片灰蓝色的海洋里,草绿、土黄又忽如一夜春风来,成为当时最时尚的衣着,许多怀旧影视作品里的红卫兵形象,就是某些过来人对消逝岁月的咀嚼。

军装成为青年人的最爱,商场里也开始卖草绿色上衣和裤子。有一天我跟街坊小牛儿去北新桥路口南边的化工原料商店买绿染料,居然卖光了,劳动人民那时做衣服常有染布的时候。小牛儿后来去了内蒙古建设兵团,探亲时来我家玩,穿一身正宗"国防绿",远非昔日土造的"假冒伪劣"可比。但他对军装的热情已然消退,只想着"假冒伪劣"出一身"大病",远离曾经的向往……

我给参军探家的同学徐浩画过水粉肖像,没画帽徽领章时画面一般般,加上"一颗红星头上戴,革命的红旗挂两边",马上感觉神采飞扬起来。后来有了点色彩学知识,才明白红绿对比强烈,是"互补色"原理,"万绿丛中一点红"很有科学道理。那时从军帽到解放鞋,凡军用品无不大受追捧,但也有例外:徐浩被批准入伍出发前,背回家一堆军装被子、挎包之类的东西,我和他翻看都有些什么,忽然发现还有块大白包袱皮;我琢磨不会是打背包用的吧?他说挺像台布,可又稍微小点儿;忽然他发现"包袱皮"一边还有"机关",抖落开才闹明白那是一白汗布大裤衩子。

也不是是个人就能淘换到军装,没辙就退而求其次,有顶军帽也行,以至于"鉴定"军装、军帽的真伪,也成了小哥们儿之间的一门"显学",那时没见谁忌讳戴绿帽子。我曾因为要一表哥戴的军帽,吓得他好长时间不敢登我们家的门。即便是别的色的帽子,也得是军帽式样的"解放帽",你要戴一鸭舌帽,保准落一"特务"的外号,什么贝雷帽、棒球帽等那时都没听说过。

在军装的引领下,军便服也在全社会流行起来,与军装的区别就是颜色变成了灰色、蓝色,而且都是四个兜的干部服——那时战士的军装只有上边的俩小兜,没有下面的俩大兜。面料啥都有,平纹的、斜纹的,就是没见过条绒的,后来化纤盛行时还有的卡的;学生、老师、工人、干部,谁穿都行。有同学曾经穿过一件黄灯芯绒夹克,被胡同里一帮臭小子认为是羊群里边出骆驼,太各色了,"夹克"一路过那帮子的"领地",就招来一阵"假华侨"的起哄声。"领哄"的句式是:给他一大哄嗷……

服装的等级特征在动荡年代被阶级意识所取代,比如军大衣,国家领导人能穿,运输公司的司机、装卸工也一样穿。有一回丁殿乐同事给我介绍个对象,约好了在崇文门地铁站外见面。到那儿没等一会儿，就见一青年女性款款而来，还四下里踅摸，红围巾白口罩浓眉明眸，特别是穿一件肯定改过的卡腰合体的军大衣，生动非凡。一问，正是她，还真让人有点喜不自禁。那时"最高指示"谁都张口就来，时兴的说法有"印在脑子里，溶化在血液中，落实在行动上"等。面对"军大衣"，我突然想起了主席诗词，"飒爽英姿五尺枪，曙光初照演兵场，中华儿女多奇志，不爱红装爱武装"。待到她猛然一摘口罩，我不禁后退一大步，怕她的门牙碰着我！心说要到了夏天，准是啃西瓜的一把好手。我惆怅地告别了"军大衣"。

"人饰衣裳马饰鞍""衣冠禽兽""衣锦还乡"，人们的"包装"中洋溢着浓烈的感情色彩，也成了社会的镜子，映照出时代变幻的表情。在艰苦朴素、勤俭节约的传统思维中，又增添了浓烈的革命化、军事化气息，其中也不乏理想化的憧憬。

出门儿的行头——工作服

现在听惯了"拉动内需"的年轻人，很难想象，当年工作服曾经是许多人的礼服，尤其是平民百姓出门儿首选的行头。

中华人民共和国成立初期，人们崇尚朴素，我记得家里曾有个白搪瓷把儿缸子，还有一和面的瓷盆，上面都印着大红花和"劳动光荣"四个大字；还特别兴男式背带工装裤，不论男女穿上都挺好看。那时干什么全讲究"男女都一样"，别说在车间里干活了，画家杨之光的代表作之一，就是表现女矿工的国画《矿山新兵》。曾经在美术领域独占鳌头的宣传画，农民的形象必定是头系白手巾，冀中平原是手巾蒙头上往后边系，陕北老区是系在前边，在脑门子上打个结，露出毛巾的两头；工人形象不是鸭舌帽就是柳条帽，再不就是石油工人的铝盔，不管是高举"红宝书"，还是手握"大批判"的如椽巨笔，一准儿少不了背带工装裤。

"领导阶级"登上了上层建筑的历史舞台，自然也包括在服装领域"兴无灭资"。风气所致，就像一提尊重知识，跟人一客气必定称"老师"一样；那时不分行业不论男女，统一的尊称是"师傅"，电视剧《师傅》就是那时社会风气的绝好写照，通篇洋溢着一种发自内心的职业自豪感；夹克式的劳动布工作服也跟着时髦起来，谁穿着都觉着不赖，整个北京城，乍一看就像一大工厂，怎么哪儿哪儿都是工作服？人们的审美活动真是奇了怪了，你到公园里看吧，搞对象的小伙子十有八九是白衬衫，外套是干干净净的工作服，裤子质地丰富一点，脚穿松紧口的懒汉鞋或三接头黑皮鞋，"脚底下没鞋穷半截"么，我就有过这样的生活体验；遛弯儿和打太极拳的老年人，也多半是工作服一身儿。

我在马路公司时，一上工不论是青工还是老师傅，通通破工服，赶上天冷就拿根破草绳子往腰里一扎，那衣服多长时间没洗了不知道。一下班猛倒饬一阵，立马换了一人，蓬头垢面变成溜光水滑，换上崭新的工作服，老的该回家回家，少的该轧马路轧马路去。碰上精神头儿大的，一上马路还蹬着自行车跟"电驴子"较劲呢。

有一阵儿我在东单的大华电影院画大广告牌子，想调那儿工作没得逞。那儿的俩美工一人一件蓝大褂，上面溅上斑斑点点的广告色，和副食店卖肉的工作服一样，挺适合抢板刷画广告，我瞅他们上下班穿着大褂骑着车，也很是潇洒，不输于劳动布的。从穿我哥的工作服，到参加工作自己也有工作服可领，一直到成家后，绝大多数时间我是穿着工作服度过的，除了风气使然，也确实是省钱。俗话说：耗子去赶集，里外一身皮！

我以前常去中戏院刊《戏剧学习》的李坚老师家请教，他是歌剧《阿诗玛》的作者，同名电影是根据歌剧改编的。在东棉花胡同李老师家，他常穿一件劳动布的工作服，乐呵呵地看我写的幼稚文字，时不时给我普及点儿斯坦尼和布莱希特之类。直到1984年中央电视台的春节晚会上，马季在相声《宇宙牌香烟》中工厂业务员的典型"行头"，还是手拎黑人造革包，身穿劳动布工作服。

还是那次晚会上，香港歌手张明敏是"洋装虽然穿在身，我心依然是中国心"，估计他想不到，没过几年，"洋装"和"中国心"就一点也不矛盾了。后来我在电梯里遇见报社国际版组的夏雷，挺热的天可穿件挺规矩的衬衫，我说你不是有什么外事活动吧？他说还真是，马上去一使馆出席个什么会。我说那还差条领带啊？他一抬手，呃，领带在手里攥着呢。原来是准备到了会场就系上，出门再摘下来。这洋装确实够麻烦的。

经济发展后，工作服回归本源，卸去了为老百姓当"礼服"的额外功能。现在谁走大街上还穿着工作服？除了各类执法部门穿"官衣儿"的，那是工作期间不得不穿，下了班你看谁还穿？许多公司白领压根儿就没什么工作服，撑死了规定工作时间必须正装领带，外加脖子上套一胸牌。这让人不恭敬地想起当年的农村，说村干部的基本工作有几句顺口溜："人戴环儿，狗戴牌儿，耗子洞里塞药丸儿。"如今，恐怕只有个别交通协管员和各单位的保安同志，穿衣上下班不分。

精彩又无奈——的确良、牛仔裤

齐秦唱的"外面的世界很精彩,外面的世界很无奈",充满哲理,在中国人民的穿着上,"外面的世界"是由"的确良"带来的。"文化大革命"后期,我拣了哥哥淘汰的一件的确良半袖衫穿,白地儿上有浅蓝色小碎格,领口已经磨得像纱布,但就是不坏,一洗就净,一晾就干,不用熨烫,穿起来没褶。当时还没广告一说,人们口口相传:的确良穿不穿都八年。这对每年布票有数、穿衣首先图结实的老百姓来讲,不要布票的的确良真是个好东西。尽管很"高档",比棉织品贵多了。彼时的化纤产品涤纶和棉的混合物——的确良,是国外进口,假道南方进入北京市场的。后来随着大量化纤生产设备的引进,国产的大批上市,质量还是比进口的稍逊一筹,"的良""的卡"走进了千家万户。

民间曾有一故事流传:有一老华侨少小离家老大回,在机场见到来接他的人个个喜气洋洋,一色的确良,老泪潸然:"你们受苦啦!"众人不解:"您这是怎么话儿说的?"老人说:"在国外串房檐儿吃不上饭的才穿这个,你们——"众人心里话:我们怎么说也还算穿着体面吧?直到"纯棉"成为时尚的代名词,人们才能真正体会到老人当时的心境。"的确良"的确不凉,穿上不透气,说邪乎点儿就像人身上套一塑料口袋,一出汗,就粘身上,天冷嫌凉,天热闷得慌。尤其滑稽的是,那玩意儿最初还被冠名"的确凉"!

的确良之后我接触的"新生事物",就数国门洞开后汹涌而入的牛仔裤。老穿板板正正的制服,也似"如入兰芝之室,久而不闻其香",人们转而向往起休闲来,牛仔服恰逢其时。

牛仔裤在美国西部问世后,以粗帆布辅之以铜钉加固口袋的坚固,受到劳动者喜爱,从北美大陆流行到全世界。以前花格子的喇叭裤被当作"奇装异服",与蛤蟆镜一起饱受批判,相声演员及时编段子,说他们胡同里自从有人穿喇叭裤,扫大街的就歇了,地上倍儿干净。这回"劳动布"的喇叭口同样被认为几近流氓。我穿着直筒的牛仔裤到李坚老师家时,他还接受不了,和我玩笑着说再穿它就别来我家了。过一段时间去他家,还是穿着那条牛仔裤,他也说这种裤子真挺好看的,正统的文化人也接受了这种舶来品,关键在于潜移默化。

牛仔裤初进北京时,还是比较大众化的,现在已经两极分化,木樨园、大红门那儿多半是批发普及型的,您要高档就得奔燕莎、赛特或各品牌专卖店。牛仔系列里牛仔裤、西装、套装、裙、皮带、鞋、包、帽等无所不包。万宝路经典的西部风情系列广告，以剽悍、威武、野性的牛仔形象巧妙烘托出了其产品的品位和"酷"，同时也让人领略了牛仔衣裤的风采，于无形之中为美国文化所浸淫，由排斥漠视进而接受欣赏。牛仔服以其优雅、休闲、舒适、自由的理念，独特的个性，成为都市时尚新样板。

单说牛仔裤就变化万千，裤脚由宽变窄，裤腿由窄变宽，喇叭裤、萝卜裤、筒裤、锥子裤，各走极端，反复无常。到了20世纪90年代，牛仔裤早异化成时装，成为时尚舞台上的常客，设计师竞相青睐的宠儿之一，像浅色、水洗、正白色各种系列，皱痕纹、螺旋纹，高腰的、低腰的……不一而足，爱标新立异的主儿，故意在膝盖、大腿等处割开几个大口子，露出煞白的皮肤，挺好的东西非整得破衣啰唆不可，以显示个性，"乞丐服"也成了新潮一族。

流行的段子里有"穷吃肉，富吃虾，领导干部吃王八；男想高，女想瘦，狗穿衣服人露肉"的说法。我有次想进三环边上一"成都小吃"店里吃小笼包，瞧见一伙"进京务工人员"正在里面吃午饭，背对门口的一胖大汉子正穿一低腰牛仔裤，何止是露肉啊，除了腰板子，连屁股沟子都几乎遥遥在望，您说谁还进来吃？

与此类似的还得说是"健美裤"。有人给健美裤下了一定义：是20世纪80年代末至90年代初中国最疯狂的裤型。健美裤最早唤醒了中国女性的审美和独立意识，不管年龄职业，"健美裤"趾高气扬游走在城市淑女和乡间村姑之中，相声里调侃："不管多大官，都穿夹克衫；不管多大肚，都穿健美裤。"舞蹈演员似的身材加上它，确实是锦上添花，好上加好；要是换上一年近50、体重180斤的供销社售货员，估计不是超级天才绝看不出"健美"在哪儿。

同属一类的还有尽显青春靓丽的"露脐装"，真得看是在哪儿露脐、谁露脐？休闲逛街时"露脐"挺随意，要是如此着装在办公室里来回窜，就让人眼花缭乱了；着装的是美少女自然赏心悦目，否则少不了弄巧成拙；现在舞台上好像甭管有无必要，谁唱歌都要有伴舞，本来就极端影响歌唱演员的发挥和干扰观众视线，偏有导演脑袋像让门夹过，弄一群上衣身长不过尺的精壮汉子蹿蹦跳跃，你说一大老爷们儿露哪门子脐？

华丽又多姿——唐装、文化衫

近年走俏的"唐装"，是讲究民族风格最热门的款式之一，有学者说："唐装"不是历史概念，而是文化概念，是世界对中国古代服饰文化的泛称。虽然历史久远，但真正引起人们的广泛兴趣，是2001年在上海举行的APEC——亚太经合

图 7-3

图 7-4

组织领导人非正式会议。与会各国领导人身着唐装亮相后,"唐装热"平地起旋风,男士们突然也爱上了紫红、大红、湖蓝等绚丽色彩。各大国首脑依据APEC常规,排着队穿唐装,有比这更牛的"形象代言人"吗?其后历年春节市场,对唐装的需求一浪高过一浪。

唐装一鸣惊人,除了中华文明的深厚底蕴,更重要的是国人的节日消费文化所致;除了老辈子传下来的习惯,我们兜儿里日渐充盈的票子也足以支撑这种嗜好了。只要遇到喜庆日子,许多人家除了红灯笼、红喜字、红对联,又添上了天然渲染节日气氛的唐装,打躬抱拳加唐装也成了某些广告的常用镜头。我所在的报社由于工作性质,元旦春节工作不停,"过一个革命化的春节"名副其实,于是一干领导悉数在晚餐时给大家拜年,高档一点儿的词叫"慰问",而且是一律身着各色唐装,几年来一贯如此。

我们的礼服从此又多了一种选择;人流中又增添了一抹亮色;私家车里又挤进了一个穿唐装的小玩偶……老学究、包工头、时尚女性、小屁孩儿全被唐装所包裹,唐装的千姿百态,为无数男女老幼带来了欣喜、愉悦和满面春风。

由于曾经无度地把旗袍作为涉外饭店服务员的工装,许多对中国传统文化不甚了解的外籍人士,曾误以为旗袍就是侍者专用,各式唐装的亮相也无言地消弭了这种误会。在追求个性张扬的青年人中,唐装也无疑是具有可变性的载体,已经成为新世纪流行和时尚的新符号。

要说青年人个性的多样化表现和自我显示,似乎没有比文化衫更合适的了。80年代末至90年代中期,不知道谁把"别理我,烦着呢"这句著名的嘎咕话印到了圆领汗衫上。善抓商机者一拥而上,"你吃苹果我吃皮""挣钱累,没钱苦""搓火""其实你不懂我的心"等表达情绪的语句纷纷出现在了廉价的"和尚领"上,戏谑的文字表达出变幻的时代背景下心灵的悸动。"文化衫"的概念渐出,在青年群体中流行起来,白色T恤上印一句街头流行语之类的文字,或一卡通形象,多半体现了穿着者的心态。

我所在的单位,自文化衫一面世几乎年年印、年年发,只要有活动,必定要印一

图7-3/ 1988年11月10日,王府井大街。北京首次出现广告宣传模特。错来街头早有"美女形象"——1979年在沙滩十字路口一侧就立起了板刷手绘的化妆品广告。10年后真人走到了大街上。(程铁良 摄)

图7-4/ 2009年3月22日,鼓楼大街上古典婚礼的接亲仪式。中国传统服饰和喜庆的场合珠联璧合。(贾婷 摄)

大批有活动标志的文化衫。开始是丝网印刷，倍儿生猛，前胸后背满铺；后来烫花热转印技术进口，图案色彩更为丰富，但在塑料片上印好再热压在棉织背心上，那块地方就不透气，所以印的面积逐渐缩小，但还是像个护心镜，外边图案，里边出汗；现在就更为标志化，避免热转印。曾有位酷爱漫画的美编莫名其妙地辞了职，后来听说他专门自创自销文化衫去了。

文化衫作为休闲服出现，合乎情顺乎理，这情和理就是自我束缚的解脱和开放的心态。文化衫与牛仔裤、夹克衫是天生的好搭档，也能和许多衣着相配，很平民，很大众，又很时髦。色彩、图案、领口袖口下摆造型变化随意，紧随最新潮流。有许多公司提供个性化的服饰订制，颇有点儿DIY的意思，图案丰富：动物、歌星、节日祝福、运动、艺术、星座、精神寄托、怀旧心情等无所不包。世纪之交，伟人像、雷锋像、格瓦拉的头像随着文化衫在人们的各个活动场所闪现，人们通过选择这些符号更方便地表达出个人好恶和自己的思想。

个性还在于与时俱进：1998年抗洪赈灾的演员大多用文化衫作为演出服；奥运期间，菜贩的和尚领上也是"我爱中国"；各种志愿者也无不如此，当然，赞助单位的标志都大于志愿主题的就只能叫广告衫了；"汶川大地震"以后文化衫上的经典词语是"四川加油"；现在有"我只管吃饭，不刷碗""情感无备份"，或NBA的标志……文化衫最大的价值在于所承载的文化内容，服装上汉字的意义一清二楚，但越来越多的外文字母出现在服装上后，穿着时还真需要有点文化，如果只顾着"个性"，难免不出某些运动员、演员、歌星、主持人身上脏话连篇，令通洋文的观者愕然，还自以为有"素质"的笑话。

世界名牌聚北京

今天，衣服已不仅是一种要求舒适美观的礼仪标志，和表达传统的情绪，比如婚丧嫁娶时的衣着不同，服装还体现着一种价值观和意识形态的变迁，比如在正式场合西装取代中山装，就是中国走向开放的表象特征。

辛亥革命先驱徐锡麟1904年从日本回国，在上海订制了用手工一针一线缝制出的中国第一套国产西装，由此西装才在中国艰难地落地生根……从中华人民共和国成立初苟延残喘到"三大改造"，而后销声匿迹二十多年，直到改革开放才还了阳。刚开始无非是贯做中山装的红都、造寸、蓝天、雷蒙等老牌服装店改做了西装，一时旧习难改，总像只是中山装改成了翻领，看着肥大，穿起来也不似真正的西装那么合身。咱这儿一直有个爱好——一窝蜂地传统，西装一普及，大批低档货无孔不入，袖口外边的标签都舍不得拆掉。现在你看工地上的建筑"正规军"或搞家装的"马路游击队"，穿的不是迷彩服就是西服。

1978年，法国人皮尔·卡丹带领着模特队来到中国，把先进的时装理念带到了中国，两年后在中国注册了皮尔·卡丹商标；意大利的设计大师瓦伦蒂诺和费雷也竞相来到中国，让咱开了眼，见识了啥才叫西装。1993年的5月，北京刮起了时尚的旋风，中国国际服装服饰博览会在国际展览中心举办，一时间国际顶级服饰"大腕儿"如过江之鲫，竞相涌入京城。

我在20世纪90年代才第一次听到"大款"这个词，其文化水平虽不敢恭维，但消费潜力可不能小觑，所以才让无数洋人惊诧莫名，发出人"大款买奢侈品就像买大白菜"的惊叹。

2009年7月15日，美国奢侈品协会根据对中国富有消费者的调查，向《法制晚报》提供了其评出的中国顶尖奢侈品消费前三名，女装：普拉达、伊夫圣罗兰、爱马仕和古琦；女鞋：菲拉格慕、古琦、爱马仕；手袋：爱马仕、露露·吉尼斯、菲拉格慕；男装：乔治·阿玛尼、路易·威登、迪奥、桀骜和保罗·史密斯；男鞋：路易·威登、范思哲、乔治·阿尼玛和布莱恩·艾特伍德与古琦……那个协会的首席执行官米尔顿·佩德拉萨说："近来，中国已成为全球奢侈品发展最重要的市场。"7月21日，美国《福布斯》杂志推出的全球消费城市排名中，北京位列第15名。报纸上的新闻是《富翁催生北京"消费天堂"》。

另据中国品牌战略协会研究报告显示，中国奢侈品消费总额已占全球市场的1/4，有望5年后在此领域当老大。也有消息说2013年中国人买走了全球47%的奢侈品。事实是"大跃进"无处不在。

众多西方奢侈品牌自然是欢欣鼓舞，据说法国的一些名酒销售商有绝的，创造性地把猪蹄和鸭舌列为波尔多葡萄酒的最佳配菜。而在中国，一些年轻人"人前挎LV，回家吃泡面"的畸形消费，让许多人担心中国"未富先奢"。

有的人纯属凑热闹，什么都要名牌，正合了老百姓的话：打肿脸充胖子。像以前大连人士说的"苞米肚，料子裤"，有钱难买愿意！我一同事段钢，原来也是非名牌不买，哪怕底下是片儿鞋，上边也得名牌西装或休闲装，眼似铜铃，走起路来都气壮如牛。后来参观了一次服装厂，发现如今中国销售的名牌大都是贴牌生产，同一条生产线，同样的面料，同样的做工，加上世界名牌的标签，就是天价；完成了人家的

图 7-5

图 7-6

订单数量，就改上自己的商标，价格一落千丈。他泄气了，眨巴着眼跟我说再不能当"冤大头"了。

名牌服装的"物有所值"不仅体现在材质做工上，牌子本身的名气和文化含量带给人的心理愉悦似乎更为重要，和"无形价值"意思一样，似乎应当归于社会意识形态一类。您如果月薪10万元，拿几千块买件衣服再正常不过了；但您要是月薪几千元非要节衣缩食添置上万的行头，不是脑子进水了么？

收入和面子一矛盾，假名牌应运而生，所以就时有打击假名牌，维护知识产权的官司发生。另一同事朱冬松就是个"聪明"的消费者，我们一碰面，他不管说什么，总少不了一个内容：抻起衣襟说你看看，咱这"鳄鱼"嘴是冲外的，或抬起不大的脚丫子，您见过"斐乐"的鞋么？反正浑身上下哪儿都有说道，啧啧之声不绝于耳。我要说名牌就是地道，他脸上放光，眼镜后边找不着眼睛了；我要问动物园那儿蹓来的吧，他准脸一红，发一声"切！"拂袖而去。

2012年2月15日，《法制晚报》刊文：美国《华尔街日报》昨日报道说，就在中国政府加大力度打击仿冒伪造产品的同时，中国消费者已表现出对地道产品的胃口日增，九成以上中青年女性说，如果拿个冒牌包出门会感到很尴尬。北大社会学系夏学銮教授认为，以前是虚荣心作祟，非要买假名牌，但实际上有损自己的形象。随着生活水平的提高，人们鉴别产品的能力也上升了，为了面子，买正品的人也越来越多，品牌意识也上升了。

仓廪实而知礼节。北京曾倡导文明礼仪，推出过一种半袖衫，专门送给胡同里光膀子摇着大蒲扇的乘凉者。"膀爷"大有灭绝之势，不期"膀奶奶"又冒出来了。男的穿制服短裤去饭店，都被门童拦住：衣冠不整，谢绝入内！更甭提跨栏背心了。可女士的肩膀上就"一根筋"，连整扇的后脊梁都露着，随意行走。那叫时装？记得20世纪90年代初，我给《中国信息报》的《信息产业导刊》帮忙，赶上有个广告需要设计，分明是内衣，但要求不许露肩膀，说是"反精神污染"，工商局要求的。正像崔健的摇滚：不是我不明白，这世界变化快。

从没有名牌到有了名牌，从迷信名牌到放弃名牌，从以假乱真到货真价实。还有相当多的人是管它什么牌，合适就是好牌。没有经济领域的自由自在，没有精神世界的无拘无束，哪能有服装的千姿百态、五彩缤纷？

图7-5／2009年，鼓楼大街上的时尚青年。（梁立　摄）

图7-6／2009年7月30日，环保服饰走秀，用204个羽毛球制成"霓裳羽衣"。

（郝羿　摄）

第八章
自行车驮来辉煌

图8-1/ 20世纪七八十年代的天安门广场。按传统说法这里是"祖国的心脏",2009年又成为"新北京十六景"之一,历来和伟大坚强、豪情万丈、颂歌嘹亮、花的海洋相联系。谁能想到,在广场东北侧劳动人民文化宫前面,还曾有过如此铺天盖地的自行车存车处。(张祖道 摄)

图8-1

图 8-2

图 8-3

如果要问中华人民共和国成立后，体现首都蓬勃向上的精神面貌，最经典的景象是什么？无疑是晨曦中奔涌在长安街上的自行车洪流。壮观的场面留在了当年的《新闻简报》《人民画报》上；出现在目瞪口呆的外国记者发向世界各地的报道里；更深深地印在了每一个亲历者的脑海中。

中国是世所公认的自行车王国，北京是自行车拥有量最多的城市，据2010年8月2日的《北京日报》报道，当时北京的自行车保有量超过1300万辆。每年销售新车超过100万辆。这反映了北京地面儿上人们的巨大需求。北京交通拥堵严重，短距离的运行效率机动车远不敌自行车。

自行车曾经是北京人最主要的交通和生活工具，从某种意义上说，自行车单薄的身躯驮来了一个全新的共和国。

当年的俩轱辘劳苦功高

当年的名牌自行车："永久"坚固，"飞鸽"规矩，"凤凰"轻巧，各有"28""26"之别，各分男女车。28男车还有加了保险叉子和后货架支撑的加重型。要是转铃大套单支腿儿的锰钢车，那就忒提气了。对咱老百姓，自行车是家庭主要财产"三大件"之一，其重要性不仅体现在好几个月工资的身价上，更在于平常买大白菜、换煤气罐、接送孩子上幼儿园……须臾离不开。"俩轱辘"劳苦功高，比今天的"四个轱辘"一点儿都不差。

还有一种"自力更生"自攒的车，车架子是用自来水管焊的，相当于自行车里的"坦克"，那时农民搞长途贩运还没有"三蹦子"，这种攒儿车正合适。后轱辘两侧各绑一个大麻包，要休息时用随车带的一根头上带岔儿的木棍，把车往路边一支。记得晚报上曾表扬一交警，在老三环上拦违章"坦克"，那重装备没装备挡泥板，骑车的农民大脚丫子直接一踩前轱辘，呲——车停了，鞋也飞出去了。警察态度特好：别着急，先把那"闸皮"捡回来吧。

自行车的"高档配置"非"加快轴"莫属，功能近似于现在汽车的"涡轮增压"，旨在提高功率。骑上它清脆的嗒嗒声，常引来羡慕的目光。修车铺也有安装加快轴的服务项目，上海白象牌的43块钱，您要安进口的得48块。普通人一个

图8-2/ 1979年，复兴门内大街。清晨的自行车大潮滚滚而来。

图8-3/ 2008年11月16日，呼家楼煤气站。换煤气凸显出自行车在人们日常生活中的重要作用。（魏彤　摄）

月的工资都打不住，您说是不是很高档？但也有蒙事行，我曾见一同事骑车过来，后轴也嗒嗒地，甚是悦耳，就问：你也安了个加快轴？他说哪儿啊，我后轱辘折了根儿车条。

修车的管自行车轱辘不圆了叫"跳"，修理叫"正跳"；而俯视，就是立着看，轱辘有点儿左出右进，不在一条线上了，那叫"龙"。所以行车的轨迹左右摇摆叫"画龙"，现在二把刀开汽车不稳当，也叫"画龙"。修理"龙"了的轱辘，就是把承载车胎的车圈弄直了，叫"拿龙"。所以有的北京爷们儿一度也把"修理"某人称作给他"拿拿龙"。

当年，在北新桥、东四、东单、地安门、西四、菜市口……举凡热闹地界儿，都少不了"信托商店"，老百姓通称"委托行"。在时人心目中，其地位堪比今天的燕莎、赛特，见天儿人声鼎沸。收入水平决定了人们酷爱逛"委托行"，就像现在遛专卖店一样。那儿的最大宗生意，就是旧自行车，也如今人买二手汽车一般。我的第一辆28飞鸽丢了之后，就在北新桥又买了辆26的旧永久。

当年北京奥组委的资料显示：1978年北京的机动车才77000辆。远非今天的500万都出了头儿可比。于是警察的眼睛主要盯着骑车带人的，抓着一个罚20元，够狠！那时好多行当的二级工每月才挣40块零两碗粥，食堂的粥2分一碗；大学毕业参加工作第一年的实习期是46块钱。不像现在，骑车带个人，闯个红灯，也就是路口的交通协管员挥挥小旗。除非专项整顿行人、自行车秩序，警察一般都懒得理你，只专注于逮那些不知死活的违章机动车。

自行车还要缴"车船使用牌照税"，每年两块，给你一小铝牌，绑在车架前脸儿，手里有一小红本的执照。这规矩从1951年起头，"唐山大地震"后，"车捐"免了，人都说华主席让骑车人享受了免税待遇。后来又恢复征税，变成了4块。每到年初，税务局和街道的人都添了新差事，在十字路口拦着骑车人卖税牌，成为街头一景。但听说收来的钱都不够发加班费的。

80年代末，中国一另类摇滚乐队"红色部队"，一曲《累》唱得通俗："想要上学可学费太贵，想要工作我又嫌累，吃得贵喝得贵，自行车要上税……"直至2007年，《中华人民共和国车船税暂行条例》实施，我国数亿骑车人才告别了缴税的历史。

没丢过自行车就不算北京人

1972年，意大利导演安东尼奥尼拍的纪录片《中国》影响巨大，片中场景大部分取自于北京，而影片里似乎有种不绝于耳的声音——清脆的自行车铃声。

1974年，老布什任美国驻华联络处主任，他们夫妇骑车在天安门前的影像曾一再出现在报纸杂志上，人称"骑自行车的大使"。他在日记中坦称：在北京最难忘的记忆，是那大街小巷的自行车铃声。小布什1975年来北京他爹这儿过暑假，也骑车满城转悠，直到以总统之尊访华，又两开"自行车之旅"。已经七老八十的著名漫画家方成、歌唱家李光羲，出门都酷爱骑车，哪怕有活动你奔驰来接，都未准儿戗得过他们的自行车。

其实铃声多并非是自行车通行受阻，而是有人把不时弄出点儿响动，视作一种游戏，犹如现在的网上游戏，也是获得一种心理满足：你看，我车上安的可是转铃。就像那时有的人看个时间，非得抬大臂、带小臂，抡圆了胳膊，才把腕子上的手表送到眼前一样。不像现在，即便有人看看表，也如从腰里掏手枪一样，恨不得贴着身子抬起手来。

以前逢上下班时，各单位门口全是自行车鱼贯出入，就是"骗"老实的推着，心急火燎的主儿就一脚蹬脚蹬子上，一腿抬着滑行过大门再骗腿骑好。遇见下雨，很多骑车人穿着雨衣翩翩骑行。十字路口红灯一亮，整齐地停在停车线里，塑料的雨衣雨靴一着水颜色倍儿鲜亮，好看极了。有一年春季沙尘暴厉害，我找一塑料袋套脑袋上，骑车回家，风打得满耳朵"哗啦哗啦"响，只见许多同行者侧目。回家一看，袋子上印着两个大字"电脑"。

有一种玩笑说法：长城、烤鸭、自行车，是北京的三大标志。

历史进入21世纪，歌星凯蒂·梅卢阿唱道："北京城里有900万辆自行车，这是个事实，我们无法否认，就像我会爱你到死……"一经问世就横扫欧洲各国排行榜，荣登英国专辑排行榜冠军。

《十七岁的单车》是一部散发着浓浓京味儿的影片，诠释了自行车在人们日常生活中的意义。流行的段子说有"四大惹不起"：喝酒不吃菜，光膀子系领带，乳房露在外，自行车骑到80迈。"没丢过自行车就不算北京人"的说法更是世所公认。

曾看过一期电视节目：校园里一哥们儿进楼办事，把车锁树上，不放心，连上了六把锁。等回来取车时满傻，车没动地儿，锁全开了，车筐里留了一纸条：跟谁叫板哪？别以为上多少把锁就保险，今儿就让你瞧瞧，管用吗？

为什么北京自行车容易丢？新车丢了，大家都去买旧车，刺激起一个庞大的旧车市场，于是盗车贼就盗、供、销一条龙了。据北京警方2006年的统计，一年中全市共抓偷车的5534人，收缴自行车近1.5万辆。

2007年1月20日集中发还，拿着丢车报案的登记记录和身份证，就可以在各区县设立的共35处发还点认领。北京展览馆南广场的主会场，活动刚开始5分钟，千辆被盗车几乎被前来认领的市民"拿光"。有的真是物归原主；碰到心眼儿活泛的，哪个车新就推哪个了！2007年，"全国治理自行车被盗问题专项行动电视电话会议"就是在北京开的。

老"飞鸽"丢了我又买一26的"永久"。某天下夜班出门一看，只有前轱辘还锁在树上，算是又丢了多半辆。那时女儿上中学的校门口密密麻麻摆满了学生的自行车，还有人看着，结果她在那儿上六年学，丢了三辆车。所以，一般人丢车也就是自认倒霉而已。咱不是北京人吗？

同学徐浩有一次把才买几天的新车又给丢了，心有不甘地去派出所报案，没存什么幻想，只想人要破了别的案子发现了这车呢？结果到那儿一熟悉的警察给他解了心宽："早丢晚不丢！"现在形势发展啦，有的靠墙停一汽车，外面正常，里边俩轱辘换成了两摞砖头。

于是有爱打镲的哥们儿，把"隐藏组合"的《在北京》改了词儿："在北京，走在角门儿的街上，在北京，踅摸着我心爱的姑娘……在北京，大多都丢自行车儿……"

我的自行车情结

自1954年起，东长安街等地首次施划分道线，实行了机动车、慢行车分道行驶管理。那时骑车很方便，补个车带、换块闸皮，马路边上修车摊立等可取，光打气，二分钱。我住北城根儿的时候，出城在和平里南口，就有一个自行车"专修店"，相当于现在的4S店吧。现在您想在闹市给自行车找个打气的地儿，大概其跟找个外星人差不多。

20世纪70年代，我一参加工作，最重要的"基本建设"就是买车，当时任谁都这样。但计划经济时期，买啥都凭票儿，或者有"路子"也行。我在单位排到了个儿，正巧抓了一张自行车票，再拿上全家凑的170多块钱和5张工业券，去东四买了一辆28"飞鸽"。现在看骑车是环保、健身，当时是没得挑儿，坐公交车不方便时只能骑车，而且不报销月票的话，每月还有两块钱的自行车补贴。

每天清晨，我从城东北角炮局胡同北边窜出家门，在滚滚车流中左冲右突，从东北向西南，出右安门，过芳草之乡黄土岗，直奔今天的西南四环外马家楼上班。一天雪后，路滑得要命，眼见着前轮压上一小石子，连人带车斜着摔出老远。幸亏那时出三环就荒郊野外了，没啥车。缓了半天气儿才爬起来，四下一瞅，车没了！一脑袋热汗顿时凉了，蹅摸了半天，敢情"飞鸽"飞过挺宽的路面，掉对面沟里了，拽上来，正正车把，嘿！照骑不误。

一次和几个同事从单位去丰台办事，有位老兄骑一破车，一直轧悠在最后，到一铁道口，在杆子前等过火车时才和我们并了排。火车过去放行时再看他，叮了咣啷地眨眼间窜过好几股铁道，遥遥领先。我们虽然也着急，但都慢慢地骑过去，唯恐颠坏了胯下"宝马良驹"。我说你看看人家！有老职工说咱跟他比不了，他骑的是公车！那老兄在前面大声回应："无私才能无畏！"现在还有哪个单位有俩轱辘的"公车"？

我曾在北师大上夜大五年，唯独英语是真要盒儿钱。好在每礼拜上几次课，从南郊北上师大所在地"小西天"，一路无事，正好背单词。在郊外路段时，都能把书放在车把上看，只两眼余光关照着偶尔往来的车辆就行了。有一天倒霉，光顾着"时态语态"了，结果太巧了，路边停一三轮平板儿，车上没东西，夕阳下车板儿和路面都金黄色了，正赶上我头天缺觉，昏头涨脑就撞上去了，摔得真不善。还没到"小西天"呢，我差点儿上西天！

我骑车的最远纪录是插队回城后，和分到一个单位的同学老汤约好，故地重游，骑车返回共同下乡三年的村里。早晨碰头后，走京密路，过顺义，奔怀柔，这100多里地一马平川。离开县城后的几十里就不好对付了，奔口头、三渡河、马道峪、苇店、辛营……一路上坡；走到渤海所、沙峪、南冶那块儿，地势又现平坦，好歹喘了一口气；最后10来里，地是沙石路面，坑坑洼洼，人是强弩之末，筋疲力尽。到了大榛峪基本上成了俩"死狗"。

老汤回城后还干木工，整天推刨子推得两臂疙里疙瘩净是肌肉，但他坐车上班，腿脚缺练，所以此时是俩胳膊啥事没有，俩腿不知道搁哪儿好了；我是正相反，上下班老骑车，所以俩腿没事一样，但胳膊比麻秆儿粗不了多少，哪儿经得住坑洼路面上车把的一路颠啊，最后俩胳膊都不知道怎么待着好了。

想起老飞鸽，就想起我骑车带着闺女逛遍城里的公园；想起我让她坐车大梁上，跟我一起第一次到现在的单位，一路歇了三起儿，为啥？硌得慌！回家路上，她的脚还særlig别到前轮里，被车条给别的鲜血淋漓。她上小学时学骑车，我在后边扶着跑，她是越蹬越快，因为越快车把越稳。后来她特得意：别人说学骑车没不摔跟头的，我就没摔过！全不顾他爹累得跟狗似的。

图8-4

骑车风回归

现在的北京，地铁、轻轨、公交新线路，一天一个样，许多路在拓宽，而自行车道却越变越窄、拥挤不堪，常又有一半成了停车场。本是公共的空间，结果停车公司来画个框就开始收钱，真正是无本万利。原来二环辅路叫慢行车道，是自行车的天下，现在已经加划了两条机动车道，骑车的地儿还剩一米宽。入夜，街道上又出现大拖斗、水泥罐车等庞然大物，喧嚣的道路使得骑车远非当年那样惬意、环保。

许多胡同口都立起了单行线的交通标志，胡同里停满了汽车，然后又酝酿修建立体停车楼，各家跑马占地的地锁安了拆，拆了安，老街坊们还想免费停车？悬了！车辇店胡同停车楼作为东城区首个胡同立体停车楼试点，2010年10月开工后，因为居民对工程担忧及质疑，曾多次停工，直到2012年3月31日才完工，说是得过几个月才能开张，每车位月停车费不高于300元。后来到底怎么样了也不知道。

有一次我在双井南边路东等公交车，正赶上红灯，只见辅路上三四条机动车道满满当当，本就不宽的自行车道也被进站的一长串大公共占据，仅剩一小条车把宽的空间。骑车人到这儿都成了黄花鱼，紧溜边儿，身手矫健的就奔窜在那几排汽车之间，更有甚者则骑上了便道，嗖嗖地如入无人之境，站牌前的等车人都辗转腾挪，唯恐避之不及。当年那充满朝气的车铃声，都变成了电动车喇叭的嘀嘀声。

2003年闹"非典"，骑车风回归；2008年办奥运，"绿色出行"大行其道。由于单双号的限制，我是隔一天就骑一天车。有年轻同事听说我从亦庄骑到单位，都作大吃一惊状。20公里开车没什么，骑车还真得是个功夫，再加上返程，一天得骑40多公里。按老式的说法年近半百就是"老者"了，年过半百不更老么？所以和年轻人有了代沟。一天我游完泳正洗澡，碰到单位里一小伙子，问他练什么？答单车。运动量？6000米吧。我说你从家里到单位多远？他说也就6公里。我乐了：你直接骑车来上班，到这儿洗一澡不正好吗？何苦打车来，再跟这儿较劲？那小子直撇嘴：焦老，那可不一样……

有外国记者报道："尽管中国跨入了现代化，但自行车并未消失——其数量

图8-4／2014年6月7日，亦庄天华北街公租车网点。当年长安街的自行车大潮是新中国旺盛生命力的象征；在交通拥堵日甚的今天，自行车又成为绿色出行的首选。在市交通委网站"北京公共自行车"项下，租车网点有816个之多，仅亦庄就有35个。逗乐儿的是亦庄"畅通卡办理条件"第一条"人员范围"中规定：……体重超过200斤者，为了您的安全，请勿租用和骑行我公司车辆。

反而不断在增加。当中国人爱上汽车,而西方人不再迷恋汽车时,中国再次成为赢家。据美国华盛顿的环境智库地球政策研究所统计,2007年全世界制造的1.3亿辆自行车中,有9000万辆产自中国。中国产自行车有2/3出口到别国。美国人购买的自行车每10辆就有大约9辆是中国制造的。"[1]中国自行车协会的数据也显示:2013年中国自行车总产量为8201万辆,同比稍有下降。

根据北京市政府公布的《建设人文交通、科技交通、绿色交通行动计划(2009—2015)》,2015年本市自行车出行比例将达到23%,自行车与轨道交通、地面公交这三种绿色出行方式力争达到65%。自行车的出行比例是多少呢?1986年是63%,2009年则降到了18.1%。其实这也好理解,以前离单位没几站地,骑车用不了半拉钟头;现在上班在市内,可住到五环外了,您让他骑车?

市交通研究中心提出的"十二五"交通形势发展战略分析,北京机动车增长过快的原因众多,其中包括"小汽车使用成本低"和"绿色出行意识低",44%的开车距离低于5公里,完全可以通过步行和骑自行车解决。所以,倡导绿色出行、建设宜居城市,写进了北京"十二五"交通发展规划。

祸兮福所倚,福兮祸所伏。金碧辉煌、现代气派的北京城,又开始想着保护恢复小胡同、四合院的风韵了。所以,在科学发展的城市运行大局中,在保障机动车高效率的同时,自行车纯朴的出行方式,又引起了人们的极大关注。北京市交通委官网2011年6月公布消息,自行车租赁业在几起几伏之后,将改由政府主导,设立租车点,投放公共自行车,并且实名制,通存通取。

按市交通委等部门制定中的《公共自行车租赁管理办法》,5年内要建成1000个租赁点,提供5万辆自行车,覆盖全市主要城镇、交通枢纽、商业街区,自行车出行比例将从目前的18.1%提高到20%。

即便远非闹市区的亦庄,都设立了租赁点。端庄整齐的黄色公共自行车,车把前装有铁丝编成的储物筐,方便骑车人;没有后衣架,也就去掉了骑车带人的可能,后车轮上半部被塑料壳包住,起到了挡泥板的作

---

[1]《英国<卫报>:追随自行车来理解新旧中国》,2008年7月16日,http://world.people.com.cn/GB/225865/41219/7518226.html。

用，上印"低碳出行 快乐你我"八个大字，看着时尚、喜兴。管理人员讲，开发区里设35个点儿，1000辆车；租车要办个卡，400元押金，头一小时免费，第二小时1元，第三小时2元，以后每增加一小时递增一块钱，24小时内20块封顶；只要不出亦庄，这儿租那儿能还。政府只督导，不参与运营，服务于北京经济技术开发区企业员工和居民。

市交通委划定东城区和朝阳区试点公共自行车。各有网点、车桩、自行车若干。据说，市政一卡通还将增加租车功能，将给市民带来实实在在的方便。

2011年12月初，《东城免费公共自行车"集体消失"》上了京城众多媒体的版面，说是"东城区朝阳门地区，投入使用近两年的10个公共自行车服务网点停止运营，上百辆凭卡存取、免费使用的自行车悄然消失，这让曾享受过'最后一公里'便利的居民顿感不便。"设立这些网点的上海永久公司在"政府购买服务"中投标未遂，免费运营难以维持，于是撤点走人。

据说东城区城市综合管委会的公共自行车服务系统建设项目招标，财政预算资金要求为2500万元，中国的老牌自行车企业、有70多年历史的"永久"以1000万元的预算竞标，而北京易始通达科技有限公司以2498.3万元中标。招标编号：BJJF-2011-1008。一个电视节目中说9月招投标，该公司8月才成立。

与之类似的消息还有：2010年11月有《北京市方舟绿畅自行车租赁入市 大打免费牌》见报，一年后"公租自行车在亦庄使用已有半年，部分车辆已经有了损毁，但没有完整的检查与维修流程让车辆的回收维护问题凸显出来"。所以，《进"庄"半年 绿畅单车维修不畅》。

到2014年8月，共有4000辆公共自行车在通州投入了运营。据说到年底要达到10000辆。也是第一小时免费，以后每小时1元，全天10块钱封顶……2014年8月25日的《北京晚报》报道，目前本市城近郊区已有近3万辆公共自行车和约10万张租车卡在支撑着这个体系。

正所谓好事多磨。但愿曾经的自行车王国英姿重现！

第九章
汽车大潮挡不住

图9-1／1955年，有轨电车穿过西四牌楼。铛铛车90年前就闯进了老北京的市民生活，直到"文化大革命"前夜才告老退休,让位给无轨电车。2008年，前门大街复建完成，"铛铛车"身影重现。如今，现代有轨电车完成了从传统到现代化的转变，已成为新兴的先进公交方式，代表着绿色和环保。北京已有若干规划和开工的有轨电车线路。

图 9-1

图 9-2

图 9-3

第九章　汽车大潮挡不住

从自行车的海洋到满街筒子汽车，弹指一挥间；稀罕物开进寻常百姓家，北京走进了汽车时代。笑话里说有人吃一个烧饼没咋的，连着吃了六个才饱，于是认定第六个才管事。如果说今天北京的500多万辆机动车是第六个烧饼，那第一个垫底的烧饼，就是老北京谁都忘不了的铛铛车——有轨电车。我小时候跟着大人去永定门走亲戚时还坐过。

铛铛车走出历史

电视节目《这里是北京》里曾介绍：1899年在北京第一座火车站马家堡至永定门之间，曾铺设过一条5公里长的有轨电车轨道。不过我怀疑马家堡至城墙仅2公里，距永定门也才3公里的距离，怎么能铺出5公里的轨道？

据2005年10月13日《北京青年报》的"风俗地理"专版文章介绍：中国最早修建汉口至北京的铁路，1897年由丰台接轨至马家堡，并修建了马家堡火车站。1902年5月，马家堡站更名为永定门火车站。为了方便京城人上下火车，在1899年，西门子公司承建永定门至马家堡的有轨电车线路，比北京城里要早二十多年，是北京最早的有轨电车，也是中国第一条有轨电车线路。次年闹义和团，沾洋字儿的玩意儿都遭了殃，有轨电车还没运营就关张了。

有轨电车最早兴建于1881年的柏林，是很受欢迎的城市公共交通形式。1921年6月30日，北京电车股份有限公司成立，股本400万元，官商各半；1924年12月18日，第一条有轨电车线路开通，从前门至西直门，全长7公里，设14站，往返行驶10辆电车。司机边驾车边踩动脚下的铃铛，提醒车辆行人注意安全。北京的公交事业在不绝于耳的"当当"声中起步。

有轨电车上路后，始终是老北京最主要的公共交通工具，载客多、速度快，抢了"祥子"们的饭碗。赵庚奇著《民国北平历史》中记下了1929年发生的一场人力车工人捣毁电车事件：砸毁电车63辆，致电车停驶18天，结果包括一名共产党员在内的四个暴动领导人被判死刑。中华人民共和国成立时，北京共有有轨电车103辆，公共汽车61辆，电汽车线路总共11条。到1957年年底，电车修造厂在册车数达到250辆，是为北京有轨电车史上的最高峰。

随着汽车业的兴起和发展，老式有轨电车噪声大、性能差、耗电多，而且在速度、舒适度和灵活性方面与汽车比较相形见绌，到20世纪30年代至50年代中期

图9-2/ 1961年，东单路口。　　图9-3/ 1973年，平安里丁字路口。

逐渐衰落，许多国家纷纷拆除电车轨道，为汽车让路。

1957年，北京第一条无轨电车线路诞生。4辆北京造的"京一型"无轨电车，行驶在动物园至朝阳门之间。那时街上无论行人还是蹬三轮的，都极怵无轨车，因为它起步太猛，嗖一家伙就出去了，听说派人到上海学习后才改进。无轨电车开始运营，大部分有轨线路渐被拆除。1966年5月6日，永定门火车站至法华寺之间的最后一条有轨线路停驶，风雨兼程42载的"铛铛车"告老退休。

老北京们抹不去对铛铛车的记忆，直至前门大街复建完成，又看见了它的身影活跃于观光人群中，穿行在前门步行街上。尽管预报时说免费，真到能上车了又每人收20元，依然挡不住人们追捧老"古董"的热情。

事物的发展有时就如服装的变化，一种样式过时了，搁箱子底儿，过些年再拿出来，没准儿又时髦了。有轨电车自20世纪80年代后期，在传统有轨电车的基础上，通过全面技术升级更新，又成为率先在欧洲发展起来的一种交通方式。与传统有轨相比，不仅在车辆外观上有许多变化，而且具有更高的运行速度、更舒适的乘车空间、便捷的换乘方式，充分体现了公交优先和绿色环保的理念。

据报道，《北京现代有轨电车西郊线工程初步设计》，已经通过市规划委组织专家进行的预评审。过两年，新式有轨电车系统将出现在香山、植物园、玉泉郊野公园、颐和园、南水北调公园一线，为观光游客提供公共交通，是为绿色、环保、便捷、美观的"西郊线"。

西郊线是我国第一条现代有轨电车线路，西起香山路，东与10号线巴沟站换乘，全长约9公里，设车站7座，（曾）预计2015年运营初期的年客流量1600万人……在某种程度上，这也是传统出行方式的回归。

公交车重任在肩

我最早记忆中的公共汽车是"4路环行"，哐啷哐啷的斯柯达大客车从平安里经地安门、鼓楼、北新桥、东单、西单，再回到平安里。20世纪60年代初我家在北新桥附近，有亲戚带小孩来串门时，我要说到街上看大汽车去，哄小孩儿屡试不爽。那时从北新桥一眼看到东直门，街上的车屈指可数。

有一回坐公共汽车有意思：十几年前的冬天去东郊一驾校学车。早晨裹件破大衣挤班车去，下午为上班，提前坐"大公共"回单位。一上车就买了票，查票时又让我出示了两回车票。快到站了，我就挤到车门附近，售票台上那位"二五眼"，抬手又指着门口一堆人里的我：你票呢？我说：这么会儿我掏几回票啦？看我像顺义来的吧？农民兄弟就逃票吗？

我对"大公共"的兴趣源于同学任树槐，他曾在公交24路开车，左家庄发车，进东直门，穿小街，终点北京站。那时东直门朝阳门的小街还没"危改"，道路狭窄，要是俩大公共错车，没两下子，甭想！提到现在有的车开得蹦蹦跳跳，老像过兔年，他说：我们那时候练车，驾驶台上放着茶杯，水一点儿不许洒出来，不稳到这份上，能在小街里走车？

中华人民共和国成立后，街上跑的都是外国车，直到1957年，长春一汽的"大解放"下线，北京街头才开始有了国产卡车改装成的公交车。那时汽油供应紧张，很多公共汽车装上炉子，燃烧木炭和煤以驱动汽车，需要多次增加燃料，后来又改成了烧煤气。

有件事广为人知：1959年，铁人王进喜作为石油战线的劳模来京参加群英会，看到公共汽车上驮个大包，问别人背那家伙干啥？人告诉他因为没汽油，那是烧的煤气。王铁人后来说："北京汽车上的煤气包，把我压醒了，真真切切感到国家的压力、民族的压力，呼地一下子都落到了自己肩上。"煤气包储气约11立方米，一般可供汽车行驶30公里，陆续在遗留的大道奇之类和国产解放上使用。直到石油工业迅速发展，那些车才从1964年起又烧上油。

那时车票是小长条形，按程计价，从4分，到7分、9分、1毛1不等，分成黑、绿、红等不同颜色，一排固定在售票员手里拿的票夹上。没人买票时就放一挎着的皮兜子里，这门下去那门上来地买票、检票，我有一次坐13路上和平里，赶上司机急脾气，人刚下完挂挡就走，愣把售票员给甩下了。那时"卖票的"哪能坐着啊，不像现在还有个铁栏杆围起来像个微型动物园似的"售票员专席"。那时还有2块钱的学生月票、5块钱的职工月票和10块钱的市郊通用月票。

车少车站就少，那时的公共汽车站还是水泥杆，上面是站牌子，牌下的杆上有个竖着的凹槽，里面藏一小长条铁牌，上头是固定轴，下边是活的，能从下边抬起来，横置在站牌之下，上写"末班车已过"。不过淘气孩子也常代替末班车司机，把那小牌抬起来。不像现在，车站都像个候车亭，早班车、末班车的时间都在站牌上写着呢！

"文化大革命"初期还发行过一种不贴照片的公务月票，有一次我拿着它过过车瘾，下车时售票员一看，不对！小学生怎么也不像办公事的，"跟我们上总

图9-4

图9-5

站！"那时售票员在车厢里就是爷爷，牛的不行，逮着个没买票想蒙混过关的，先带总站再说。"坦白从宽"的政策历来深入人心，一到天坛东边光明楼的汽车总站，我马上"坦白"票的来历，结果被"从宽"，票也没被"收缴"。

改革开放前北京的公共汽车，总数不过1800多辆。其中绝大多数是用"解放"或"黄河"卡车底盘改装的，有单机车和铰接通道车，由于发动机马力小，起步上坡都累得直喷黑烟。这些改装车，车厢地板离地面足有1米高，您要上车，得上仨台阶才行。车厢座椅是木板条或人造革的，冬天透心凉，夏热赛笼屉。当时还有一景：个别单机车后还拖着个只乘人的车厢。那时比较好的车是一小部分1954年左右从"社会主义阵营"进口的大客车，有捷克"斯柯达"和匈牙利"依卡露斯"等。

记忆中的公共汽车常拥挤不堪，特别是上下班的一早一晚，身子骨稍微软点儿就上不去，年老体弱、抱小孩的更麻烦。最具时代特色的场面是司机有时都下来推着人往车上挤，大家齐声发力"一、二、三！"要不然车门甭打算关上。那时候人也有耐性，一趟车等上20分钟半个钟头是常事，只要来车就奋勇争先，努力往人称"长着轮子的人肉罐头"里挤。

20世纪80年代后，有人说车门里的台阶是"变心台"，没踩上它时都嚷嚷："往里挤挤嗨！"自一踩上台阶，准变调："挤不下啦，等下一辆吧！"电视剧《西游记》播出后还有一笑话，有一位跑向才缓缓关上车门的"大公共"："师傅！师傅等等！"车上人接茬儿："八戒徒儿，别追啦！下一辆马上来。"

北京的公共汽车就是一个社会万花筒，姜昆、李文华的相声曾讽刺过"大公共"上的杂乱场面和售票员的伶牙俐齿。有个著名段子想必源于生活：一外地同胞向车上售票员伸出一张10块钱："见过吗？"售票员不理。那位不屈不挠："见过吗？！见过吗？！"售票员大怒，掏出百元大票一声断喝："你见过吗！"满车皆惊。后来一"大明白"解释，人家西北口音，要买到"建国门"的票。

说公交不能落下"小公共"。电视台曾作过一期节目叫《贫嘴小公共》，说的是跑长安街的一辆小巴，一路妙语不断，如何热情服务的事。但遗憾的是在拾遗补阙、招手即停、方便群众的同时，许多小巴稀里哗啦的车况、"敞胸露怀"的形象、蛮横霸道的作风，自砸饭碗。我坐过几次就够了，不是风驰电掣，就是跟焊地上一样不动弹。本来坐它是图方便，票贵点也行，可你要赶上它没装满人，或是跟

图9-4／1978年，德胜门公交车站。挤公共汽车可是个力气活儿，身强力壮的都气喘吁吁，更何况抱小孩的女同志。

图9-5／1998年，动物园公交车站上叫人爱恨交加的"小公共"。

小京纪实 一个"50后"心中的北京

"大公共"较上劲了，就算倒霉到了家。在北京跑了20多年后，随着公交系统日臻完善，小巴渐次退出运营。2007年年底，叫人爱恨交加的小公共被彻底淘汰。

2006年5月10日，公交一卡通在北京公共汽车、地铁和3万辆出租车上全面启用，纸质月票寿终正寝。最叫好儿的是从2007年起，所有公交车一律四、二折优惠，票价一下子回落到30年前，而且车几乎全变成崭新的，许多还是空调车。由于赔得够呛，2014年北京公交和地铁一起，又启动了票价调整机制。

北京奥运期间，车分单双号行驶，我也买了张卡，坐300路沿三环转一圈才4毛钱。新公交车厢底盘低，一步就上去了；车厢里高大宽敞，"老幼病残孕专座"也用不同的色彩显示出来。到2009年3月，北京公共汽车超过了2万辆，其中1.5万辆是自动挡。2012年，《北京青年报》采访了北京公交集团负责人，得知此时公交集团运营线路已达724条，线路长度达到了18760公里。我曾上网查询公交线路，足有千余条，因为有的一个线路有好几条支线。

有一回我坐652路，上车就听有一位煲电话粥，一车人都竖着耳朵解闷儿。快到站了，他来到后门旁还不消停："人家不就看咱小伙子精神吗，要不我们公司哪儿能要我呀？我们那儿招人首先就得人长得帅，完了才看文凭。我没和她成，她家肯定以为我看不上她呢。你想啊，我图她什么？她家拆迁都不说给我们准备结婚的房子，咱这么精神，什么样的找不着……"我侧脸一看，那"大白话"的头顶正在我肩膀下边儿。我以为他站门口的下一个台阶上，再一低头，从车厢到车门一马儿平，他和我是站在同一海拔平面上。

2010年8月31日，《法制晚报》登了一张搞笑照片：一"大公共"车尾电子显示牌上是："快速公公2"。那是记者在快速公交车2号线杨闸总站拍的。总站里人说他们那儿司机和车不固定，可能是调整电子牌时调出了那辆"雷人"的车。

为了绿色出行，新能源公交也提上了日程。2011年6月21日，国家电网北京公司宣布：目前北京已建成航天桥、延庆、大屯、呼家楼、岳家楼、马家楼、熊猫环岛、西直门等八家电动车充换电站。5年后，这种电站将达到466座，全面满足770辆公交车、8080辆环卫车的充电需求。《北京汽车产业"十二五"发展规划》中提出，2015年北京市的纯电动汽车保有量将达到10万辆,并将以乘用车为主。国家电网方面表示,现有的充换电站主要针对公交、环卫、出租等行业,今后将更多地面向市民。

自1997年6月,长安街上开通了第一条公交专用道,"十二五"期间,公交专用道总里程将从294公里增加到450公里以上。最让人稀罕的是许多线路还开进了小区,还有多条"通勤"式公交线,诸如从天通苑直达中关村、直达金融街、直达CBD的……《北京青年报》报道:北京公交集团"定制公交"商务班车2013年9月1日上线,居民从居住地到工作地一站直达,预约报名,一人一座、按月付费。现在线路覆盖东至燕郊,西至长阳、门头沟,北至回龙观、昌平,南至大兴黄村等地区。9月9日早晨,首批定制公交开通3个方向的7个班次,最远的线路是北京东部管庄远洋一方小区至国贸,价格8块线,15公里左右。如果打车则需50块左右,预订1个月,网上支付,还可以享受8折优惠。《2013年北京公交集团社会责任报告》中介绍:定制公交至今已开通45个方向,日发车77个班次,运送10.33万人次……《北京日报》2014年9月12日报道:本市34条夜班公交线将于本月内开通试运营,老百姓还真离不开公交车了。

出租车后来居上

从前我住北新桥时,只在东四北大街钱粮胡同对面的路东有个出租汽车站,别的地方还有没有不知道。那儿停着的多是早年留下的华沙、胜利20等等,谁要是去哪儿接人或送人上医院,想用汽车得提前预订。那时的司机可是正宗的工人阶级一员,生老病死全和单位联系在一起,"社会主义的优越性"一样不差。"大锅饭"加上物以稀为贵,哪有街上"扫活儿"的?看刚引进的外国电影,在街上随便一招手就有TAXI"吱"的一声停到眼前,真是羡慕死了,心说你看人家,就是先进,汽车都扎成堆了。现在咱这儿也行了,没准儿你在马路边儿不留神,一胡撸脑袋,就有仨出租奔你扎过来。

北京的出租在东欧车之前,还有来自英国的奥斯汀之类;后来北京站的客货运输,一度成了带棚儿东风三轮车的天下,延续了国货一贯价廉的光荣传统,人称小蹦蹦或三蹦子。再后来拉达、波罗乃兹和各色日本车进入中国,从机场路边树起"车到山前必有路,有路就有丰田车"的广告,到"拥有桑塔纳,走遍天下都不怕"的口号传遍大江南北,出租车的种类多了。

待到人们有点事就能坐出租的时候,大概是20世纪80年代末"黄面的"风行之时。10块钱能坐10公里,不但能挤好几个人,还能拉自行车等大物件,满足了市民的多种需求，也符合当时的消费水平，客源之广，让其余"的士"干瞪眼。那时开出租挣钱绝对"哗哗地"。我在团结湖街上听一中年妇女和人聊天："大家伙儿都挣二三百的时候，开个小面能挣四五千，谁要嫁个出租司机，嘿，跟现在嫁一开发商差不多！"

但一受欢迎，"的哥"脾气就见涨，挑三拣四，你坐两三公里就给10块钱下车他挺乐呵，谁要坐八九公里才下车他嘴里就不闲着了。遇见实诚的多给一两块，憨厚的哥就客气一句；要是狗戗的主儿愣装看不见，好像是应该的；我一同事崔宝光好较真儿，他就说：没到10公里，你还算"缺斤短两"呢，噘嘴给谁看？

个别出租司机坑外地人的事开始出现。有个外地人下了火车要从北京站到前门，坐上一的士，要求"咱打表啊！"司机："没问题。"到地方一看表，要400。乘客抗议，但表上显示的就是400，没辙，交钱吧。说是要投诉，要下车看车牌子。司机说你快看看吧！那位下车一看，车牌被泥巴糊住了。再瞅那出租，人一加油，窜了。

国家为了鼓励适龄青年应征入伍，曾有一口号："一人当兵，全家光荣。"而面的司机的家庭也流传着一句话："一人开面的，全家齐努力。"说面的质量不靠谱，经常有故障，需要全家人做好后勤保障工作。

我有一次等公交，一看要下雨，赶紧打一面的。坐副座上雨点就下来了，刚一急着要摇上玻璃，胡子拉碴的司机发话了："您甭费劲，车窗坏了。"得！我这右半扇儿满透，正好穿一件蜡染半袖衫，水淋淋更像染的了。"对不住您了！""没关系。""本来正要去修理，结果钱全交警察了。""……？""我在一路口想右拐，赶上红灯堵车，刚顺自行车道过去，警察从树后头钻出来了，得，没跑儿！""你开车规矩，他藏哪儿不也没用么？""他要站明面上我还违章？您说这执法怎么老跟做贼的似的？嘿！又堵车了，甭问，前边准有警察……"

华文出版社2007年出了一本《中国的哥调查》，作者金城是个有9年从业经历的资深的哥。说是"调查"，其实绝大部分是他的亲身经历。他在自序里记过一个谜语：比公鸡起得早，比母猪吃得多，比兔子跑得快，比骡子还能干，比"小姐"睡得晚。这就是出租车司机。

客运市场的激烈竞争、地铁轻轨便宜快捷、公交巴士四通八达、出租管理费居高不下、油价水涨船高等等，都使出租车司机们感受到了很大的压力。要是再被交警纠正一次违章，200元就被调拨走啦！此外，出租停靠也是个大问题,现在几乎哪儿都不许停车。无论是游动的交警,还是不吃不喝24小时值班的电子眼,只要被抓住,一天白干。可车停远了客人有意见,哪哪儿都不能停,人干吗打的呀?不就图个就近、上下快捷方便吗?再说的哥也得"方便"啊?黄昏时分,我在较偏僻的路段,就见过有出租急停路边,的哥匆匆绕到副座那边,打开车门作掩护。完事扭扭脖子伸伸腰,再转过来上车走人。诸多因素使的哥身心俱疲,累得面黄肌瘦无可奈何!

北京的哥以爱"侃大山"著称,古今中外,没他不知道的。有回我买装修材料,中午在建材市场旁一小摊儿垫巴点儿,就听边上正吃饭一的哥边吃边侃:"西太后怎么了?拿海军钱修颐和园怎么了?都买军舰?也就是甲午海战让日本人多打沉几艘罢了,现在顶不济还给咱留下个颐和园呢。"您瞧,有见解吧!这时他腰里手机响了,撂下筷子接电话,刚"啊啊"两声,噌地就蹦起来了:"咳!我说克林顿这厮……"跟他一块堆儿吃饭的都乐了,说你连美国的事儿都掺和?好好吃你的炒饼行不行?

1994年北京开始逐步淘汰"面的",1998年底大"扫黄",在首钢第二炼钢场空地上,把不老少"面的"砸了回炉。4万辆天津大发、利华、昌河、柳州五菱、松花江等"小面"被销毁,完成了出租车第一次更新。北京上千家出租企业也合并重组成200多家。红夏利取代黄"面的",每公里一块钱变成一块二。然而天热了一开空调就要开锅,所以夏利司机经常摇下车窗,让乘客吹"自然风"。

当时还有北京产中华子弹头、金骑士俩车型在北京街头出没,无奈司机、乘客都不买账。"子弹头"曾在电视上露面,为了夸耀其车身的合成材料结实,先是全景中一汉子抡大铁锤砰砰地砸,然后拉近镜头展示车子无损。虽然不怕硬碰硬的气魄可嘉,但老天桥卖大力丸式的推销术,很让人产生心理障碍;而且那车后边是死膛,要想从车屁股那儿取东西,得从前面钻进去才拿得到。"金骑士"的特点是外表虎实,个儿大,但听司机讲没劲儿又费油,另加油补都不愿意开它。

1999年,北京满街"黄虫"的时代结束。现在谁要想再瞭一眼"黄面的"的风采,您就得奔南四环西路、北京汽车博物馆,那儿在五楼展厅专门为"黄面的"设了一座展台。在汽博的藏品车中,唯有"横行"街头十年的"小面",能带给市民最亲切的回忆。其后,富康和捷达被引进,一块二改一块六,真没花钱的不是,可比"小面"和夏利舒坦多了。

2003年年初,600辆索纳塔率先进入北汽和首汽行列;一码黄或一码红让位给了两种颜色的车身,是"秀色可餐"的好注脚,我有时恍惚中就觉得满街出租,特像下边蛋黄上面巧克力的大块儿"西式糕点";当年年底前就更换两万多辆,几乎占出租总数的1/3，每公里也两块了。北京出租车市场为迎接奥运的召开彻底变脸。虽也有红旗、奥迪之类在机场、宾馆"趴活儿"，但数量极少。北京现代系列的索纳塔和伊兰特，早成了北京据说达6.7万辆出租车的绝对主流，就如远郊区县人士已成的哥绝对主流一样。

我的同学徐浩，为业务上的事请人吃饭，喝高了，打车回家。走到街上小风一吹就晕了，他告诉司机师傅："我找不着北了"，那位特认真，走一路报一路地名："这是东三环过路口向西""这是东二环过路口还向西""东直门桥奔北""小街桥往北"……

他们老家的风俗是人故去了，送别时过桥、过路口时，生者要念叨逝者的名字，告诉他现在的方位，怕他的魂儿找不到回家的路。他说："没想到这夜晚我提前享受这待遇了，打车一路被人叫了一路的魂儿。回家明白了，敢情花钱作了一回鬼。其实人师傅怕我睡着了，怕我吐他一车，无论如何不该叫了我一晚上的魂儿，埋汰人么！"

以辩证的眼光看，任何事物都有两重性。出租车的变化在北京这个超大都市的发展中功不可没，但让人不理解的是还有各个出租公司的存在，的哥的沉重负担——"份儿钱"不能取消吗？譬如遍布大街小巷的各类饭馆、小店，上面并没"餐饮公司""商业公司"又收一道"份儿钱"，也没天下大乱啊？上路得听交警指挥，经营归工商管，缴税自己个儿上税务局，违法了还有公安局盯着呢，凭什么凭空再多出一收钱的"婆婆"？改革之初不就有一个重要步骤——取消了许多徒然增加一个管理层次的二级公司吗？

有高人按排儿数了一过儿北京的出租——华沙，北京出租行业老前辈；"蹦蹦"，带给平民百姓方便实惠；"面的"，伴随北京城风雨十几年；夏利，空调不灵真耽误事；富康，中国两厢车的探路者；捷达，皮实耐用促成销量神话；现代，首都的城市新风景。

私家车星火燎原

我看季羡林写的《回忆陈寅恪先生》，说到头1949年经济崩溃，陈寅恪取暖都没钱，北大校长胡适想赠他美元以解"燃煤之急"，陈不受，后以藏书相抵，胡"海龟"派自己的小车去拉——堂堂北大仅此一辆。当时私家车之稀缺可见一斑。

中华人民共和国成立后中国的轿车，首屈一指的就属"红旗"了，自"大跃进"年代第一辆红旗CA72诞生，献礼建国十周年大庆，从此成为中国人的骄傲、国家领导人的专车。时间逝去50年，我所在单位里曾管计划生育的同志就曾驾一"红旗"，还老停社长车位前边，让人打哈哈："一把手都排你后边？'中央首长'就是牛！"

1972年我上高中后，和同学一起到安定门外青年湖附近一个汽修厂"开门办学"，其实是人家忙修车我们看热闹，瞧瞧师傅们如何捣鼓红旗的八缸引擎之类。有一修理工突发急症，厂子里刚修妥一辆"红旗"，拉上他直奔医院，驶进医院大院，刚停好车，医院的一帮领导齐刷刷奔下楼来。可能从楼上看见开进一辆"红旗"，肯定以为哪个大人物来了，那时轻易可见不着那车。待见到车里出来的"人物"跟俩油耗子似的，才屏息转身悻悻而返。

1963年，上海汽车制造厂造出上海牌轿车，直到80年代，"上海"长期作为部长级公务车。参观过上汽的人说那儿的装配工人特逗，拿一车门比划比划，不合适就再换一个试试，恨不能像木工似的给两刨子才能安上，根本没法跟后来桑塔纳生产线上什么都严丝合缝相比。

1966年北汽"212"吉普定型，成为"县团级"的标志，以致后来能弄到各式轿车的人也非这个"县团级"不坐。那是北汽"先前阔过"的辉煌时期，连帆布车棚都来不及配，有多少卖多少，没生产出来的也有一堆人排队等着呢。个体户的星星之火已渐燎原，盯在厂门口，服务于着急的提车者，专给光屁股"212"做车棚子，据说都发了大财。不过"212"确实太"初级"，连雨刮器都小得可怜，一刮，前风挡只留下俩"小扇面儿"。

随着1985年上汽和德国大众合资成立"上海大众汽车有限公司"，桑塔纳的身影开始在中国大地上无处不在，成为20世纪的宠儿，与其后的捷达、富康并称"老三样"，流芳遗韵至今不绝。车子已经和级别脱了钩，尽管曾有顺口溜曰："桑塔纳，满街转，里边坐着王八蛋……"不可否认的是老百姓的屁股也坐进了小车，这就是中国的历史性进步。

1983年，"北京吉普汽车有限公司"成立，这是中国成立的第一个合资汽车公司，产品最初是切诺基2500；1984年，中国"微面"的鼻祖天津大发出世，1986年，夏利轿车同样出自津门；1991年，一汽—大众捷达在长春下线；1992年，神龙富康在武汉诞生；2002年，北汽与韩国现代组建了中国加入WTO后第一家中外合资汽车企业"北京现代汽车有限公司"。

2013年1月11日，中国汽车工业协会公告：2012年，我国汽车市场平稳增长，

图 9-6

第九章 汽车大潮挡不住

汽车产销量双超1900万辆，再次刷新全球历史纪录。汽车制造业这个推动世界前进的引擎，是现代文明无可争议的标志，也为私家车提供了多样化的选择。

照排的同事郭庆，早先酷爱"北京212"，尤其欣赏其槽钢的保险杠，说开着它没人敢跟你这儿加塞儿生挤。现在"212"属黄标车，已然不能进五环了。有回堵车，他仗着是越野，打轮上了路牙子，想从绿地上超过去，没想到那儿才浇过水，"212"又死沉，一下陷那儿动不了窝了。没辙，叫救援吧。救援的一来，先扩大业务，说你不如先加入我们公司，350块管一年，包括这次。他想一次就200块，行啊，填表交钱拿救援卡。救援车倒过来还没拖，就陷那儿也需救援了，只好再来一车救援。那小子乐坏了，说他们这回赔大发了。

单位里高人不少，早已退休的爱学肯定是最早的一个，听说报社得到的第一笔赞助，就是她"拉"来的一辆旧"212"。所以她开车也早，他们《火炬报》的人一坐上她开的车，都紧张地四处踅摸：张老师，先别并线，后边儿来车了！张老师，您拐弯得开转向灯啊！提醒之声不绝于耳，把坐车的都累够呛！有一回她从朝阳门立交桥向西来，到报社门前就靠边停车，过马路，进路南的报社找人帮忙："小夏，帮我把车调过头来吧。"小夏挺纳闷儿，听说她开车愣啊，怎么调头都犯憷？出来才找到答案，原来是车上没人给她"观敌瞭阵"。

姜莹退休前是《中学时事报》主编，也特有意思。报社在潘家园时，有一次我开车到单位门前，刚停路边，没待熄火，车门猛地被打开，姜莹一屁股坐到了副驾驶位置，开口一个字："走！"有人说新司机都是"管状视野"，旁边一点儿看不见，我就没看见她在哪儿站着。而且她一说话，也让我直犯糊涂："咱走哪儿啊？"她一听动静不对，扭头见是我："哎哟，错啦！"马上又下车了。我也从另一边下了车，问怎么了？她说她们部门出去活动，来接她那车也是"忍者神龟"的颜色，正巧我出溜到她跟前停下，她当然看都没看就拉门坐进来了。

我第一次坐小车是帮一单位搞设计，完事太晚了，被一小伙子送回家。看他那四下里乱响的破车像日本的，就问是尼桑吗？答：是尼桑的爷爷——达特桑。到地儿我开车门未遂，小伙子说车太老了，里边开不开。他先下车绕过来打开右侧车门。坐老爷车，还能享受老爷待遇。

还有一同事小崔，以前开过一奥拓，一般人见他的车都躲着，前保险杠撞了不知道多少回，两边都翻过来翘着，猛一看像车脑袋上长俩犄角。它是左车门闹

图9-6／ 2014年8月25日，建外大街西眺。大北窑东西南北的路上，一望无际的车流在夕阳下蠕动。亚运会时全北京才7万多辆机动车，不过二十多年，至今已达500多万。这满街轱辘着的不是GDP又是什么？

毛病，也是从外边能开，里边打不开，一度他下车只能从副座那边出去。有一天他开车到单位门口，还是倍儿麻利地从右边吱溜钻了出来。有人说崔爷，你车门不修好了么？他恍然大悟，忘了，但"鸭子死了嘴还硬"，脖子一梗：我从这边下习惯了！

曾在美编室工作的朱嘉惯搞现代艺术，老说开夏利像在马路上坐一马扎儿。头些年到法兰西转了一圈，回来就换一毕加索，得意劲儿甭提了，说国外有气质的艺术家都开这种两厢车，三厢的太俗啦！正在单位门口跟我们云山雾罩、口吐莲花，正巧延平同志停好车过来。朱嘉忙说社长慢走，我换一新车您瞅瞅。领导回头瞟了两眼，一笑，说不就一面包儿嘛！快步进了楼里。"艺术家"在他身后张了半天嘴没说话。

对门办公室一美女编辑，某天不知道被谁批评了，一肚子委屈，才上街就违章被交警拦下。她越想越气，正是看什么什么不顺眼、听什么什么不舒坦的时候，不待掏出驾驶本，就哇哇大哭起来，吓得小警察赶紧说："得！得！姑奶奶，您走吧！"

还有更瘆人的，美编室"陈师傅"搭另一位"姑奶奶"的车，起步就费劲，没多远就闻着一股煳味儿，他低头一看，那姐们儿还勒着手刹呢。后来走起来也不消停，女司机眯着眼不住地问："快帮我看看，前边那个大黑家伙是什么？"原来她近视眼还不爱戴眼镜！

在潘家园办公时，有一天上班后聊天，坐镇总编室签大样的贺智生忽然说："我真对不起国之。"闹得我们莫名其妙。

他和国之早都入住报社分的房子。头天他值夜班签字，下班回去，正赶上院子里铺地面，原来停里边的车都挪到了大门外，乱七八糟地都停在了二环边儿的便道上。他一看主管美编室的副社长王国之的车也那儿，报社刚给他们那些"处类"干部都配了桑塔纳，就并排停到了外面，心说国之这车刚洗完，要是谁偷车，您最好捡干净的下手。

一语成谶。第二天早晨一起来，就听说国之的车没影儿了。其实倒不见得是偷车贼嫌贺智生的车太脏，相中了国之的车干净，而是偷停在里边的车，易于隐身撬车门而已。老贺同志颇"愧疚"，这是自责"腹诽"带来了严重后果。保险公司赔付之后，国之买了一富康两厢轿车，感觉不错，直个劲儿地跟街坊推荐："小贺，这车可比桑塔纳好开，换一辆吧！"招得人家又一次"腹诽"：我有病啊！

国之的命真苦，刚洗干净的桑塔纳便宜了别人，换辆富康也屡遭重创，不愧"苦难深重"。有一次国之从西边二环边上的住处过来，到三环边上的报社门前,非常潇洒地一调头,画了一个漂亮的弧形,一头扎到路北的路边,只听"咔嚓"一下,车头右侧就塌下来了——车轮子与马路牙子亲密接触,两块道牙子相接处有个水泥渣的凸起,把车胎右壁挂了个大口子。这回可真"酷"了。又有一次他从便道往马路上挪车,方向打得晚了点儿,从东边风驰电掣闯过一拉渣土的大卡车,一家伙就把富康撞一边了,连左大灯都撞掉地下了,把国之心疼地直转磨,就忘了看肇事车的号牌。

以前单位门口没俩车,都姓"公"。后来私车日多,一下班,记性不好的得满处溜达着按遥控器,哪儿一响,车算找着啦!1997年年初,我也买了辆"捷达",尽管比现在同配置的贵一倍。以前住东城的人说去一趟丰台,感觉比去北大荒近不了多少似的;现在一高兴,能立马来一趟昔阳,参观大寨的七沟八梁一面坡去。

开车上下班,没方便几年,堵车就成了一大烦心事。大概北京人都不会忘记2001年百年不遇的大塞车。12月7日傍晚,一场中雪致使北京的地面交通大面积瘫痪,大街小巷似乎都成了阡陌相连的停车场。那天我去电影学院接闺女回家,平常五点到家了,结果这回过了午夜还在道上磨蹭呢。

进入21世纪后,我拉闺女去清东陵游览,无奈102国道全线修整,于是,转道去盘山。在烈士陵园门前停好车,上前一问,说是有任务,闭园了。我跟看门的老人讲:我们从北京大老远地蹽来(从平谷到唐山,说跑路都是"蹽"),就是让孩子受受教育,再说我们进去,也不妨碍您的任务不是?老人觉乎着有道理,就开门让我们进去了。我又陪女儿浏览了一遍我初中时就看过的包森、田野等烈士的事迹。没车的时候顶多是去景山、龙潭湖转悠转悠。

机动车多了,各单位保安的工作也多了一项:指挥车辆。我在单位停车,对他们的指挥绝对是令行禁止,因为他看距离都沿可沿儿,我就见一同事倒车时自己没把握好,听到"停"再刹车,没立时停住,"咣当"一声,保安赶紧说:撞上了!把他气够呛。路边一饭馆的保安进城不"忘本":您再倒一点儿,倒!倒!倒!吁!一听就知道以前在村里是车把式。世事洞明皆学问,一个老保安对新手说:你叫人把方向打到家,得说"打满",不能说"打死",赶上葛的,人不爱听。

十几年过去,女儿的驾驶本都换过一回了。同时买车的人多半更新换代了,所以老有人对我因循守"旧"不解。我说没看过报道么?说是后海一带深宅大院甚多,一些街道老太太可能家里连"残摩"都没一辆,但看惯了高档座驾,再瞅见两厢车都嗤之以鼻:这哪儿是车啊!我觉得年检能过就行了,好歹也是铁包肉,比以前骑摩托的肉包铁强多了。不是有句俗话么:"要想死得快,就买一脚踹。"不就驮我上下班吗?结果被人批评:都这么想内需怎么拉动?尤其惭愧的是要一有毛病，熟悉的修理工都"歧视"我：再不换车，我们拒绝为您服务了啊！没办法，只好更新换了代。

豪华车意义非常

中国著名报人邵飘萍，有几次经典采访：

1917年，"府院之争"正烈，总理段祺瑞深夜从天津返京。邵飘萍闻讯乘汽车直奔段宅，让车夫急鸣笛，门卫以为定是政府大员要急见总理，便开启大门让他进去。那一回合，老段大胜黎黄陂，满腔得意，几乎全盘托出事情始末。这次采访奠定了邵飘萍在新闻界无人望其项背的地位。

有一次段政府内阁会议讨论"金佛朗案"，不让记者采访。所谓佛郎就是法郎，《庚子赔款》中法国部分本可用纸币赔偿，但法国通货膨胀，纸币贬值，于是法国要求用黄金代替纸币，中国因此多支付了8000万元。邵飘萍雇了一辆小轿车到会场外等候，见法国公使的汽车来了，马上尾随而入，门卫以为是一道来的，邵飘萍顺利进入会场，得到了内阁会议全部内容。

邵飘萍不仅开国人自办通讯社和新闻学教育先河，而且1920年还购买了一辆黑色小轿车，成为中国新闻记者自备汽车采访的第一人。试想如果前边是奥迪，后边跟一夏利，他的得意之作起码就要减少两篇吧？可见汽车这个身份的象征，历史悠久，何等重要！

现实中偏就有夏利跟在奥迪屁股后头的镜头。

报社同仁王世荣任总编助理之前，还在采访一线。有一年"两会"期间，卢沟桥抗战纪念馆增添澳门抗战内容，他拿到市委宣传部发的车证去采访。因为有刘淇、何厚铧出席，安保措施严密。警察见一大屁股夏利晃晃悠悠过来了，马上拦住。他不慌不忙把车证递出去，警察拿着翻来覆去地看，怎么看这车都别扭，可证是真的假不了，只好眼睁睁看着夏利跟在一串奥迪后面进了警戒线。

世荣说这样的事不少，还没车时，要到大会堂开会得打车，平时看见交警就发毛的司机直含糊，他还得给的哥打气："你开你的，没事！我有采访证呢！"见警察放行，司机顿时神气了不少。

在我车号限行那天，坐公交车听到不少笑话。比如一小伙子正高谈阔论，一阵轰鸣窜过一高档车，他的"现挂"顺嘴就来："这车我知道，顶牛了,在旧宫见过,它一跑,我都傻了,只见满街的车怎么都往两旁闪啊?车没影儿呢,声儿先过来了,快得不可想象。奔驰都得在后头捎着,怕刮着赔不起啊!SUV的标志占满了一个车门子,你要订制的项目多,得等六个多月。足足600多万啊!我买一西瓜还得跟我们那位商量呢。"

2009年9月8日的《法制晚报》报道:"最贵跑车藏身CBD",全球仅有5辆的帕加尼跑车,在这儿就有两辆!地库里的多辆法拉利、兰博基尼超级跑车都属于这个车主。据介绍,车主家族在河北,曾从事钢铁业,这两辆车的购进价格6000余万元人民币。还是《法晚》,2011年4月20日刊文:今年在中国市场上的兰博基尼超级跑车销量,可能超过美国,去年兰博基尼在全球市场的销量下滑,而在中国市场的销量比2009年增长了一倍以上。面对这样的消息,我不知道读者有何感受。

2010年7月7日的《汽车时代》上,有一篇《布衣新贵·体验大众新辉腾》的文章,我看到"布衣"二字,以为很便宜,结果被讥为老土。听说那车最老的款、最便宜的也得百万以上。"布衣"只是言其外观端庄,没有让人一看就马上反应出这是高档车。

那个版的编辑吴毓给我讲了俩笑话:一是辉腾在停车场入位,看车的直吆喝"嘿!那帕萨特离人家奥迪A4远点儿,刮了你赔得起吗?"二是辉腾在路边停着,走过一对男女。那女的说这帕萨特个儿还真大,男的忙说"别露怯,这是辉腾,一汽大众的旗舰。"辉腾主人正在车里,高兴得从半躺状态坐了起来,心说可遇见识货的了。紧接着那男的又说了一句把他气坏了,他说:"傻子才买它呢!"

在2015年12月的市交管局网站上,日期后面显示的是"截至2015年8月,全市机动车保有量557.5万辆"。1997年年初,报社一同事在我之前两天登记的车号,只比我的小721,就是说当时大约每天只增加360多辆车。2002年,北京的机动车达到180万辆时,当时的媒体就报道说:这是一个极限,北京将不能承担更多的机动车出行。事实印证了一句曾经的豪言壮语:"只有想不到,没有做不到。"2010年年底,增加机动车最多时是每天5000辆。

市交通研究中心分析,北京的机动车存在"三高四低"的问题:"高速增长""高强度使用""高密度聚集"和"买车门槛低""小汽车使用成本低""绿色出行意识低""替代出行方式服务水平低"。

北京从2011年1月1日起开始实施《北京市缓解交通拥堵综合措施》,其中最重要的一点是要买车得摇号了,摇上您了才有购车指标,才能买车上牌。没摇上,您等下月再跟着摇一遍,反正一年总量控制在24万辆,个人占88%。

一句话,汽车时代的进步任重道远。

第十章
都市新景观

图10-1／2006年，大栅栏的门框胡同。早年间这里汇聚了京城著名的小吃摊，成为大前门外繁华商业区不可或缺的一部分。改革开放之于普通市民，最直观的感受就是餐饮业的大繁荣，小吃重镇、一线天的"门框"里又焕发出迷人的风采。尽管买的和卖的都不同于以往了。

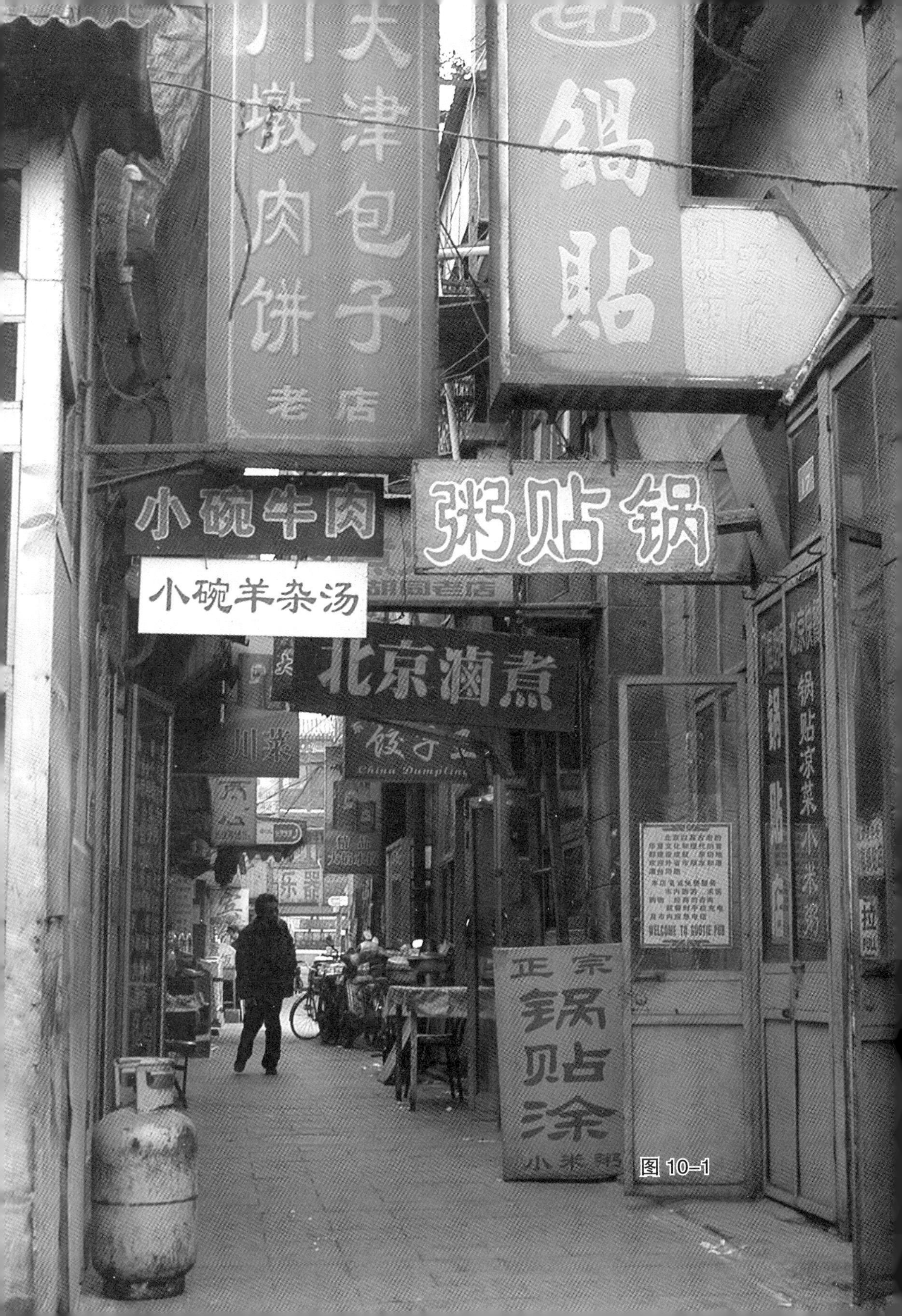
天津包子
墩肉饼
老店
鍋貼
小碗牛肉
粥贴锅
小碗羊杂汤
胡同老店
北京滷煮
川菜
饺子
China Dumpling
乐器
锅贴凉菜
小米粥
WELCOME TO GUOTIE PUB
拉
PULL
正宗
鍋贴涂
小米粥

图 10-1

图 10-2

图 10-3

鱿鱼大虾蛤蟆腿儿

要说北京的街头新景观,先得从饭馆说起。改革开放之初,经济领域的搞活多半从小生意开始,那时街道办事处都接到通知:凡要办照搞经营的,都一律开绿灯,大有全民经商之势。而与人们日常生活最密切相关的,非饭馆莫属。

从古至今的行业都分帮,相同地域的人从事的多是一个行当,所以才有"行帮"一说;因为早年在北京干"勤行"的多是山东人,所以咱这儿的餐饮业曾是鲁菜一统天下,从承包老百姓红白喜事"跑大棚"的煎炒烹炸熘炖蒸煮,到老北京"八大楼"的糖醋鱼、烤大虾、九转肥肠、葱烧海参,基本如此。

普通人家逢年过节,无非炒肉丝、熘肉片、炖肘子、木樨肉而已。"文化大革命"之后,在北小街四眼井新开的小饭馆吃饭时,我和女儿不注意它的招牌,只注意它的菜谱。那时川菜好像刚在北京兴起,小丫头每回跟我去那儿都要吃鱼香肉丝,吃顶着了就改宫保鸡丁。在另一个小饭馆,她问小服务员:你们这儿的回锅肉做得好吗?人家说回锅肉我们最拿手了!没一会儿工夫那姑娘又转了回来:真对不起,我们这儿——没这个菜。

川菜之后是粤菜北上,但那些生猛海鲜太高端,和咱距离忒远。那些票子欠点儿,又要装点门面请客的,就退而求其次;有经营者就去迎合这种需求,招牌上就标出"鱿鱼、大虾、蛤蟆腿"。到现在我也琢磨不透,那会儿为什么蛤蟆腿儿能大行其道,自由市场上都有用竹签子穿好了的半成品在卖,前两者好歹也是海鲜啊。

《天下第一楼》里的堂头儿常贵说:看人也有窍门儿,几个人一块堆儿洗澡的,日本人;一帮人抢一个球的,美国人;吃完饭抢着会账的,甭问,中国人!我见过两位爷在四眼井的小饭馆里大谈做多少万的买卖,咂摸完最后一蛤蟆腿儿,为结账争得脸红脖子粗,老板娘就近拿过一位的钱说:拢共就30多块的事儿,至于吗?

我一高中同学叫舒东方,头部较发达,人送外号"周口店",军人家庭出身,冬天将就着戴大号的棉军帽,总是放下的俩帽耳朵,老在脑袋两边儿撇撇着、支棱着。服兵役之后,先在机关后下海,在北京作南方一家石英钟厂家的代理。当时的石英钟还比较稀罕呢。他开一大发"面包"满街跑,说是每天都"兴致勃勃地给人

图10-2/ 2008年,前门外的天海饭馆。这儿从皮儿到瓤儿都突出一个京味儿,让老外开眼,让土著怀旧。(梁立 摄)

图10-3/ 2013年12月21日,西城区护国寺街。当年隆福寺、护国寺并称东西两庙,乃是京师名刹、著名庙会、民俗胜地。东寺的灌肠、西寺的豆汁儿,都曾名冠京华。如今盛况不再,山东特产武大郎炊饼都来到老北京春饼店前招摇、公然叫板。

送钟",那谐音可不经琢磨。后来业务发展了,雇用俩人也和他同吃饭同劳动,那两位还跟人说吃不饱饭,他听到传言可气坏了:一碗米饭才多少钱?我能舍不得?你怎不说那鱿鱼、大虾、蛤蟆腿儿可劲儿撮了?

后来餐饮业与时俱进,新品迭出,红焖羊肉火了好一阵子,因为主要配料是豆泡,据说都救活了一家行将倒闭的豆制品厂,现在则是"上穷碧落下黄泉,两处茫茫皆不见";掉渣儿烧饼就没那么幸运,虽然都祭起了"连锁经营"的现代营销手段,也没维持多大工夫,现在也是踪迹皆无;以东直门簋街为代表的麻辣小龙虾似乎颇具有生命力,虽然毛蚶闹出一场甲肝风波,也未动摇"麻小"时尚饮食的领军地位。

有人总结的社会现状之一是"喝酒看度数的是穷人,喝酒看牌子的是富人",但不能推而广之说"喝酒吃麻小的是穷人,喝酒吃龙虾的是富人",看餐馆外边便道上停的车就知道来这儿消费的还是富人多。遗憾的是"花无百日红",随着横纹肌溶解综合征病例从南京到北京的此起彼伏,"麻小"已近乎寿终正寝。谁敢冒着一旦染病就生不如死的危险,去满足一时的口腹之欲?"麻小"岂能跟河豚比?更何况还不时爆出"洗虾水"的新闻,和"苏丹红""瘦肉精"一样,某些国人的创造性让人惊诧莫名。

现在北京的餐饮业早就终结了"一枝独秀"的局面,开启了"百花齐放"的时代,从全国知名的各大菜系,到没宗没派的宅门菜、家常菜,应有尽有。连电视剧都有取名《家常菜》的。我在北城根儿住的时候,雍和宫豁口里边就路西五道营胡同口有家蒙藏医院,往南走到北新桥,围绕着十字路口有些国营的买卖,一路清静之极。现在可好,沿街民居全改成了店面,五光十色、鳞次栉比,最多的还是吃饭的地方。如果哪家店的老板娘叫"范菊",估计那生意肯定得火得不行!沿途有"聚德华天"的"烤肉宛",老牌儿的国营店;还有洋快餐,那是早期外资进入中国的标志;烤全鱼、麻辣烫是拿来主义的最好诠释;更多的非草根莫属,如"大粥锅""馅老满""王胖子驴肉火烧"……

还有一路饭馆儿,如我同学徐浩认识的一主儿,这哥们儿可不糊涂,心思不在经营餐饮上,专门倒腾饭馆。租个门脸过来冠以"一家面馆",算是分店,而后大肆装修改造,找好下家,加价倒出去,比自己经营可肥多了。他一年倒腾了七八家"分店",连起照的事儿都省了,似乎有点儿资本运作的意思。细琢磨还真是这么回事,满街饭馆儿,真有今儿还"锅贴"呢,明儿就"炸酱面"了,后儿又改了"门钉肉饼",层层加码,到头来羊毛出在羊身上，饭菜焉能不贵？

开饭馆人要精明，选好地理位置至关重要。同学中有人到二龙路转了一圈儿，立放狂言：我要是开饭馆，首选"小肠陈"，就开在大名鼎鼎的二龙路！奇的是二龙路多热闹的所在，愣是没人弄个"卤煮"！白白浪费了家喻户晓的金字招牌。

北京的"老字号"满天飞，有时你也闹不清个真假。我家附近超市里有摊儿卖首饰的，号曰"许大福"，我惊奇于名牌还这么深入基层呐？别人说哪儿啊，人那是"周大福"好不好！就像有个经营金银珠宝的"周生生"，我就起名"翠生生"；与之相似的还有经营翠钻的"戴斯得"，很容易就让人想起"戴梦得"，你要想不起来，那就最好不过了。"木子美甲"和"美联摄"就更是借助人们的想象，以求让人记住。"双兔傍地走，安能辨我是雌雄？"

现在什么都讲究个"和国际接轨"。东洋不是有个"松下"么，我就弄个"松上"；老美的"微软"出名，咱就取名"微硬"。王奶奶和玉奶奶，就差那么一点儿，可就谬之千里了，中医有话"三月茵陈四月蒿，五月来了当柴烧"，就是这个道理。像老年间"同仁堂"的买卖好，你不学人家的品质，不学人家的经营，单就指着起个"同人堂"的名号蒙事，哪儿能长远得了？

还说"进口货"。我记得二十多年前，虎坊桥路东有个"白水羊头肉"的牌子，记住它和美食无关，皆因牌子不大，可还是名家题写。"北京市百货大楼"那几个大字也是刘炳森的书法。前不久，我在牛街口内的吐鲁番餐厅，又吃到了白水羊头肉，据说也是正宗。就像郎家园的枣在北京名气老大了，满街叫卖，都挺好吃，但一琢磨不对了，郎家园早成了闹市区，哪儿还有枣树啊？

不知道从啥时候起，日本料理火了，紧挨报社的有个四季健身，进门就是"江户川"，马路斜对面粤海烤鸭店的一边儿曾是"三郎"，三环团结湖公园大门北邻"三四郎"，附近还有家叫"姿三四郎"的，报社叫"郎"包围了。网上一搜，团结湖、朝阳公园附近日餐店不下十几家，可比卖卤煮的多多了。

一个重大报道期间，要闻、美编、校对、照排几个部门都有人等着重要新闻，几近天亮。大家都聚在11层照排室，饥肠辘辘。现在执掌中网公司的吴佩华当时是值班副总编，发话让叫外卖。结果附近24小时营业的就剩一家日本料理。

我们吃着日本的拉面，也就是填饱肚子，边往嘴里胡噜边评价：不如兰州拉面好吃。有明白人发话：说什么呢？日本拉面这一碗好几十呢！够你拉多少碗兰州拉面了？

您别瞅这些地方卖日餐，可是爱国不在人后。都2013年了，"三郎"的LED广告屏上，还在滚动显示：钓鱼岛是中国领土！然后才是：本店推出特惠商务套餐……团结湖公园对面，三环路西，曾有一家取个字号叫"出云"的日餐馆，据说老板曾在东洋本州一个叫出云的地方留学，因为喜欢那里的景色，所以才取了这么一个店名。2012年，日本政府对历史的态度惹恼了中国民众，看见"出云"就想起了鬼子侵略中国的旗舰，那老板立马儿摘牌子不干了。

除了坐贾就是行商，糖葫芦、炸灌肠、羊肉串、烤白薯，经常打一枪换一个地方，也不打什么"名牌"的幌子、"文化"的招牌，躲开城管就行，小孩子都爱吃。如今已然大姑娘了的闺女，看见这些，有时还要对她爹说："我吃糖葫芦。"于是我就立马掏钱颠儿颠儿地赶紧买去，她让你给她买零嘴儿，你高兴着呢。就像小时候让我给她去开家长会，你要说有事让你妈去吧，她就特耐心地跟你说："让您去说明我信任您……"你能辜负孩子的信任？

"接轨"的概念深入人心，小饭馆也如是。在鼓楼北边的张旺胡同西口，我看见一户"家常菜"，像胡同里其他同行一样，把菜谱抄在板子上，摆放在门口；特殊的是他摆了两份，另一份是英文的，可见那老板有头脑。因为他那地界儿是"胡同游"的必经之地，见天是满载老外的三轮儿打门口呼啸驰过，身着红马甲的蹬车人，在卖力气蹬车的同时，还随口白话着四合院、小胡同，"唉，咱们一出这胡同口，往北就是奥运场馆儿！"您光一听那个儿话音，就知道不是本地人。

炒肝豆汁儿又时髦

俗话说缺什么想什么，经过"食不厌精，脍不厌细"的发展阶段，以前聊以果腹的炒肝和豆汁儿，今天又时了髦了。北京小吃成了街头一景，以至于鲜鱼口和磁器口成了欲飨口福者的好去处。我一搞医的同学单志华，于2011年初一个雪后初晴的早晨，专程跑磁器口豆汁儿店来了两碗，爽得厉害。老单说豆汁儿是地道的"低碳"食品：味酸微甘，助消化而醒脾开胃，秋冬防止赘肉控制体重，春夏清燥祛烦清暑解渴，多好的东西呀！

在当年皇城脚下老街旧邻们的生活中，豆汁儿是日常饮食的一种代表，舍此就不能想象老一辈度日之艰难，否则哪儿会有"窝头脑袋豆汁儿嘴"的说法？那可是豆腐房里的下脚料，也算开废物利用之先河；豆汁儿无疑也是老北京民俗的标志性符号之一，离开它，《故乡是北京》一类怀旧的京腔京韵就成了无源之水，皮之不存，毛将焉附。如果说北京的地域文化是一席丰盛大餐，豆汁儿就起了盐的作用，量虽少，但不可或缺。有些文人雅士常以老苏的名句相标榜：宁可食无肉，不可居无竹，我以为是"富人之见"，要拿街头小伙儿的嗄话说，饿他三天，什么说辞全没，豆汁儿就是琼浆甘露、天下第一美食！

北京的名吃不仅有月盛斋、烤肉季，还有爆肚冯、豆汁儿张……著名文人俞平伯的曾祖父、自号曲园居士的晚清大学问家俞樾，身在他乡时曾作《忆京都词》，对北京的感情都化作了对小吃的咀嚼：忆京都，茶点最相宜。两面茯苓摊作片，一团萝卜切成丝。不似此间恶作剧，满口糖霜嚼复嚼。忆京都，小食更精工。盘内切糕甜又软，油中灼果脆而松。不似此间吃胡饼，零落残牙殊怕硬。

郭德纲相声里说：走在大街上来一人，咣，一脚踢躺下了，踩着脑袋灌碗豆汁儿，站起来骂街，这是外地的；又过来一位，咣，一脚踢躺下了，踩着脑袋灌碗豆汁儿，站起来一抹嘴，有焦圈儿吗？北京人！

这似乎是个悖论：就像三年"困难时期"，没人高血压高血脂高血糖，现在都"三高"了，可也没听说谁向往过一个月半斤油、凭本儿买豆腐的日子，是不是有点儿叶公好龙？前两年听一法院的朋友讲，他们去医院体检，正好和一家老国有工厂体检凑一块儿了，结果是法院的没一个不是脂肪肝，工厂的没有一个是脂肪肝！

说到豆汁儿就联想到老北京的民俗风情，祥子、虎妞时代咱没经过，只记得胡同里曾有推着三轮卖豆汁儿的，车上安置一铁桶，有老人递给他钱，他就给您舀一舀子。那好像是改革开放之初，所以做小买卖的还属黄花鱼的，溜着边儿来，净钻胡同，还不像后来那么大张旗鼓；当然，那时也没土匪一样的所谓"管理者"。人美社有个善画老北京的画家马海方，和我是同龄人，他一开始画卖豆汁儿的颇有些自然主义，我给他提意见：知道的你这是卖豆汁儿呢，不知道的就闹不清这桶里是豆汁儿还是泔水了。老马从善如流，后来就把那容器改成白瓷的保温桶，艺术还真就高于生活了。

老舍是描绘老北京的大师，现在讲究民俗传统者好像多出其门下，张嘴豆汁儿，闭嘴糖葫芦。还有一路人是好好的"金"不姓了，心急火燎地都要改回爱新觉罗的"老姓"去，手里再弄俩干核桃"盘"着，俨然传统文化的守望者。老舍的地位无人可比，但他多是侧重咱下层老百姓的生活，《四世同堂》也好，《骆驼祥子》也好，只是那一阶层的经典再现，并非老北京的全部。他主要是写北京人的命运，其余的"市井文化"只是配头。只是因为太经典了，所以让人顾及不到其他。至于忙着光复"老姓"者，也是塔儿哄的居多，舍本逐末。

当代学者赵园在《北京：城与人》中说得透彻："中国人并未像俄国人或法国

人的赶尽杀绝,即使对于皇帝,也只是客客气气地请出宫去。因而除蒙受劫夺之苦外,许多旗人的潦倒是因全无谋生本领。那精致的文化把他们造成了某种情境中的废物。"所以,要说玩物丧志都是抬举了他们,因为从来没见过他们"志"在何处。如今可不得了,"那精致的文化"值老钱了,哪怕您就学学卖菜的吆喝,也比那菜本身值钱多了。

看过北京电视台一档田歌主持的节目,好像是《荧屏连着我和你》,接受采访的是一位"叫卖大王"。节目的意思本是回顾旧时京城百姓的日常生活,可那位"大王"老是白话他的叫卖声怎么地道,还有他到处宣扬老北京"文化"的意义。于是主持人跟他开玩笑,说要不然我们弄一挑儿菜来,您就找个小区进去卖,既方便了居民,又普及了文化,怎么样?那位就有点儿傻:"这、这不合适。"怎么不合适呀?"回头、回头城管来了……"现场笑声一片,逗乐的不光是打镲和尴尬,说到底是卖菜不如卖"文化"挣得多!

可早先这"文化"填不饱肚子。如果传统文化仅仅是蝈蝈儿笼子蛐蛐罐儿这些玩意儿,那有清一代落后至今也就不足为奇。老舍和曹雪芹、张恨水结合起来,才有可能全面组合成较为真切的老北京。难道烤肉、烤鸭不是咱这儿的饮食代表?只有豆汁儿才能代表老北京?

在十多年前的BTV春晚,有个叫大山的洋人唱起了《外国人喝豆汁儿》,还"OK,还是真提神儿,我看许多中国事儿都有这个劲儿……"过后一接受采访,满不是那么回事,敢情他一口都喝不下去。老话讲看景不如听景,其实何止是景,豆汁儿也一样!加上焦圈、咸菜丝,再外饶几个芝麻烧饼,有这一肚子玩意儿顶着,扛大个儿去都不怵!感觉何其美妙!相信现在人们是真心实意地喜欢豆汁儿,尤其是由豆汁儿带来的无限遐想,绝非大山那样讨个俏卖个乖而已。曾有诗曰:"糟粕居然可作粥,老浆风味论稀稠。无分男女齐来坐,适口酸盐各一瓯。"

有句话说年轻人活在幻想里,老年人活在回忆中。也有人对此嗤之以鼻,同学徐浩讲话:现如今北京人有几个喝碗豆汁儿就优越感油然而生?果真是好东西还能让洋可乐横行霸道?事实确实如此:1978年12月18日,标志着国门正式开启的十一届三中全会召开;12月17日,《中美建交联合公报》发表;12月13日,中粮总公司和可口可乐公司在北京饭店签约,"止咳糖浆"在中国开始攻城略地。而据说早在辽、宋时期就流行于民间、乾隆十八年都进了御膳房的豆汁儿,此时除了能增加点儿卖豆汁儿的就业岗位外，当年北京人的豪迈已荡然无存！天天车如潮，处处人如海，只剩免费的尾气敞开了吸，这就是"老北京"的"优越"所在。

我是北京"土著"，至少是在我的记忆中，上溯几代都是"纯种"的北京下层受苦人，但第一次和豆汁儿接触已然到了插队之时。我们就像相声里说的，一饿看谁都像包子，能进嘴的都是好东西，整天一没事就琢磨吃。贾平凹曾在一本书里说：他中学毕业回乡务农，饿的时候大家伙儿坐地头儿上就琢磨，北京城里的大首长平常都吃些个啥呢？一位见多识广的主儿就说了：甭问，肯定顿顿都是油泼辣子面！

一天晚上，知青宿舍里有人熬起了豆汁儿，一屋子人伸着脖子摩拳擦掌，眼睛紧紧盯着屋中间火炉子上的小锅。虽然味道闻着不咋的，但听说一喝起来就妙不可言。锅里冒尽了泡儿，开喝！但见有的人怡然自得，啧啧有声；有的人挤眉弄眼，表情不凡；轮到洒家时，端起碗吹了吹满碗"臭豆腐汤"上的泡沫，屏住呼吸闷了一口，从没有过的另类体验……怎奈肺活量不够，突然崩不住劲儿，一大口土绿色的汁液喷薄而出。观者辗转腾挪纷纷闪开，待我喘过这口气儿，都问啥感觉？"啥感觉？整个儿一溲泔水！"

您要问豆汁儿不能代表老北京，那什么能代表？我说北京的精神里起码得有包容万物的气度，简而言之就是大气。像天津特点是哏儿、海派风格是缜密、西北特色是剽悍，老北京的文化形态特色就是京味儿：既有海纳百川的胸襟，又有特立独行的牛劲儿；既有催人向上的激励，也有玩世不恭的随意。这不是一朝一夕所能做到的，洋谚语叫罗马不是一天建成的。你就看北京街上善侃的"的哥"，能从纳斯达克的高科技股扯到后海的九门小吃，尽管有点儿贫，您不也在贫嘴中品出点儿大都市的底蕴么？

足道健身成新宠

人常说知识就是力量，其实习惯也是力量。比如人用手递您一馒头你能吃，要是用脚夹一馒头过来，谁能咽得下去？即便明知道那脚丫子洗得别提多干净了，你也膈应。这时"知识"就不是"习惯"的个儿了。当下不管是价值观混乱，还是社会心态的普遍浮躁，反正是好些个事都和从前颠倒了，比如脚丫子一直不为人道，现在则反其道而大受追捧。除非男足又有恶劣表现，满场的球迷才在"国骂"之余，嚷嚷几句："XX下课！""修脚去吧！"

我在亦庄开发区上海沙龙那个餐饮圈儿里吃饭，正当饭口时那个"茶餐厅"门口还需等座。但看对面一家"熏肉大饼"，广告上标着：俩人一份的套餐才28

小京纪实

一个"50后"心中的北京

块,粥随便喝。尽管那是好几年前的价格,但还是便宜得够可以的。可我在吃饭期间只见人路过,顶多在那门口徘徊一二,从没见人进去,真奇了怪了。吃完饭我一出来才觉得有意思。"熏肉"旁边紧挨着一家"扬州修脚",估计人的心理习惯不是说改就能改得了的。人旁边"修脚",碍你"熏肉"什么事?后来再去,"熏肉"杳如黄鹤,八成是让修脚的给熏跑了;脚修好了自然也撒丫子颠儿了,那儿现在是"发艺""美甲",外加"盲人按摩",三足鼎立;把他们仨归一堆儿还靠点儿谱儿,起码路人看着不别扭。

如今脚丫子受到空前的重视,街头巷尾到处都有体现:足道足疗、沐浴按摩、美体瑜伽、保健中心、女子俱乐部……不一而足,估计有多少吃饭的地儿,就有多少捏脚的地儿。亦庄有个小区叫格林小镇,GREEN 其实就是绿色的意思,但一叫"格林",立马透出那么一股子洋味儿,看来开发商颇有点儿《茶馆》里"小刘麻子"的遗风。靠着小区的一个大门,楼的一层有个"格林生活·咖啡"开张了;过一段时间再路过那儿,改成了"格林生活·足疗"。

我到单位得走东三环,才过潘家园桥,还没到眼镜城,路旁边有个全鑫园烤鸭店,东界壁儿,与"烤鸭店"大牌子比肩而立的是"行千里足道";再往路西一看,"华泰饭店"大招牌上骑着"百草堂足道"的大招牌。

报社门前,以前是"濠江春"粤菜,不灵;后来改"川天猴"川菜,还不灵;现在是"足道",生意好得不得了。同事宗德宏说:"川菜改足道,没问题,要是足道改川菜,估计就麻烦了。"另一位同事杨信说不然,他在交道口南边路西一菜馆里吃饭时,就给人介绍:"咱现在待的地儿,搁早先你死活进不来,为什么?以前这儿是澡堂子女部,对面是男部,当年可是热闹极了。"他说的没错,我住北新桥时,就到那儿洗过澡,摩肩接踵的,您去了未见得就有床位,备不住还得先脱筐呢。

单位工会曾在小汤山九华山庄开年终总结会,晚上泡温泉之余,和几个同事去尝试捏脚,服务人员才几下子,我就说您打住吧,我不捏了,咱老土,享受不了这待遇。我想起电影《没完没了》里何冰享受捏脚时的架势,一边儿疼得倒吸凉气、嘴里"唉呦唉呦"地不住声,一边儿满脸幸福状的滑稽,他真觉得是享受么?

好些东西中国叫"法",日本称"道"。比如书法和书道、剑法和剑道,还有"枪法"一说,但没听过"枪道";又听说有"足道",

不知道有没有"足法"?看来东洋和咱这儿区别不小,尽管那儿满街的汉字。就像行政区划,咱是省、市、地、县、乡、村,那儿是都、道、府、县、市、町、村。至少县和市的概念是猴儿吃麻花——满拧。

报社新闻中心的安世鹰以前到咸阳出差,听当地人讲,咸阳要打造中国的"脚都",就是洗脚之都,发展足道。老安说咸阳曾号召以足道立市,要把它打造成该市国民经济的支柱产业。据说咸阳市委书记亲自抓洗脚,力推足疗业。那个曾在中纪委工作了12年,被咸阳官员认为"意识超前"的市委书记,2002年"自封"了一特殊官衔:"推广足疗保健工作领导小组组长",人送雅号"足疗书记",他对媒体说:"以后,做足疗就像理发一样,谁都可以进去,咸阳足疗是阳光下的足疗。"您估计大太阳地儿里捏脚是个啥滋味儿?

于是,长沙的"脚都"地位面临挑战!

长沙人不服!他们在网上说,岳麓之"麓",本为南岳之脚,以"脚"名城,理所当然;麓山寺有副对联:"寺门高开洞庭野,殿脚插入赤沙湖。"下联的意思就是:在红色脚盆里洗脚。这不是天意吗?湘人行军打仗近百年,脚最疲劳,现在不打仗了,洗一洗不是天经地义么?试问全国诸省:湖南人不言洗脚,谁敢洗脚?"脚都"是相对"首都"这一概念提出的。长沙人喜欢洗脚,把洗脚、按摩和喝茶、休闲"捆绑销售",真是一大发明。

原来风靡全国的一种生活方式,源于三湘大地。

虽然如此,但在北京却是一波三折。2010年8月6日《新京报》报道:"足疗"是否是特色中医治疗项目,是否能医保报销?北京市人力资源和社会保障局明确表示,足疗不属于北京市医保报销范畴,近期也未计划将其列入医保范畴。而北京市中医管理局昨日称,在正规医院内,"足疗"应为"足底反射治疗",属于特色中医治疗项目,目前在北京定点医院,确定已纳入医保报销范围。原来如彼!

与足疗密切相连的是各种方式的健身休闲活动。前些年报社给大家都发了个青鸟的健身卡,结果一年过去了,我一次没去。看来不自己掏钱不行!这几年我就在报社旁边的"四季健身"办了张卡,开始是什么都可以的,一年下来我又一想,除了游泳,器材之类的一点儿没动,后来我就改为只能游泳的卡了。

从"四季"一回办公室,别人问去游泳啦?我都回答洗了个澡,多被认为是谦虚。其实如果游泳用20分钟的话,连蒸带洗要40分钟,纯粹洗澡为主游泳为辅。要是碰到每条泳道的一边都站着若干"体型庞大者",你就是想游也是下无立锥之地,只好洗个澡拉倒。再一个原因是我的腰不得劲儿,最适宜游泳,而且去医院理疗,不过是趴在治疗床上给你燷燷腰,腰舒服了,腿又打不了弯儿了。在桑拿室里一蒸,全身都理疗了。

图 10-4

有个同事王世荣也爱活动，曾在一戏水乐园式的休闲场所看了回热闹：一位消费者拿着钥匙打不开更衣柜的门，叫来服务员，说你这锁有问题，我死活打不开了。服务员说这怎么可能呢？您是不是记错了？那位说你当我是弱智呐？我衣服放哪儿了我不知道？用手一指周围的人，说这几位都是和我一块儿来的，他们可以给我作证。服务人员一问，确实是一起的朋友，就说那我给您弄开。扭头去外边找来一个大压力剪，柜子上那把锁的锁鼻儿嘎巴一下就被剪开了。

那位打开柜门一看："哎哟！这不是我的！"这下服务员可急了："你不是不弱智吗？这可怎么办？你们几位可得给我证明，这可是他让我打开的！"那几位赶快息事宁人，"弱智"拿钥匙在旁边一个柜门的锁上一试，啪的一声打开了，一看，那里边装的才是他的行头呢。嘿！这事儿闹的！服务员说你哪儿也别去了，就在这儿等着人家本主儿来吧！那一块儿来的哥儿几个说我们也饿了，先出去吃点儿东西，你就在这儿看着点儿吧。

各色广告扑面来

据说口头吆喝是人类社会最早出现的广告，适应了原始时期物物交换的需要。相传夏朝时王亥能造牛车，他驾着牛车，用帛和牛当货币，在部落间做买卖。为了引起别人的注意和进行交易，就开始口头叫卖。后来社会发展，广告也日新月异起来，直至商品经济发达，甚至于据说连世界老大、美国的罗斯福总统都曾发出过"不做总统，就做广告人"的感叹，如今成为许多广告人自视高人一等的强大心理支撑。

最原始的广告至今都绵延不绝，比如磨剪子锵菜刀的。

老北京磨剪子的走街串巷奔饭吃。他们肩扛一条板凳，两端各装粗细磨刀石。一端的小木箱里装有开刃口用的钢刃、铁卡子、锤子等工具，一端挂一水罐和小麻刷子，为磨刀时加水用。另一侧拴许多碎布条儿，磨完剪子铰一下布条验试利钝。一手抖动若干厚铁页子穿起来做的响器，专有名词叫"惊闺"，这词儿在《醒世恒言》和《金瓶梅》里都有记载；铁页互相撞击发出哗棱棱的响声，接着吆唤起来："磨剪子来——戗菜刀！"

都说老猫房上睡，一辈传一辈，现在的磨刀人可是今非昔比，自行车代替了板凳，而且充分分享了科技发展的成果，弄一半导体喇叭挂车把上，声音无限循环，

图10-4／ 2009年，西单华威商场的广告墙。（梁立　摄）

不知疲倦:"磨剪子,戗菜刀。磨剪子,戗菜刀……"生艮焖倔,永远也不换个调儿。也有一专多能者的"对外广播"是"磨剪子磨刀、清洗油烟机!"要是你正巧手使的切菜刀不得劲儿,听见动静要出去让他给磨磨,十有八九得白跑一趟。为什么?那家伙早骑出两站地了!要赶上你才下夜班打算白天拿一觉,偏巧他在你家窗户外的街边上打歇儿,得烦死你!这我可是深有体会。

现在北京的新面貌之一,就是哪条街道上,没什么都行,就是不能没有房屋中介的门脸儿。房地产形势起伏不定,于是中介们都把楼盘二手房的广告贴大板子上,满街地戳着,尤其是在小区的门口,你要稍一驻足,马上就有人上来热情介绍,还紧着问:"您打算买什么样的房子?""啊,不买!""那您就是要卖房子?""就是瞎看看!""噢,您随便看,这是我的名片,有事儿您给我打电话……"

也有不这么"敬业"的,我曾见到路边支着一中介公司的房源广告,业务员里的一小女孩对同伴说:"现在收入真不行,好不容易才把500块钱的债还上,现在我连一毛钱都不敢花了。"可说话的同时,她还不停地吃着手里拿着的特大号的雪糕,那价格可远不止一毛钱。

街面上的买卖都扎堆子。挨着法院的肯定是律师事务所,甭管大街上胡同里,找人写个诉状,抬眼就能看见代理诉讼的招牌。听在法院工作的朋友说,曾接待过一位商业纠纷的起诉者,他告诉人你得先确认你的合同是合法有效的,才能打官司。那位出门转了一圈儿,回来说,我找旁边门脸儿问了,人家看了一遍,俩字儿:"有效。"交了50块钱的咨询费,合着一字儿25元。这儿要是工商局所在地,四下里一定有一堆代办营业执照、代理工商注册的。医院周围呢?鲜花水果店、房屋出租的招牌、寿衣、花圈、代客联系火葬场、陵墓咨询,反正能一条龙都给你服务到家。

我觉得这些最简单的文字广告是最直接、最简练的广告形式,由于它切中了世人的关注点,直捅腰眼儿,所以就吸引人,你到这儿来能不跟这儿的机关单位有关吗?如果同样一块板子立你眼前,可内容是有关激光的作用原理和项目招标的广告,估计看的人就很有限了。因此广告只有针对特定的人群,才最能体现出其价值所在。像从前单位里学习,学什么都稀里糊涂的,碰见晕的主儿,被头儿点名读报纸,能把"诺罗敦·西哈努克亲王"念成"诺罗郭儿……"唯独传达涨工资的文件,谁都不错眼珠儿地听着,还不是因为和切身利益密切相关!

现在北京街头还有一路"广告",尽人皆知。我在刘家窑一出地铁站,地面满是罐儿漆喷的字,像全铺上了花瓷砖;在方庄桥东,公共汽车站那儿的马路上,更邪乎,以前偷偷摸摸的小字儿,全变成了脸盆大小,跟"文化大革命"时刷大标语差不多了;区别仅在于当年是"打倒……砸烂……兴无灭资",眼下是"办证、刻章、各种发票"。电线杆子上还短不了"真情求缘""高价求子",那些被誉为"都市牛皮癣"的小广告。烦死人的手机垃圾短信,多一半也是卖发票的"广告"。我一直不理解假发票怎么有那么大市场?后来有关审计的新闻让我开了窍:2010年6月审计署在56个中央部门的抽查中审出1.42亿元的假发票,占总发票数的近两成!需求旺盛,供给焉能不旺?

最简单的文字广告如此,体形巨大的实物广告同样如此。我在雍和宫东边住时,正逢地坛大卖彩票,一等奖的小汽车就摆在公园南门外的台子上。我虽然手臭,连最末等的奖项洗衣粉都没中过,但不妨碍看热闹。这种方式最后被取消,则是另外的原因。

近年流行"山寨",确实是挺哏儿的事,比如你满北京的肯德基门口都弄个"上校"戳着;我"张飞牛肉"刘家窑店的台阶上,就活动着一黑衫黑巾黑胡子的"山寨张飞",你那"洋人"是死的,我这"张飞"虽又瘦又小,但是喘气儿的;大栅栏街里的内联升,干脆在门口屋内安排个工人,照传统方式纳鞋底子上鞋帮,形象地再现老手艺。这样做的目的只有一个:吸引人的目光,不是有个时兴的说法叫"注意力经济"么?是原创还是山寨您就甭管了。那些商业场所的巨大的椅子、裤子,虽然实物改成模型了,但同样因其与普通人的生活息息相关,又体量巨大,故而也广受关注。当然,什么事一成风,自然就臭了街。比如先有大黄鸭挺招人待见,您一看这不错,赶紧地弄个大黄蛤蟆赶时髦,结果只能是徒增笑耳。

广告的形式是一回事,关键还在内容合理及没有歧义。有个段子说卖瓜的小贩吆喝:"西瓜,特甜的西瓜,不甜不要钱啊!"一饥渴的路人就说了:"给我来个不甜的。"我在成寿寺街上,看到一家"垃圾桶大全",就觉得和自行车时代修车铺外边的"屋内有气门芯",小饭铺儿外边的"屋内有烤白薯",及以前沙滩那儿一餐馆的大字招牌:"龟鳖城",异曲同工。"闲人马大姐"在电视上做过一公益广告,落实到最后,就一句口号:"垃圾分类,从我做起!"您是不是得犯疑惑:她是马大姐还是垃圾?后来垃圾分类广告又有新版本,一对衣着光鲜的男女在垃圾桶前逗闷子,男士还胳膊肘杵在桶盖上"摆pose"。他不怕脏,可把观众恶心得够呛。

我在五环内旧宫一带的大马路边看到过特巨大一牌子,那是颇为正式的交通标志式的广告:"未经允许,不得挖掘道路!"我忽然想到,假如在单位办公大厦旁突然出现一块告示牌："未经批准，不得拆大楼"，我们都会是个啥表情？在单位说起这见闻，同事程铁良又说了一个更奇的计生广告，在火葬场门口有一个大标语忒生猛："一定要把人口的数量降下来！"

亦庄开发区的一个路口，曾立过一个路牌大广告：图像是在地面井下施工的现场，有绳子围着，意思肯定是保护路人别掉井里；但最突出的广告词太精彩了："一根绳子就能挽救一条生命！"我要是不仔细琢磨画面的意思，猛一看，准能想到的是一根绳子就能"结束"一条生命，这是常识性的判断吧？

现在我们一睁眼，能不看到广告，似乎是一种奢望。我家附近的一个超市里，卖干果的柜台上有彩喷的广告，但图片缩放有问题，造成各品种的比例差点儿事，同一画面上葡萄干比栗子的个儿都大。去九华山庄附近采摘时，见一采摘园的广告很精炼，只画两只大樱桃，写上"熟了，摘吧！"四个大字，一目了然，言简意赅！就是感觉那樱桃在现实中似乎跟大桃儿差不多。报社工会组织摄影爱好者到坝上采风，在从避暑山庄返回的路上，我看到路边墙上有一广告："大清猎酒，喝了不上头"，通俗易懂，实实在在。那些电视广告如"友情就像什么什么酒，滴滴在心头"，虽然更雅些，但也更为虚无缥缈。别出心裁的也常见，上班路上我见过一小货车，后车厢搭的棚子绝了，就是一座起脊的小房子，近看就是塑钢窗搭就的，车身及小房子上全是某塑钢窗厂的广告。

广告的发达是经济发达最直观的反映，同样的道理，在市场调节出现问题后，也需要强调市场的规则，或行政的干预。比如我所在单位紧邻的东三环，以前的广告确实一片繁荣，但失之于凌乱，经过市容、城管等部门的梳理，现在看上去就有点儿赏心悦目了。怎么说广告也是城市的一张面孔，老话讲得有理：有粉儿得往脸上擦，不能乱擦不是？

一年初雪之后，街上寒风刺骨，就见一非洲哥们儿，穿着半袖衫，精神抖擞地走在街道上，看得浑身都包严实的本地爷浑身发冷。惊叹之余，还得说人家在老家给热坏了，到咱这儿不就是图一凉快吗！我也曾碰到过一位满头金发的洋老太太，看见我就来了一句："Can you speak English?"我一打愣儿，才反应出是问我懂不懂英语，也是鬼使神差，我回了一句："Can you speak Chinese?"她耸耸肩、撇撇嘴，走了。过后我才琢磨不对劲儿，人要会汉语还问你干什么？你不起哄么？

说起街头的洋人，倒退几十年，我们虽自诩"世界革命的中心"，但看见外国人谁敢打招呼？他要是"欧洲的社会主义明灯"还好说，要备不住是"美帝国主义及其走狗"呢？崴了！"里通外国"的大帽子可不含糊，就像逮家雀的拍子，早就支好了，就看谁不长眼往底下钻呢。

1966年"文化大革命"风起云涌，是年8月24日，一大新闻见诸报端，还登了照片，东扬威路被改名"反修路"，因为路北头就是苏联大使馆。后来，那里的"老大哥"后人也想跟附近的邻居搞搞关系，于是有一"苏修"溜达出来，瞧那劲头儿，是要跟站东羊管胡同口的街道积极分子套近乎，可把几个戴红箍值班的老太太吓得不善，一边儿紧利儿往外摆手，一边麻利儿往后闪："嗨！嘎嘛？嘎嘛？边儿待着去！离我远着点儿！"

国门洞开后，洋人也走下了"外宾"的神坛，成为街头巷尾的寻常景致。乃至于有资深老外、较比伶俐的主儿，把咱的国粹学了不少去，在咱的地面儿上一通走穴、上镜、唱戏、说相声，捎带着做主持、当嘉宾，真就是直把他乡作故乡了；或如中国学子般到招聘会和人才市场去求职，用人单位给出的薪水，也比给自家人要多一大块，透出了历史悠久、深入骨髓的"中外有别"；也有的更干脆，一猛子扎南锣鼓巷里，当起了前店后厂的小业主……诸如此类者不胜枚举，这不也是中国融入世界的活广告吗！

都市活广告，除了"外援"，还有"土产"。曾亮相"春晚"的"旭日阳刚"和"西单女孩"，倒不是"英雄起于草莽"，而是从地下通道出发，最终站到了全国人民面前。现在的"地下演唱者"，面前地上时常拿小石头压着一张纸，上面洋洋洒洒，写着请求社会资助的各式文字；在西单我见一"聋哑女"，手里拿一张求助的纸条，逮谁就"啊，啊"地给谁看；在家门口又遇到一位要"打听道儿"，结果一张嘴，说我打哪儿哪儿来，要找的人没找着，钱包丢了，还没吃饭呢……我说这好办，前边儿左拐，进去就是派出所，他们能帮助你。那位扭头腾腾就走，哪儿像没吃饭的！在永定门桥头，也常有守着残疾孩子乞讨的……

看来人类永恒的主题不少，除了爱情，还得吃饭，区别仅是广而告之的形式不同。

第十一章
细数文化变迁

图11-1／1953年7月,首都图书馆内看书的儿童。彼时首图假座于安定门内的国子监,进大门左手里边的一排厢房就是首图的少儿阅览室。那时可没有手机玩儿游戏,也没有闲钱去买什么卡通漫画书,暑假期间,孩子们结伙来这儿,在阅览室外看小人书就是很惬意的事儿。

(张祖道 摄)

图 11-1

图 11-2

图 11-3

到地下车库停好车，等电梯时，小保安问我老上夜班，白天干啥？我说白天睡觉啊。他又问：白天睡觉你孙子不吵你？我口不择言："啊？啊，不吵。""噢，孙子大了！"说得我直犯晕。

长期以来别人一客气，顶多管我叫声"大哥"，后来到市场买菜，卖菜的见我奔他摊儿上一瞧，马上满脸堆笑"大爷您来点儿什么？"问得我好不自在，心说我有那么老么？现在倒好，又长了一辈儿，成"爷爷"了？走进电梯时，听小保安哼起："金瓶似的小山……"没想到，他还会这支年代久远的歌？这可是我小时候第一首留下印象的歌。由此想到了自己在这半个多世纪，和文化生活有关的那些事。

艺术的启蒙是"小人书"

儿童的艺术启蒙一般始于儿歌，而我则是启蒙于儿童读物。家住北新桥时的邻居任大妈，常带我到北新桥南边紧挨着消防队的新华书店，买几本图文相配的小书；有空就给我讲书上的小故事，教我认字；而我更喜欢看故事上边那些有趣的图画。

后来我也给出版社画过这类东西，能走上这条与美术沾边的道路，追根溯源，还是始于小时候看的那些儿童读物。成年人可能对之不屑一顾，岂不知在小孩子眼里，那些简直不能称之为故事的图和文，是多么可爱和美妙。

我记得有一篇"故事"，说是有个人扛着鱼竿要进城，鱼竿太长了，城门洞太矮，他又把鱼竿横过来，两边卡着还是进不去。看着书上画的满头大汗在摆弄鱼竿的人，我不禁哈哈大笑。任大妈问我笑什么？我说这个人太傻啦，把鱼竿顺过来不就能走进来了吗？把书翻篇儿，"您看，和我说的一模一样吧？"

后边还有"故事"，说家长让孩子去拿猪肝，小糊涂却把竹竿拿了过来。任大妈就告诉我这四个字的意思，和书写的笔顺，不能倒插笔。那时我家屋里的方砖地面上，常让我用粉笔划得一塌糊涂。偶尔买东西带回来的包装纸，也让我收集起来，用针线缝起一边来，当作写字画画的本儿用。那时，除了折书页、糊纸盒的人家里有用脚踩的大个订书机，谁都没见过现在极普通的叫订书器的小文具。所以上一年级时，看到课本里的"人手足口耳目日月火"，我就觉得上学也太容易了吧！

图11-2/ 1952年，文化馆组织的绘画小组。

图11-3/ 1960年，北京有线电厂工人业余管弦乐队在车间演出。

再大些，看书的欲望更强烈，更愿意看那些故事更长更曲折的小人书。当时，有专门的"小人儿书铺"，一个店面里只经营小人儿书出租业务，是为坐贾；相对的行商就是摆摊儿的，北新桥北边路西药店门口的高台阶上，就常有一个租小人书的摊儿。在一块都不知道是什么颜色的布上，一本挨一本地摆着各种小人书。有成套连环画，如《水浒传》《三国演义》《铁道游击队》等，小心地套上布套；也有单本的，多是《朝阳沟》等现代内容、《鸡毛信》等革命故事，也悉心地给每本都加上一层牛皮纸外衣。一分钱看一本。那几级台阶上经常被小读者坐得满满当当。

想看书？老指着大人给买，不现实，还是"自力更生"靠谱儿，我就跟着我哥晚上满胡同去逮土鳖。那时胡同里的路灯就是白炽灯泡，昏黄的要命，只能凭借手里的手电筒，那"家用电器"的光圈罩住一只，就捏起来搁玻璃瓶里。胡同里捉得不多，就上大街，我们能从北新桥趸摸到雍和宫豁口，或东直门脚下。第二天，把"战利品"卖给药铺，也是一分一个。是"小生产每时每刻都在滋生着资产阶级"，还是"商品经济"的萌芽？反正是出了门，甭下台阶就花了。

后来又发现了不花钱也能看书的好地方。出了我上小学的大三条西口，往北不远，路东就是国子监大街，街的东西两头都有牌楼，上边是蓝底金字"成贤街"，整条街绿荫如盖。那时首都图书馆就设在孔庙西侧的国子监里，前院少儿阅览室里的画报、小人书，给我们一群穷孩子带来了无穷的快乐。

直到工作后，我从南郊下班回北城的家，骑车路过王府井或花市，时不时就到那儿的新华书店里转转，翻翻少儿读物和连环画，碰上好的就买。不是看故事有没有意思，而是看画得好赖。

在相当长的时间内，搞美术的以画连环画为工资之外的主要财源，尤以"文化大革命"结束前后为最。现在许多响当当的大名家，在那时都有精彩的"小人书"作品产生。画家杨兆麟回忆：上海人民美术出版社从1956年开始陆续出版的连环画《三国演义》，直到1963年，60本才全部出齐，共有约7000幅图画，累计印数超过一亿册，创造了连环画的发行量之最。据《中国现代美术全集·连环画卷》记载：20世纪80年代，连环画发展迎来鼎盛时期。仅1982年全国就出版了连环画册2100多种，8.6亿册，这是中华人民共和国成立以来的最高纪录。连环画创作园地空前繁荣，可见小人书的市场有多大。

2010年6月，中国美术协会主办的首届"架上连环画"邀请展在中国美术馆展出。中国美协连环画艺委会主任沈尧伊分析：国画、油画市场化程度增强，价格卖得比较高，主要原因和大众文化转型有关，随着影像技术的迅速发展，影视作品带给观众的冲击力更强，作为印刷文本的连环画肯定会受到冲击，另外，国外卡通动漫作品充斥图书市场，在多种原因的影响下，连环画的出版一下就降温了。

20世纪80年代末，中国连环画出版社还置身北新桥板桥南巷人美印刷厂里，我曾在那里看到沈尧伊的《地球的红飘带》原稿。常规的连环画原稿画在出版社统一的16开大小的稿纸上，而沈尧伊的原稿全用的是二尺多见方的自己加工过的画纸，装了好几个大木箱，可见工程之大。而成果，只是获了许多奖的一套连环画。2004年，《长征之路——沈尧伊风景画展》在中国美术馆展出。此前，他送给我一本展览作品画册，也包括了"红飘带"的素材，就很吸引人眼球；到了展出现场，又有如织的人流为画作的艺术力量所感染，那种尽情挥洒，在审美的层次上更上一层楼，就如观众所留言："大气磅礴，无愧时代。"

发展也会带来遗憾。美术作品有了市场，连环画就少了优秀作者。甚至那些老的连环画工作者也搁笔了。人家招呼大写意多痛快，工夫不大，价值不小，凭什么还吭哧吭哧地画"小人书"？赶上空调没普及的时候，画几百页连环画稿，让电扇吹得半边脖子麻木，都快偏瘫了，还不抵半天画幅国画值钱。

市场经济靠"无形的手"调度资源配置，带来的结果之一是连环画质量每况愈下，甚至惨不忍睹。1985年以后，连环画就开始走下坡路。1951年创刊的《连环画报》的黄金时代是20世纪80年代，在《枫》和《人到中年》等作品发表后，最高印量到120万份。那时我每期必买，或是造访北总布胡同人民美术出版社时，朋友必送的刊物，而目前的销量已骤降到1万份左右，且已成为中国目前仅存的连环画画刊。连环画出版社和《中国连环画》杂志，早就"黄鹤一去不复返"。

以前连环画出版社的吴国英常到我家串门，约我画过些水粉儿童连环画，以及一些普通的黑白连环画，那时感觉很好，又练习，又有成果，还添了收入；后来他去国赴美，回国时，画油画之余，还给老东家画些稿子，并问我画不画，我说算了吧。一是我早过了有作品发表就三天睡不着觉的年纪，二是那稿酬标准对我这样的劳苦大众都失去了吸引力，何况那些高手？

虽然后来收藏品市场上又兴起过一股"小人书热"，但收藏的属性决定了数量的规模，所以终究改变不了其江河日下的局面。随着国门大开，"动漫"日渐"主流"。"引进"自然包括方方面面，但生吞活剥难免消化不良，现在的儿童读物充斥了太多的日本式"大眼儿贼"，我也就失去了闲逛"淘宝"的兴致。

诗歌伴我成长

1969年上中学后,诗歌成为我们那一代学生的精神营养品。

我曾给徐浩同学背诵《长恨歌》《琵琶行》;他参军后,也曾让我给他寄去一本《放歌集》。一个战友退役时,要求把诗集相送,战友情让他毅然割爱,又追悔至今。他说再想找也一直没找着。后来说到此事时,我对其中的《雷锋之歌》,还能部分背出:

  假如现在呵,
  我还不曾
  不曾在人世上出生,
  假如让我呵,
  再一次开始
  开始我生命的航程——
  在这广大的世界上呵,
  哪里是我
  最迷恋的地方?
  哪条道路
  能引我走上
  最壮丽的人生?……

贺敬之的《放歌集》,深受许多求知若渴的同学喜爱。面对社会重大问题和政治事件,诗作的庄严思考、饱满激情和磅礴气势,应合于时代节拍,震撼于人的心灵。那时的广播里,常能听到配乐诗朗诵,如《雷锋之歌》《西去列车的窗口》《张勇之歌》等,激情澎湃地讴歌生命定格在22岁和19岁的英雄,以及时代的壮阔波澜,也让我们随之思索生命的意义。

在"文化大革命"大背景下,国产诗歌多是歌颂型内容,虽不无时代的局限,但不能否认的是感情真挚,言之有物,是"革命的现实主义和革命的浪漫主义相结合"。或许有人会举出"斯德哥尔摩综合征"来嘲笑这种感情,侈谈"世界革命"自然是滑天下之大稽,对其时其事的评价却是另一回事。精神世界的充盈,无疑体现在了文学活动的方方面面。除了诗之外,诸如《沸腾的群山》《金光大道》等新书,还有人们私下里传阅的如《林海雪原》《青春之歌》等老书,都带给我们极大的阅读享受。儒勒·凡尔纳的《神秘岛》就是在我和徐浩等同学之间传阅丢了，让我颇为郁闷。

1972年后，教育战线"回潮"之时，抄写各式格言警句、诗歌美文的嗜好感染了许多同学。素来文绉绉的单志华曾把普希金《欧根·奥涅金》中的一些诗句抄给我：

>我见过一些高不可攀的女士，
>和冬天一样的玉洁冰清；
>她们毫无情面，心如铁石，
>对于我真是莫测高深。
>我赞叹她们天生的德行，
>那种趋时的、做作的高傲；
>坦白地说，只要看见她们，
>我就会吓得拔腿而逃。
>因为，在那眉梢上仿佛写着
>地狱的铭文："来吧，永远绝望！"
>惊吓别人才使她们快乐，
>引人爱慕是最大的忧伤。
>亲爱的读者，在涅瓦河滨
>您也许碰到过这样的姑娘……

我则回其汪兆铭《被逮口占》之一：

>慷慨歌燕市，
>从容作楚囚。
>引刀成一快，
>不负少年头。

那是他投身推翻清王朝的时代洪流中，虽身陷囚笼依然豪情万丈的真情表露；后来在民族危亡之际又成为头号汉奸而遗臭万年，但前后是两码事。

离别校园之前，我们"毕业演出"中的重头戏，就是汇集数十名同学创作于一体的《毕业之歌》诗朗诵。站在舞台上，和全体毕业同学一起朗诵其中也有自己几句"诗"的长诗，我们以这种独特的方式，告别了五年半的中学时代。

在"广阔天地"，我们躺在铺着苇席的大土炕上，舒展酸痛的筋骨，学够了老农"拗（牛）""绿（驴）"之后，诗的幽灵又朦胧而至。苦中作乐和自我安慰的表象之下，是精神世界不甘寂寞的追求和向往。先是徐志摩的《再别康桥》、艾青的《大堰河，我的保姆》等诗篇，后是先前禁止的《外国名歌200首》在"知青"

中流传。一起插在一个村队的付勇,就以吉他弹唱《西班牙骑士》《桑塔露其娅》《莫斯科郊外的夜晚》等在几个生产队闻名。

在1976年,零散的"四·五诗抄"成为除《第二次握手》《一只绣花鞋》等手抄本之外的最受欢迎者。后来在童怀周的《天安门诗抄》中,我看到了许多已经读过的诗作。列宁曾赞誉《国际歌》:"一个有觉悟的工人,不管他来到哪个国家,不管命运把他抛到哪里,不管他怎样感到自己是异邦人,言语不通,举目无亲,远离祖国——他都可以凭《国际歌》的熟悉的曲调,给自己找到同志和朋友。"《天安门诗抄》也成为许多人沟通的媒介,至少在几个村儿的"知青"中很是流传。

诚哉斯言"诗言志"。曹灿、周正、张家声、殷之光等朗诵者的影响,远超今天的所谓大腕儿;后来还有乔榛、童自荣、陈铎、虹云等以声音塑造形象、以声音引领思考的艺术家,不愧为文艺界的领军人物。

前些年我和闺女在朝外小庄的朝阳区文化馆,观摩优秀女演员杜宁林的各种台词朗诵,极普通的话,经她的口就是那样的绚丽多姿;殷之光朗诵《我骄傲,我是中国人》:

　　……我是中国人——
　　黄土高原是我挺起的胸脯,
　　黄河流水是我沸腾的热血;
　　长城是我扬起的手臂,
　　泰山是我站立的脚跟……

又是另一种慷慨激昂。

2003年岁尾,报社同仁宗德宏送给我他新出的诗集《嫩绿色的梦》,他在《深秋》中有一阕:

　　……不要设想时间的回环
　　离去的终已走向了遥远
　　秋凉和冬寒只是伏笔
　　心中酝酿的是春的宣言

把时间和人心融为一体,衬托出他"嫩绿色的梦";有感于祖国航天事业的辉煌,他在《蔚蓝天宇/写进我们的豪情》中喜极而诗、状物抒情:

　　倚天长啸的图腾
　　载入了共和国的史册
　　一边是脚踏余晖翩翩起舞

一边是手托夕阳不尽欢歌……
　　品味过如此意象别出的诗作，还能去看那些无病呻吟、莫名其妙的"现代诗"吗？
　　这是我最后一次读诗，最后一次与诗歌接触。
　　商品经济迅猛发展，使人们的价值观念多元又单一。丢掉了思想束缚所以多元，只以发财为标准是为单一。所谓"愤怒出诗人"，现在都忙些个啥？哪儿还顾得上愤怒？社会的普遍浮躁，使"诗歌"日益不堪，中国人看不明白，外国人看不懂，像许多号称"现代艺术"的形式一样。在什么"朦胧诗""哲理诗"之后，居然还有"光屁股诗"，所谓窝头翻个儿——现了大眼。
　　2006年的"诗界盛事"——某些人在海淀第三极书局举办"诗歌朗诵会"，口号是"保卫现代诗歌"。但糙爷们儿"诗人""诗"没来几句，脱衣裳倒挺快，在《最近有点烦》的背景音乐中，把所谓"行为艺术"的勾当掺和到"朗诵"中，倒也别开生面。只是气得书局工作人员马上断电，解散活动，怒喝："要裸奔你们到国外去！这是在中国，不是美国！"网上很快就出现了《坚决支持诗人把流氓耍成一种流派》的奚落文字，放言"现代诗歌和诗人都没有存在的必要"，说诗人唯一掌握的技能就是"回车"，因为有"废话诗派"。
　　看热闹的说得俏，"一脱成名"也得看谁脱！"朗诵会"的结果是谁也没"保卫"了，有《治安管理处罚法》在那儿摆着呢，倒是"裸体诗人"进局子住了10天。估计现在要说谁是诗人，不是戏谑就是骂人。
　　可还有"诗人"不甘寂寞。话说公元2008年，"汶川大地震"，举国哀悼之时，偏有山东作协副主席王兆山一鸣惊人：
　　　　天灾难避死何诉，
　　　　主席唤，总理呼，
　　　　党疼国爱，声声入废墟。
　　　　十三亿人共一哭，
　　　　纵做鬼，也幸福。
　　　　银鹰战车救雏犊，
　　　　左军叔，右警姑，
　　　　民族大爱，亲历死也足。
　　　　只盼坟前有屏幕，
　　　　看奥运，同欢呼。
　　一时气象卓然，凭空舆论大哗。中国作协主席铁凝认为该诗不妥，说作家应该遵从起码的社会公德和道德良心；四川作协主席兼中国作协副主席的阿来更直截了当："他说的就不是人话！"作者赢得了"王幸福"的美称，中国诗坛又添了一"亡灵派"。

诗歌独立存在的土壤似乎消失殆尽，而某些影视剧插曲歌词倒不乏精彩。

……时间都去哪了？还没好好感受，年纪就老了；生儿养女一辈子，满脑子都是孩子哭了笑了。时间都去哪了？还没好好看看你，眼睛就花了；柴米油盐半辈子，转眼就只剩下满脸的皱纹了。

这是电视剧《老牛家的战争》在片尾的感叹，也是观众回味那场"战争"，不胜唏嘘的共鸣。戏里的悲欢，说到底是现实的浓缩，是对人性的拷问。文学就是人学！

2014年2月初，国家最高领导人出访俄罗斯期间，在索契接受俄电视台专访时，对记者提到了《时间都去哪了》这首歌，说他的时间都被工作占去了，他还看了许多书……一时间"时间都去哪了"占据了各新闻媒体的头条位置。

现在，还有啥诗可读？大量翻"闲书"，成为我业余生活的主旋律、入睡前的必修课。首都图书馆早就入驻东三环华威桥畔，在我上班的必经之路上。我每次都去借五本，到期再换五本。看一本书，就像打开了一扇未知世界的窗户，虽无"黄金屋"和"颜如玉"，但阅读的快意，"原来如此"的豁然，犹如长期近视，忽然戴上了合适的眼镜，看什么都清晰起来，"荡胸生层云，绝眦入归鸟"也不过如此吧。我同意一个说法：要想看书就得借，自己买的多半翻翻就束之高阁。

融在生活中的歌声

开头讲了，《金瓶似的小山》是我有印象的第一支歌。因为邻居任大妈的儿子要在家的话，嘴里老是哼着："金瓶似的小山，山上虽然没有寺，美丽的风景已够我留恋……"我记住的第二支歌是电影《红孩子》插曲，任大妈的女儿新买了手风琴，常让我唱歌她来伴奏，"准备好了么，时刻准备着，我们都是共产儿童团……"不是我喊岔了声，就是以任大姐摆弄不好琴而拉倒。

我家在北新桥时，街坊多是北京机床附件厂职工，我家对门住一对

第十一章 细数文化变迁

带俩儿子的复转军人。"文化大革命"前夕的一天，对门女主人忽然一身红军打扮回来了。原来是才排练完，晚上就这身行头去演出。

吃完晚饭，我跟着哥哥和一帮院儿里人，顺胡同蹦蹦跳跳往南走，进香饵胡同，穿剪子巷……到美术馆后身儿，涌进路北机床附件厂厂部院子，演出就在那儿举行。天大黑了，在明晃晃的大灯泡子照耀下，对门街坊和许多大人们，都穿着像中山装那样的灰军装、头戴正中一颗红五星的八角帽，打绑腿、红袖标，脸蛋儿上化的妆都像上了彩的泥人儿那么鲜艳，气宇轩昂地站在一条条大木板搭成的台上。在一段昂扬激越的朗诵之后，我记住了一个名字，《长征组歌》。在许多乐器伴奏下，歌声响起："红旗飘，军号响；子弟兵，别故乡……"

后来上网一查才知道，1965年8月1日，《长征组歌》在北京民族宫礼堂公演，立即引起巨大轰动。举国上下争相学唱，《四渡赤水出奇兵》《过雪山草地》等唱段在社会上广泛流传开来。我就在这时看到了工厂的业余演出。到我上高中时，"雪皑皑""苗岭秀"又时了髦。酷爱声乐的同学任树槐，曾专门拜《过雪山草地》的领唱、战友歌舞团的男高音歌唱家贾世骏为师。

似乎是个悖论，那时的文化生活，和今天相比，肯定是匮乏无比，但各单位的群众文化活动又是那样丰富多彩。如果没后来多有褒贬的"大而全"和"企业办社会"，我的少年时代将比实际生活乏味许多。

每当我看到南三环刘家窑桥东南侧，楼顶上立着"东铁营工人文化宫"几个大字的四层楼，满目沧桑，就不由自主地想到那时的业余演出；视线从不高的楼顶下移，底层全是各类商业广告，再看街头涌动的"进城务工者"，谁还有工夫搞"工人文化"？《长恨歌》里有"西宫南内多秋草，落叶满阶红不扫"的慨叹，现实中这个"宫"的南邻，老北京话叫"界壁儿"，是比它高出一截的崭新的"北京职工帮扶中心"大楼，似乎在无言地诉说着当下"弱势群体"的现状。

后来有朋友调到市总工会北京工人报的升级版——劳动午报，告诉我办公地点就是以前的"东铁营工人文化宫"旁边的大楼，据说装修得不错。那地方也算获得了新生吧。

报社同事杨信，把他的京味文化工作室布置得不一般，用一些提琴、小号之类的乐器作装饰，没花俩子儿，很有味道。一问，原来是从一国企羊毛衫厂那儿趸来的，人家把当年宣传队的家伙什，都仨瓜俩枣地处理了。

"言之不足，则歌之咏之"，每个人的生活里都少不了歌声。上小学入队时，我跟着同学们唱起郭沫若词、马思聪曲的队歌："我们新中国的儿童，我们青少年的先锋……"1978年，电影《英雄小八路》的主题歌被定为中国少年先锋队队歌;红领巾们才唱起"我们是共产主义接班人,继承革命先辈的光荣传统,爱祖国,爱人民,鲜艳的红领巾飘扬在前胸……"

孩子们还传唱《我在马路边捡到一分钱》:"我在马路边捡到一分钱,把它交到警察叔叔手里边,叔叔拿着钱,对我把头点,我高兴地说了声:叔叔,再见。"学雷锋热潮中那充满稚气的歌声,留在了一代人的集体记忆中。

也有大点儿的嘎小子,拿现在话说叫"恶搞",改成"我在马路边捡到五分钱,把它交到卖冰棍的手里边,卖冰棍的拿到钱,对我把头点,我高兴地说了声:嘚嘞儿,找钱!"那时红果冰棍三分钱一根。现在只要是钢镚儿,甭管是五分还是五毛,掉地上多半没人捡。遇着乞丐,你要给人毛票似乎都不礼貌。

我们过队日常唱的歌,还有《听妈妈讲那过去的事情》:"月亮在白莲花般的云朵里穿行,晚风吹来一阵阵快乐的歌声,我们坐在高高的谷堆旁边,听妈妈讲那过去的事情……"今天的孩子不是鼓捣电脑,就是闷头功课,他们体会不到我们唱歌时的情感。如果现在他们要听"那过去的事情",至少得听奶奶讲,或是奶奶的妈妈讲才行。

"文化大革命"开始,抒情的"白莲花"让位给"天上布满星,月牙亮晶晶,生产队里开大会,诉苦把冤申……"我就看到过街道召集家庭妇女开会,院子里一帮老太太都唱得泪眼婆娑的,接着开吃掺了豆腐渣加菜帮子蒸的窝头,那叫"忆苦饭"。可惜的是没与时俱进,把词儿改成"居委会里开大会……"

辩证法说任何事情都不是单一的。唱过《不忘阶级苦》,欢快的歌声就在胡同里回荡,除了"样板戏",大爷大妈们还唱开了《老两口学毛选》,"老头子,哎,老婆子,哎……"逗乐之声不绝于耳;还有许多好听好学、老少咸宜又感情真挚的歌,比如:"毛主席的书我最爱读,千遍那个万遍哟下功夫,深刻的道理我细心领会,只觉得心眼儿里头热乎乎。哎——好像那旱地下了一场及时雨呀,小苗儿挂满了露水珠啊,毛主席的雨露滋养了我呀,我干起那革命劲头儿足……"

影响最大的歌声,顶数《东方红》。从"芝麻油,白菜心",演化到"骑白马,挎洋枪",最后"东方红,太阳升"被定于一尊,原生态的酸曲儿,经一番编曲配器,一变而为隆重、庄严的"时代最强音",成为那时所有集体活动的序曲;结束曲则非《大海航行靠舵手》莫属。

其时代特征之明确,就像改革开放、搞活经济的初期,商贩手中的编织袋、街头工地围挡的编织布、蓝白条的色彩成为那个时期的特色一样。紧随其后的当属《国际歌》和《三大纪律八项注意》。现在任何歌曲的流行,都不可能与之比肩。

小时候常听广播里的"电影录音剪辑",有个电影叫《战火中的青春》,讲述了雷震林和高山在战火中的朦胧感情。我特爱听那里边的插曲:"我擦好了三八枪,嘿!子弹上了膛……我撂倒一个,俘虏一个,撂倒一个,俘虏一个,缴上它几支美国枪!嘿!"曲调亲切,节奏分明,昂扬又欢快,可那老话匣子不灵,有的地儿听得我糊里糊涂,怎么"撂倒一个"还"胡噜一个"?

在一片革命的进行曲中,也有表现外国内容的歌曲,比如"美丽的哈瓦那,那里有我的家……"曲调优美动听。小时候看大人们游行,高呼:"要古巴!不要美国佬!"挺奇怪,都不知道在哪儿的古巴和美国佬跟咱有什么关系?长大些理解力强了些,觉得《全世界无产者联合起来》有气势:"山连着山,海连着海,全世界无产者联合起来……"

上中学后,大家还常唱纯粹的外国歌,当然不包括苏联的,那时管他们叫"苏修",也叫"社会帝国主义"。只有如朝鲜的《我们高举反帝旗帜前进》,铿锵有力,极适于集体齐唱:"革命的时代,风暴席卷全球,反帝反美战线,胜利凯歌嘹亮……战友们前进前进,向着胜利奋勇前进,让反帝旗帜飘扬,在亚非拉上空。"

20世纪50年代到70年代初,"同志加兄弟"的说法甚嚣尘上,广播里经常播放越南歌。尤其《越南—中国》,是男女声对唱,乍一听莫名其妙,用汉语演唱就好听多了:"越南中国,山连山,江连江,共临东海我们友谊像朝阳,早相见,晚相望,清晨共听雄鸡高唱……"成了人人会唱的流行歌曲,有的主儿还模仿越语怪怪的腔调。但越南电影晦涩难懂,基本没插曲。

唱朝鲜电影歌曲是让人很愉快的事儿。《护士之歌》的插曲优美动听,翻译成中文,透着单纯、赤诚与豪迈:"蓝蓝的天空飘着白云,我们的心中充满欢乐。党的培养使我获得荣誉,战火中锻炼我茁壮成长。啊,伟大的领袖,我们无限忠于你……战士有颗火热的心,永远忠于你……"

"山鹰之国"当年是"欧洲的一盏社会主义明灯",全校曾集体在和平里第五俱乐部看早场电影《宁死不屈》,其中的插曲在年轻人中传唱一时,"赶快上山吧勇士们!我们在春天加入游击队……"刚劲豪迈,极富煽动性,尤其那句著名台词"消灭法西斯,自由属于人民",堪称一代无人不知的怀旧经典。

受欢迎的外国歌曲，还有南斯拉夫电影《瓦尔特保卫萨拉热窝》中节奏感极强的"啊朋友再见……"

有一段时间曾经在每天上课前唱一首歌，印象最深的是一首毛主席诗词《七律·送瘟神》。"绿水青山枉自多，华佗无奈小虫何……春风杨柳万千条，六亿神州尽舜尧……"由女生刘丽萍在前边教唱。可道书魁提意见了：你得先教人识谱啊！那时班上唱歌跳舞的人不少，但若论乐理知识，显然就数吹黑管的老道了。显然他是以己之长，击人之短。那女同学也不是善茬儿，针尖对上了麦芒，这两人掐起来了，所以我才记得牢。

我以前的相册里有一张和同学徐浩、赵培荣游天坛时的合影，一说起这事，老徐同志也记忆清晰，说是我那一次在天坛祈年殿东边忽做惊人之举——放声高唱电影《冰山上的来客》插曲《高原之歌》："翻过千层岭哎，爬过万道坡，谁见过水晶般的冰山，野马似的雪水河，冰山埋藏着珍宝，雪水灌溉着天河，一马平川的戈壁滩哟，放开喉咙好唱歌……"

估计他是没好意思说我破锣嗓子吓他们一大跳。我说："我有那么神经吗？"他说："何止如此！前两天我见着我哥还说起你呢。""说我什么？""你有一回到我家，正巧我哥休息，你老说他像干部，就说：'首长，我给你唱个歌'，然后就不管不顾地扯着嗓子开唱。你什么事没有，倒给我哥弄得特不好意思。"

当年我还有这样的勇气？

在那时的意识形态领域，歌颂是永恒的主题之一，特点是组歌啦歌舞啦特多。比如《毛主席来到军舰上》，被海政文工团吕文科诠释得深情、婉转、振奋、高亢，一唱三叹，"江水在舷边轻声地歌唱，水兵的心好像那滔滔万里长江……"我们在村里时也时常哼唱。

插队同窗单志华嗓子好，华丽昂扬的声音，常被我们夸得无以复加。他酷爱引吭高歌《毛主席站在讲坛上》，那是歌颂广州农讲所组歌中的一曲，"金色的阳光，洒满了课堂，敬爱的毛主席，您站在讲坛上。像高山一样巍峨，像太阳一样辉煌，您拨开乌云迷雾，指引前进的方向……"

不知是不是笑话，好像是说广州一个创作组的成员，后来写一歌颂华主席的作品，想起个类似的名字。"华主席站在讲坛上"？重复。坐在讲坛上？也不行。坐在座位上？没气势。时代的座位上比较好，最后定歌名《华主席站在时代的座位上》。

我有个油画家朋友冯庆，年过"不惑"成婚，让熟人们很为他高兴。他的老岳丈也在文化系统，以前见面叫"老李"，这回立马升格成"爹"了。他就是老歌唱家李光羲，他在1976年演唱的《祝酒歌》，风行神州大地，成为当代中国一个历史新纪元来临的音乐符号。

中国流行音乐发轫时期的标志，应该是1980年在首体举办的"新星音乐会"，朱明瑛、苏小明、郑绪岚等八位歌手成为耀眼的新星。以致2010年，又有北京青年报社组织"梦回1980"的演唱活动。似乎是彼时彼地的歌声飘过30年；又似乎是时空穿越，此情此景又在与当年的文化盛事相呼应。

有人说"当兵三年，老母猪赛貂蝉"，赵培荣当兵复员没两年，极喜爱《军港之夜》，问我苏小明的歌怎么好？我说一般的评价是认为她的歌声贵在自然，不去刻意修饰。他连忙说那我唱歌也不修饰啊！啊——我顿时张口结舌。

好像从邓丽君《甜蜜蜜》、李谷一《乡恋》，到张明敏《我的中国心》、崔健《一无所有》，正如老崔在《新长征路上的摇滚》中所唱："不是我不明白，这世界变化快"。人们发觉以前的所谓"靡靡之音"很好听，如果谁还对"气声唱法"惊讶，必定脱不了"孤陋寡闻"的奚落。中国歌坛真正百花齐放了，为人们提供了多样化的欣赏选择。

后来歌曲的传播有了新形式，叫音乐电视，或MTV，就是歌手演唱和意境场景的音画合一。需求量巨大的直接后果，就是泥沙俱下，产生了不少歌者忸怩作态、画面低俗不堪的垃圾，比如歌词是"羊肚肚手巾哎三道道蓝……"黄土气息浓郁，配的画面却是南国公园的椰树下，一群袒胸露臂的妖娆女子摇摇摆摆。此情此景在一些歌厅中常见。

自然，也有许多词曲画面俱佳的优秀作品问世，印象最深的是田震的《好大一棵树》，我认为是这一形式中的极品：头顶一个天/脚踏一方土/风雨中你昂起头/冰雪压不服……好大一棵树/绿色的祝福/你的胸怀在蓝天/深情藏沃土……

据说这首歌是1989年4月，词作家邹友开在旅途中听到胡耀邦同志病逝的消息，思绪万千，久不成眠，一腔难以言表的情怀寄托于客观物象，就在列车上写下了歌词，谱曲后，次年被正式演唱。音乐电视以村中的祠堂校舍开场，颂扬崇高品格的词和抒发真挚情感的曲水乳交融，画面是乡村教师蜡烛般点亮自己、照亮孩子们前程的动人景象。师生们的形象质朴可亲，歌手形象的出现也恰到好处，亦无通常那种描眉画眼的做作，几方面的结合极其贴切，完美感人！听到这首歌，我就会想起当年在村里小学代课时的熟悉场景。这就叫共鸣吧！

这时卡拉OK也成了一种娱乐新方式了，在部门集体活动去KTV唱歌时，我面对无数新歌名，竟是文盲一般，后来唱了一首老歌《赶牲灵》，自我感觉还不错。第二次相同场合，有年轻人提议：您还是唱上次那个赶什么来着、赶大车吧？那歌儿挺好听！

2004年8月里的一天下午，我带闺女到中山公园音乐堂，去欣赏《桃花红·杏花白——三晋歌王演唱会》。刘改鱼、石占明等左权民歌名角与阿宝、辛礼生等晋北歌手一起登台。我第一次感受到原汁原味的民歌，不由得热烈鼓掌；"80后"的女儿也兴奋异常，就像在学校上完传统戏剧欣赏课之后，从没接触过京剧的小丫头也喜欢起梅派旦角一样。

回家路上，我们一直在赞叹演出的乡土气息：刘改鱼的《桃花红 杏花白》情切切意绵绵，曲调简洁，没什么花活，谁一听都会，套用句俗话，就像老酒一样醇美！尤其每段后的"啊格呀呀呆"，味道浓厚，意蕴万千。我想起电视系列片《晋商》，背景音乐是规模宏大的管弦乐，曲调舒缓浑厚，就是《桃花红 杏花白》，同样有酒不醉人人自醉之妙。

阿宝的《山丹丹开花红艳艳》，也与众不同，感情充沛、挺拔高昂，颇有点儿响遏行云的意思……把去时找车位拐弯没打转向灯，被警察开罚单的不快抛到了脑后；也对为啥能"三月不知肉味"又一番深切理解。可见阳春白雪和下里巴人，各有千秋，"行到水穷处，坐看云起时"，大俗至极，然后大雅。

一身陕北娃打扮的阿宝，给人们留下了深刻印象，是因为视觉和听觉的高度统一。可惜一讲究"包装"，有时在电视上再见到他，被包装得不成样子，戴个小洋帽，唱点儿洋曲儿，把才出道时的质朴丢了不少。我一直觉得，男的西装革履、女的袒胸露背地唱中国民歌是很滑稽的事，就像洋嗓子唱《桃花红 杏花白》，可能从声乐的角度另有一番说法，但缺了骨子里弥漫出的土味儿，就没有那种暖人的亲切感；就像一幅老漫画：一身洋裙装、烫着卷花披肩发的女演员在唱《俺是个公社饲养员》，一个头上包着毛巾的老农问旁人：那是外国的公社吧？

王二妮是又一位令人耳目一新的陕北歌手，她演唱的《赶牲灵》《三十里铺》，比现在演唱时添了些故意、做作、咯哩疙瘩的阿宝，黄土高原的清新气息更为浓郁感人，正是"江山代有才人出"。在央视《星光大道》上人气高涨，但像教育制度似的比赛规则，使个性突出的她未获名次。但纯朴的陕北妹子形象和甜美、清脆的歌声却打动了亿万观众的心，比那些虽符合规则，但也接近"标准件"的参赛者，获得了更大的成功；如今签约中国歌剧舞剧院，成为继李玉刚之后又一"草根"变身"国家级演员"的歌手。

不管什么种类的艺术，总得于人的心智健康有益，总得让人有美好的心理体验。如果只是奇形怪状地化妆、歇斯底里地搞怪，像嘴里含着热茄子，不看字幕都不知道他唱什么呢，可能乍看挺新鲜，也有"粉丝"助阵，但哪怕"粉条子"都来当托儿，也绝不足以称之为艺术。

还有人对老百姓爱唱"老歌"不感冒，认为不足以反映新时代。但老歌为什么让人爱唱，没有生命力怎能流传至今？那些想"颠覆""超越"经典，不按传统曲调演唱者有几个成功的？你是武大郎就别怨人家个子高。谁都希望把握时代脉搏的新歌不断涌现，但那不是吹糖人儿、钉鞋掌儿，立等可取。

即便是今天，文艺创作多元化，抒发各种情感的作品此起彼伏，但一说反映工人阶级劳动者的歌，不还是首推《我为祖国献石油》《咱们工人有力量》？歌颂祖国的新歌不少，好歌很多，宣传力度也堪称空前，乃至跨出国门去推广去演出，但有哪个能超越乏人炒作但绝对经典的《歌唱祖国》？好歌并不因时间的流逝而失色，就像现在谁还说《义勇军进行曲》过时而不能定为"国歌"一样。

舞台有代谢，戏剧成古今

赵丽蓉有个小品，其中一个情节是她给老是港腔港调的孙女"忆苦"，说一提起从前大年三十吃窝头，眼泪就止不住啊。说着就一抹眼眶，嘿！邪了，这回咋啥也没有啊？然后是老两口抢着吃窝头，琢磨着现在怎么这窝头还挺香呢？

其实不管是窝头还是鲍鱼，老不差样地吃都有腻的时候。以前虽有"八个样板戏让八亿人看了八年"之说，可我愣没那个福气，看的都是电影版的，只有在银幕上欣赏李玉和、杨子荣、阿庆嫂、胡传魁，以及白毛女和娘子军的份儿。看台上真人的舞姿，还是1980年沾了首次搞对象的光，在天桥剧场看中国首次个人舞蹈晚会、由赵忠祥报幕主持的《陈爱莲舞蹈晚会》。看剧场演出和看电影的效果截然不同，区别就像看绘画原作和印刷品。

自20世纪70年代起，在"古为今用、洋为中用"和"推陈出新"的方针鼓舞下，地方戏曲移植样板戏之潮蓬勃兴起。何洁是四川诗人流沙河之妻，她在纪实小说《落花时节》中讲过，有些班子小、胆子大的县剧团演川剧《列宁在十月》的滑稽情景。据说剧本全无，全靠旧戏曲的套路即兴创作。演列宁的举手投足依

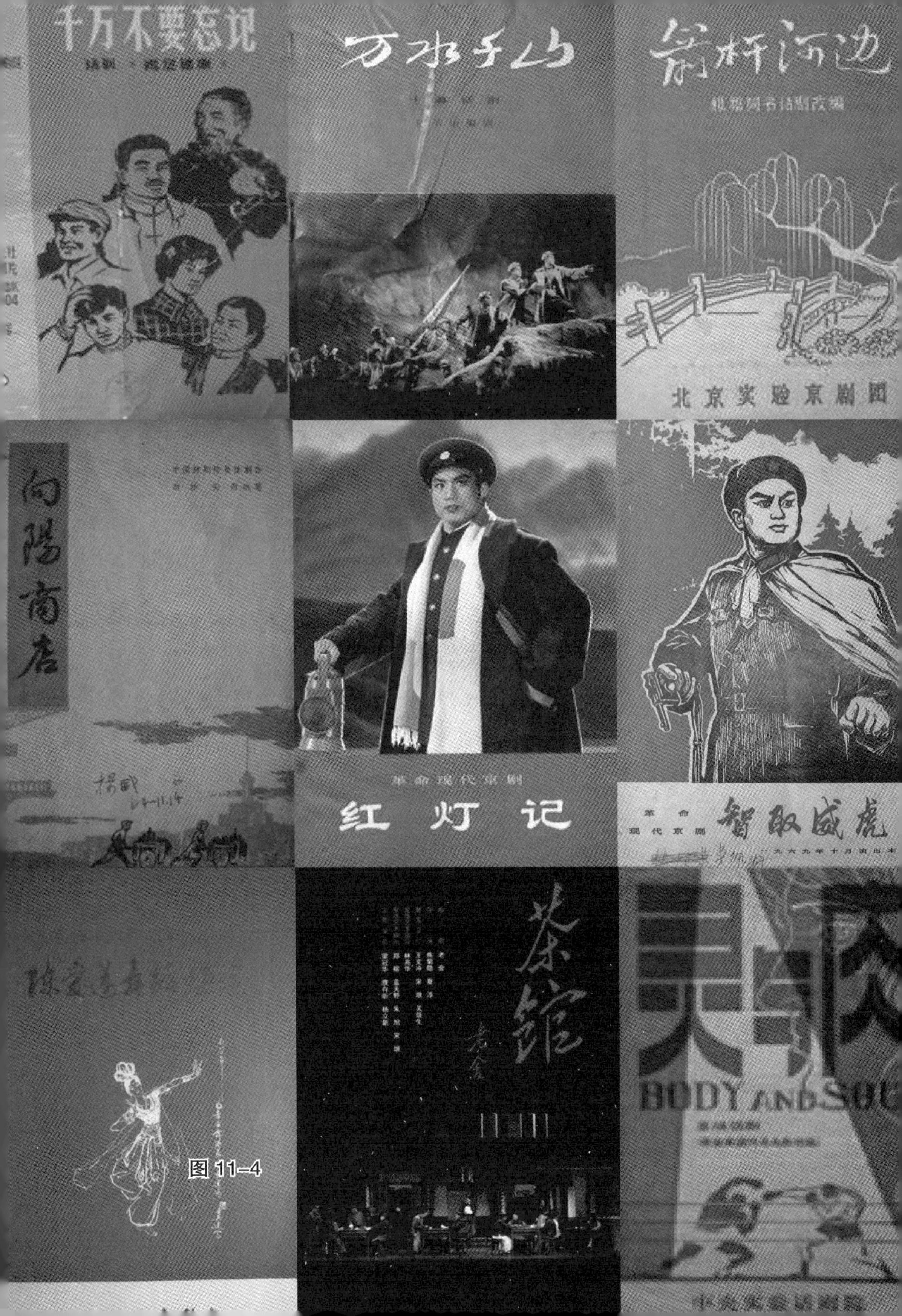

图 11-4

然旧戏中皇上做派，花脸演斯大林，在台上老是用手死捻松香粘上的八字胡。

列宁唱：

　　叫一声约瑟夫孤的爱卿，
　　有件事朕同你细说端的，
　　打冬宫咱还要从长计议，
　　切不可闹意气误了战机。
　　冬宫内到处有许多裸体，
　　全都是大理石雕刻成的。

斯大林接：

　　尊一声敬爱的——弗拉基米尔·依里奇，
　　三日前本将军已传话下去，
　　打冬宫不准毁坏文物古迹，
　　开枪不能朝着壁上的裸体，
　　那都是老沙皇留给我们无产阶级的！

类似的趣事还有豫剧移植《茶花女》，薇奥列塔一张嘴满是河南腔：阿尔弗莱德——额，恁娘要是不同意咋办呢……想起来就想乐。

我最早有印象的戏，是小时候听话匣子播的评剧《箭杆河边》《向阳商店》，豫剧《朝阳沟》和话剧《千万不要忘记》，"何支书吃元宵嘞""148的毛料子"是那时的时髦话；第一次和话剧演员面对面，是1974年到铁路文工团话剧团的张炬先生家，那时他住交道口大二条，第六医院西边的铁路文工团宿舍，一个颇有规模、好几进的老宅院。

高中即将毕业，不属于照顾留城范围内的同学都将到农村去，"上大学"甭想了。教我们语文的李体扬老师和张炬是老朋友，就把我推荐给他。说剧团总得有搞舞台美术的，他才写了剧本《战地黄花》，是团里台柱子，说话管用。

我按李老师的指引，去了他家。他在话剧《红岩》中饰演许云峰，后来饰演过《走向共和》中的翁同龢等一系列角色，是老一辈艺术家，但当时还应该算壮年。他的小儿子在21中上学，正好在家。同龄人跟我打招呼，说75中有一人画画挺好，你知道吗？真是武大郎过门槛儿——碰雀（巧）儿了，他说的人正是我，算是给"面试"加了点儿分儿。张先生说还有条件：你得在学校开出你不在上山下乡之列的证明才行，现在这形势，谁也担不起破坏上山下乡的罪名不是？

图11-4/ 老节目单，留在一代人记忆深处的舞台形象。

当时我那高兴劲儿甭提了，学校革委会的马金钟主任历来鼓励我画好画儿，好为以后深造做准备，去专业团体不是一样么？结果一找马主任，他也嗑了牙花子。原来他说话已经不算数，学校里是"占领上层建筑"的"工宣队"当家了。日本船——满丸（完）！

我插队期间，曾报考中戏，结果未遂。

回城工作后也还常到中戏的李坚老师家，他常给我一些票。我看过总政话剧团的《万水千山》，长征的题材先声夺人，所以感觉满台英气逼人，气势雄壮，绝对革命的味道。后来看李老师主持的中戏院刊《戏剧学习》，一篇座谈会报道中有赵丹的发言，说他"文化大革命"后重现人间，看了《万水千山》，不知道是什么流派，他觉得应该叫"喊派"。赵丹不认为自己的普通话多好，但他对处理台词很自信。我一回味，正常人确实没像《万水千山》里那么说话的。

看话剧有意思的事真不少，我曾在首都剧场看一日本团体演出《屈原》，乍一看不咋地，越看越不如乍一看。没准在日本他们演技上乘，但在人艺舞台上，满是长袍大袖，不开口是楚国郢都，楚王一发话，屈原并腿磕脚就是一个立正，头一低："嗨！"整个儿一日本宪兵队！

在东单西北角的东方广场兴建之前，从路口往西拐的路北，是一溜高台，中国青年艺术剧院的剧场就在那儿。20世纪80年代初，我在那儿看了根据美国同名电影改编的话剧《灵与肉》。那时的青年演员沙景昌是男主角，一身腱子肉，不愧一个美国青年拳王的舞台形象；女主角是时值妙龄、声音甜美的冯宪珍，比现在的块头得少一半。《灵与肉》的上演，得益于改革开放方针的确立，和1979年中美建交，也是文化领域除旧布新的反映。

我看中戏排的《假如我是真的》，是在和平里第五俱乐部。沙叶新的这部戏，取材于当时上海发生的真实故事：一个小青年冒充将军的儿子，招摇撞骗，斩获颇丰。剧作的价值在于并非当时流行的控诉"文化大革命"，而是从生活出发，对某些丑恶现象大胆批评，说明剧作家不仅有敏锐的观察力，还有一腔正气，有责任感，尽管有点儿先锋的意思。但这不也正是我们历来所提倡的么？

时至今日，现实生活中还在上演着叫人啼笑皆非的戏剧，而且推陈还出了新，从小青年发展到老头子。2009年2月，北京海淀法院审理的一桩涉嫌诈骗案，居然是一99岁老头冒充国民党元老李烈钧，以"解冻民族资产"为名，进行诈骗。辛亥先驱李烈钧1946年就去世了，没想到半个世纪之后，其名头又为骗子所利用。

看话剧有剧场演出和电视转播的差别，电视特写可能看演员的表情更清楚，同时也就丢掉了其他的精彩之处。我在首都剧场看过《丹心谱》和《左邻右舍》，编剧都是苏叔阳。前者取材于作者熟悉的医卫战线，在人艺的现实主义传统处理下，是为1949年以来第一次把知识分子当作正面人物赞美的话剧；后者描写了"四人帮"倒台前后，北京一个普通大杂院里的众生相，表达了人们对美好未来的向往与追求。

看电视转播的《左邻右舍》，最后众邻居在院子里合影时，总觉得现场观众的哄堂大笑有点儿莫名其妙，其实是剧中的风派人物"洪人杰"，在人群周围六神无主，无比尴尬地乱转，由于饰演者林连昆的绝妙表演所造成的强烈剧场效果。洪人杰有句话，意思是人和人都跟摔跤似的，互相较着劲儿呢，你一不留神，就腈等着垫底儿吧。让人琢磨好多年还那么有意思。他在剧中是一"万人嫌"，许多诸如刷完牙把刷牙水倒人家花盆里的小情节，在电视屏幕上不一定完全显示出来，只有置身剧场，才能在关照主要表演区时，不落下舞台上方方面面的趣事。这就是眼睛优于镜头之处。

人艺打头儿的经典，非《茶馆》莫属，从1958年上演至今，常演不衰。老舍以茶馆为载体，以小见大，反映了一段历史时期的社会变革，同时也反映了社会变革对茶馆经济和茶馆文化的影响。其中林连昆饰演的"灰色大褂"吴祥子，有句经典台词：别把那点儿意思，弄成不好意思！成为许多场合调侃时的常用语。

还是林连昆，在1986年上演的《狗儿爷涅槃》中，以老农民的形象塑造、反映了农民与土地生死相依的关系，在戏剧结构与情节上，意识流与倒叙交叉，用全新的形式突出人物的深层心理，契合了20世纪80年代，以"大包干"为代表的中国大地上的新变化；他在《天下第一楼》中饰演的常贵，更是演绝了一个旧时八面玲珑的堂倌，小饭庄映射出大社会。用如醉如痴来形容看其表演的审美感受，一点儿都不为过！

2010年的年初，人艺上演了新版《鸟人》，剧中何冰扮的"三爷"赢得了观众交口称赞，成为这部优秀剧目中的焦点，更精彩的是他没有在喝彩声中找不着北。面对一些看过93版《鸟人》观众的不以为然，何冰说："16年前这戏我整整看林连昆老师演了130多场，我还不知道自己没他演得好？差着段位呢！国安输给皇马叫输吗？"当初何冰从没想过能站到林连昆的那个位置，他知道自己的饭量："差太远了，遥不可及。""林连昆老师当年演出时，正处于艺术生涯的巅峰，我只能尽量多学习他，让精华少流失一些。"单这种尊敬师长的态度就叫人赞赏不已，没沾上某些星们刚演个三流角色就目空一切张牙舞爪的陋习，获得了报道演出的众媒体一致褒奖。

其实何冰就是何冰，怎么学也不是林连昆，年龄不同、阅历不同，连陀儿都不够分量。但尺有所短，寸有所长，假以时日，何"三爷"必定和林"三爷"同样经典！就像当年齐白石所说"学我者生，似我者死"，衣钵传承重在精神，大师是"克隆"不出来的！从这一点上来看，何冰聪明，聪明就在于心态正常。我以前常见小区里餐馆的一小伙计，蹬个三轮车，不管是进货还是拉泔水，嘴里常哼着小曲儿，没不高兴的时候；相反，收入堪比10个拉泔水的还多的白领，整天介长吁短叹庸人自扰动辄喊累者不乏其人。他们的区别主要就在心态上，餐馆小伙说得好：你急得满嘴长大泡也得从蹬三轮开始，谁不想当老板？

进入21世纪，舞台上的新鲜事多了去了。

"胶济铁路货车相撞的事件都知道吧，这给已婚男士血一样的教训——出轨并不可怕，可怕的是被撞上了。"这嘎咕词儿出自2009年"嘻哈包袱铺"在中国评剧院演出的相声剧，源于"山寨"一词的流行，该剧故名《山了寨了》。"周反龙""斯琴一咯吱就乐"这些"山寨"剧中人，尽兴调侃了一通上一年的大事小情和各类八卦。

在2009年年底的洋节前，演出舞台上最热闹的事似乎是郭德纲的天价相声堂会，最高8800元、最低1800元的票价，让人目瞪口呆：是人们真的有钱了？是人民币不值钱了？还是"草根"变成了野山参，真值了钱了？郭德纲在新闻发布会上说：真正的"纲丝"10万元也舍得花，这说明相声市场繁荣了。

看来当"纲丝"的门槛可不低，起码得有点儿视金钱如粪土的劲头儿，因为市统计局发布的2009年北京职工平均工资仅为48444元，要给他捧回场，不吃不喝攒上两年的钱都不够，同时还不能住房、看病、上学。别说"真正"，就是"死心塌地"也不能把嘴支上吧？"相声市场繁荣"能叫人不知道饿？那以后支援灾区派相声演员去不就齐活啦？

其实这只是咱老百姓的肤浅认识，2006年那会儿2880元就被称为"天价"了，那时人大腕儿就不忿："有的歌星唱首歌就多少万，我们相声就不能进饭店？就必须只卖20块钱一张票吗？"先不管他偷换了报酬和票价的概念。待票价猛窜到8800，大腕儿底气更足了："存在就是合理！"这说法可叫人犯二乎，黑格尔是怎么说的咱不知道，咱知道社会上存在着发小广告的,也存在着抢劫的,难道都合理?除非你就想抢劫。

有需求自然就有供给,难道非得叫出天价的相声才上档次?就如胡琴是老百姓喜闻乐见的乐器,其艺术价值不让洋鼓洋号,但你拿它奏国歌显然不灵,尽管它是国粹。所以恰如其分才是好。本来平民众生是说相声的衣食父母,但据介绍买票的似乎真正"纲丝"的没有,请客送礼、财大气粗的垄断企业倒是大大的。

相声政治化的后果是不招人乐,曾有漫画,画的是观众不乐演员就下台咯吱人;相声贵族化的结局是远离了平头百姓,将使其文化内涵丧失殆尽。"天价"按市场经济的说法也该算是"通货膨胀"了吧?

自打德云社从草根晋身天价行列后,又有一群更新的草根如雨后春笋般地拱了出来,除了"包袱铺",据说在鼓楼、锣鼓巷、海运仓一带还出现了众多的各色演出场所,成了新的文化亮点。在传统老相声、歌颂型新相声、新瓶装旧酒的伪传统相声之后,一帮子"80后"们又捣鼓成了一各色的娱乐类型。

有个段子说,历史老师要学生换个法儿去记不好记的东西,比如秦朝统一六国的顺序,一句"喊赵薇去演戏"齐了,"韩赵魏楚燕齐"肯定记住了。您看,生活中到处是包袱,而且事关戏剧。

随着契诃夫名剧《海鸥,海鸥》在国话小剧场上演,国家话剧院2010年的"消夏戏剧广场"活动进入高潮。尤为喜人的是话剧票价竟然是20元!有关人士说:"把票价做到最低,才能体现出剧院普及戏剧的诚意。"2011年国庆期间,北京人艺以五星级阵容,在湖广会馆里演出《窝头会馆》,在会馆里面说"会馆",在南城地界话南城,端的是精彩绝伦,但最低票价仅40元!再联想到"回归剧场演出"的"非著名相声演员",难道他一"著名"了,价值就能远超过国家话剧院和人艺?

现在,一些影视中的红人不满足于银幕荧屏,常到话剧舞台上一展身手。不管是"回归"还是"客串",总之是以新面貌示人。影视演员们将话剧舞台变成了一个公开玩票的舞台,顺带证明一下自己的演技。

比如2010年5月,在国家大剧院上演的《培尔-金特》,就是由孙海英、吕丽萍伉俪主演。而且孙海英在新闻发布会上还怒斥戏剧界的浮躁作风,大叹"话剧已死!"一时在"娱乐圈"激起浪花层层。

影视明星陈道明,30年未登话剧舞台,不妨碍他成为人艺的"外援",在《喜剧的忧伤》中成功塑造了"检察官"一角,在2011年9月6日人艺举行的荣誉证书颁发典礼上,获得了"北京人艺荣誉演员"称号。

小剧场话剧也是新时期的新气象之一,以前《北青报》年轻的摄影记者钱冰戈投资出品了《良宵》，并且倡导"AA制"概念。他说是要在小剧场的表演方式上进行一次尝试，就是每组演员除了在导演要求的基本场面调度等方面要达成一致之外，在人物刻画上演员完全不受传统"AB制"限制，可以有充分的空间用自己的风格演绎角色，以此带给观众更多的欣赏乐趣甚至惊喜。而且其第二部作品又在蠢蠢欲动，学术上的边缘化、交叉化在艺术领域也体现了出来。

长期以来，"颠覆"盛行，似乎"过去的"就等于"过时的"判断已成定论。但2010年，在"永恒的经典，难忘的感动"庆"七一"系列演出中，在堂皇的国家大剧院，不还是由《智取威虎山》和《红灯记》领衔吗？反映抗日战争和解放战争时期的内容，在戏剧领域，有超过这两出戏的作品吗？难道某些胡编滥造的影视剧就能取代那些历久常新的经典吗？

电视，贵族落民间

中国有电视，始自1958年5月1日试播的"北京电视台"，后更名为中央电视台。早年有电视看的主儿，绝非一般人；现在的北京电视台1979年才成立，电视机也才开始进入市民家庭。最初多是9寸的一统天下，全是黑白的。大家伙各施绝技，有人在电视前支上一块放大镜，以放大屏幕；也有在荧屏上贴彩色塑料膜的，号称彩电。

和徐浩聊起电视，他马上说起参军后，1973年战备施工时，到山顶看电视的事儿。一个连的战士倾巢而出，满山挖知母、黄芩等草药，卖了钱，上级统一给买了上海"飞跃"电视机，分发下属各单位。

由于在山里干活，没信号，一群儿马蛋子抬起电视，扛上绑着多单元电视天线的杉篙，还有锹镐等挖坑栽天线杆子所用的一应家伙什，直奔工地旁的小山顶。电源呢？有柴油发电机呀，这还能难倒工程兵？哪知道山外有山，到地儿还没信号，再接着往更高的山顶抬。看上之后信号也不好，到后来干脆除了雪花就只剩声音了，但战士和老乡们还是不同意结束"晚会"，对播出的京剧《平原作战》爱不释"耳"。就能接收到一个台的声音，也能叫他们兴奋地两眼冒绿光。

那情景颇似我在马路公司工作时，位于西直门外北下关的工区。一楼大厅，既是饭厅，又是会议室，晚上就是住楼上的人看电视的地方。

还有一堆人不回家,等着管生活的,晃晃悠悠而来,把装电视大柜子前脸儿上的大铁锁捅开,柜门一敞。观众虽然都坐马扎,但派头儿拿得挺足,极像以前在戏园子里听戏,老张老李地聊着、小叶茶喝着、烟锅子抽着、脚丫子抠着,电视上要有个漂亮妞露一脸儿,底下立马一片啧啧之声。反正黑着灯,说啥的都有。

我1982年结婚时,置办的家当中就有一台12寸的黑白电视机,还是一个同学的老爹给想办法代买的,要不然哪儿那么轻易就能买到。每月挣几十块钱,一台电视不光要400多块,还得有电视票儿才能卖给您。所以电视机是老百姓家庭财产中的几大件之一,当之无愧。

电视机首推进口的,先是"三洋",后有"夏普""东芝""日立"等东洋货。记得当时"三洋"的大名是尽人皆知、如雷贯耳。春节前,在前门楼子底下贩卖鞭炮的摊儿贩,都扯着脖子吆喝:"瞧一瞧,看一看啊,进口的'三洋'二踢脚啊!"

稍后还有西洋的"德律风根"和"汤姆逊",有人对其屏幕颜色发蓝不满意,商场售货员就洋洋得意地解释:您没见欧洲人眼珠子都是蓝的么?这是打欧洲进口的,原本就是给人家看的,就是得偏点儿蓝。

最早国产的电视有"长城"和"北京",后来北京还出过"牡丹"和"昆仑"两个牌子的电视。

百货商场常挂着"为人民服务"的横标,紫红色大绒布的电视机罩必定是常备货品;但多数人家是自力更生,自己动手做,要不缝纫机不成摆设?白天就把电视罩得严严实实,说是防止阳光直射损坏电视屏幕。每个家庭里最主要的摆设,已经由条案、帽筒、掸瓶、大座钟,或三屉桌上几个灯儿的电子管收音机,让位给了高低柜、组合柜和电视机。

早年动手组装"话匣子"的流风遗韵,至此不绝。在20世纪80年代初,我曾见一同事装了个9英寸黑白电视,没有外壳,只有小荧光屏兀自立着,人称"单眼儿蛤蟆镜",句式有如说前清官员顶戴的单眼儿花翎一般。

市场上那时出现的"蛤蟆镜",也是改革开放体现在老百姓日常生活里最初的标志之一。那些志在潮头的青年,为体现出眼镜的原装性,经常不把粘在镜片上的产品标志揭下来。要让眼神儿不济的主儿打老远一看,准以为老大的眼珠子上有一块白内障。

后来再没见着更高级的组装者。俗话说得对:兔子能驾辕,还要大骡子、大马干什么?

我住北城根儿炮局后身儿时,家里的"牡丹"已经升级到彩色18寸,有一天突然怎么摆弄都没反应了。这显像管要是坏了换不得好几百块钱?赶紧找跟街道菜站有交情的小伙子,帮忙借辆拉菜的三轮车,我拉上电视就奔了北河沿大街的牡丹维修点儿。到那儿一测,简单,就是电源线坏了,别的任嘛儿毛病没有。我一颗心放到了肚子里。一收费,好家伙,48块!换根电源线,8块;开箱费,40块!人说我们这儿是国营的,不会乱收费。

看电视挺好,但那里的节目叫上层建筑,决定于经济基础,革命导师说过的话,一点儿错儿都没有!

话匣子时代的明星是袁阔成、刘兰芳们,1979年一部评书《岳飞传》,就叫全北京万人空巷,岳鹏举、金兀术,和以前《平原枪声》里的马英、《烈火金刚》里的史更新一样,成了胡同里的老生常谈;电视机时代的明星就是电视剧,1981年第一部引入内地的港台剧《霍元甲》,播出时盛况空前,真有"开谈不说霍元甲,虽有电视也枉然"的架势;1990年的一部《渴望》,开内地室内剧先河。大成、慧芳、王沪生,在大杂院和小洋楼之间的故事一波三折,其中工人的生活、工厂的场景更让人感到亲切,因为那时在大街上追无轨电车的主儿,多半儿是赶着去厂子里上班。让人们分享科技发展的成果,从那时就开始了。

有一句话曾经很时髦,"老子英雄儿好汉",《冰山上的来客》的成功里,洋溢着雷振邦的音乐;多少年后再看《渴望》,可能不乏幼稚,但李娜深情演唱的"有过多少往事,仿佛就在昨天;有过多少朋友,仿佛还在身边……"毛阿敏悠扬深邃的"……故事不多,宛如平常一段歌,过去未来共斟酌"流传久远,魅力不减当年,完全是作曲家雷蕾的功劳。

1993年的《北京人在纽约》,给抱着异国梦的年轻人打开了一扇瞭望真实的窗子,为改革开放春意正浓、出国热潮大涨之时留下了印记,后来的效颦之作,都没超过它的;自1991年《戏说乾隆》之后,1996年又出了个《宰相刘罗锅》,让"戏说"成为热点,人们的审美趣味开始向娱乐化转变。但人家开宗明义,就是"戏说","不是历史",也算实事求是。不像后来动辄"历史大戏",可一穿帮,又说我这是故事,您别拿"历史"来较真儿。这不是挂冠冕堂皇的羊头,卖胡聊巴扯的狗肉么?大众传媒推波助澜,此类肥皂剧开始充斥荧屏。

进入21世纪,都有了"娱乐至死"的说法。这本是一位美国媒体文化研究者的专著，针对现代时空条件下，电视改变了公众话语的内容和意义，似乎一切都被电视日渐以娱乐的方式取代。一切文化内容都心甘情愿地成为娱乐的附庸，"其结果是我们成了一个娱乐至死的物种"。

现实不幸被"娱乐至死"言中，有电视台的"每日文化播报"不就改成"每日文娱播报"了？同样是演艺界的事，于是之的消息可能是下半版的豆腐块，有一歌星要生孩子，没准就是大块儿头条，而且连篇累牍，"跟踪报道"多少天都不带歇气的，还美其名曰以新闻效应为标准，代表了读者。读者都那么无聊？您看文化敌得过娱乐么？

新闻媒体的传播功能无限放大了露面者的知名度，许多"学者"就极好借助电视平台。尽管在专业人士看来不无八卦之嫌，但观众又有多少是内行？更甭提还有那些明目张胆的八卦。有个"名嘴"说得准确：就是把一条狗放在央视，它也会成为名狗。许多电视台还热衷于把演播厅变成游戏场，比如组织几组大老爷们儿，各自向同组的人嘴里灌啤酒，像俩人架着在摔跤，谁先走到终点谁获胜，莫名其妙！

20世纪的90年代初，29寸的"东芝火箭炮"，要12000块钱，以低音出色赢得口碑。那时单位里的广告部主任陈绍宗，颇以有那么一大家伙而自豪，奇怪的是他说"就是爱听'火箭炮'的脆劲儿！"

现在再进各大卖场看看，"旧时王谢堂前燕"已经落魄到被扫地出门的地步；"背投"就如"呼机"，虽然耀眼，但转瞬即逝；各种"液晶""LED"物美价廉，而且借助世界杯之类的赛事，打起了价格战，先借助"家电下乡"，后又有"以旧换新补贴""低能耗补贴"之类的政策；夏普、索尼等多个合资品牌40寸左右的都不到5000块。国产品牌更是跌破了3000元，曾经风靡一时的"等离子"早就杳如黄鹤。就像老"三大件"的手表、自行车、电视机早就丧失了旧时的尊贵地位。

看电视早就成为茶余饭后的消遣，远无30年前一家有台电视，街坊四邻都来看那么隆重了。那时，电视节目也就一两个台，现在可多了去了。尤其加上机顶盒之后，百十多个台让你不知道看哪个好。就这样了还有人要看付费节目，或者是"时移电视"——一段时间内的节目可以调出来重看，这比以前赶不上看、要家人给录下来回头再看可高级多了。我现在有时候还喜欢看些大兴、朝阳、丰台、海淀台这些区属台播出的老节目。

现在的电视节目，也有普通人闪现其中，因为大众传播自身细分，网络和卫视扩展，加速了小众传播，分门别类的专业台和特色节目就适应了这种客观需求。

我在广西卫视的《金色舞台》节目中，就见到了前文说过的同学，曾拜贾世骏为师的任树槐。

按照美国心理学家马斯洛的理论，人们生存的基本需求解决后，满足自我实现的需求就不可避免。所以那种包罗万象、老少咸宜的节目日渐被针对特定受众的传播形式取代，诸如针对中老年群体的电视节目。遗憾的是电视上中老年形象多数情况下都和买菜做饭、寻医问药有关，尤其在那些无处不在的广告或充满隐性广告的节目中，年轻人永远娱乐，中老年永远吃药。即便有个把腿脚利落的，也是补了她推销的钙片的结果。

《金色舞台》独树一帜，展现了黄金岁月的人生乐趣，那些主持人的"叔叔""阿姨"们的艺术才华也让人感叹，中老年人的风采不仅存在于景山式的自娱自乐场景中，在电视上同样光彩照人。退休职工可以玩儿转中西乐器；老干部可以引吭洋歌剧；中年女士的健身表演也让观众开眼界；最引人眼球的是"53岁、经理、任树槐先生"，在经典歌曲演唱环节的精彩且不说，仅在冠名为"文武双全"的才艺展示阶段，让小桌子空中漂移的魔术表演就让人目瞪口呆。如果你曾惊异于刘谦在"春晚"的表演，而且不仅是着眼于其帅哥形象，你就会同样折服于任老帅哥出神入化的舞台手段。他告诉我那是现买现卖，可这又有什么关系？不管你是祖传的手艺还是刚学的玩意儿，只要观众认可不就行了？

金秋硕果累累缘自初春生机勃勃，走进人生辉煌与"早晨八九点钟的太阳"同样喜人，广西卫视的节目选点既出奇制胜又出类拔萃，契合了社会的发展，为特定人群推出了特定节目，就如其广告词："《金色舞台》，金色梦想。"难道中老年的背后不是整个家庭进而是整个社会？

看电视之余，我曾每周给《北京电视》周刊写点儿观感，有感而发，不吐不快，也有百多篇了。

有句俏皮话：钱不是问题，问题是没钱。但许多电视剧的穿帮，只是工作态度所致。现在有个"穿帮网"，就专以影视剧的穿帮画面娱乐上网者。

胡适在90多年前的《新生活》杂志上发表过《差不多先生传》，把国人凡事只求"差不多"的对付行状描绘得淋漓尽致。现在的问题是影视剧中最好别犯常识性错误，就如出版总得有校对把关别出错别字一样，出炉前要有政治审查，拍片子是否也应有人就常识性问题审视把关？不要在娱乐大众时给人以误导，以致谬种流传，甚至生出些"不要用历史的真实要求艺术真实"那样一些似是而非的伪命题。再艺术也不能黑白不分！事实是如某些大辫子戏盛行时，成年人知道那是胡搞，却使小孩子都以为严酷的封建社会还能那么逗乐。

有些"腕"以同时拍几部戏相标榜，其实出来的东西不一定个个都是好东西。大师是千面人，"腕"是千人一面。不花工夫，哪有工夫？并非说是个戏就得像《水浒传》那样人人别具特色、个个语言鲜明，但最起码台词要大体符合年代特征和人物身份。比如一年轻女大腕，在《走西口》里演一清末民初山西土窑洞里的闺女，竟能说出"讨厌"这样雷人的台词，遑论典型环境中的典型语言。如是，想不滑稽都难。像当年的广告词，甭管啥产品都"省优、部优、国优"，那非得普通话才成；要改成唐山话："省油、不油、过油"，整个儿都成卖炸糕的了。

还有些剧组，在做推广时，不是如何阐述作品的艺术价值、精神价值，只是一味炫耀他的戏投入了多少多少亿，好像有钱就万事亨通。就像看某些房地产的广告，一看那项目的名字就透着恶俗，只能说明有钱，甭管是开发商自己兜里的还是银行的。在电视剧领域，钱多的表现，一个是片尾戏屁股上猛贴大膏药，好给投钱的一个交代，哪管观众的感受；再一个就是把戏往长了抻。

大家都把无聊地抻长"作品"叫"注水肉"，真是入木三分。这可是咱这儿的老传统，到底多老？1936年邹韬奋在香港创办《生活日报》，出刊不几天，林默涵就在报上发表杂文《水和气》，说水一到滑头商人手里就成了赚钱的工具，说他家乡的屠户发明了一种灌水的方法，一只猪至少可以灌进大半桶或一桶水。假如你买四两肉，其中至少有一两水……鲁迅曾有名言：无端地空耗别人的时间，其实无异于图财害命！包括许多老戏翻拍，也莫不如是。钱多了就是爷？话多了就出彩？有了大腕加盟，请个港台韩日演员，观众就得买账？

当然，不是所有节目都不堪入目，还有许多文化人坚守在文化的一隅，还有许多优秀剧作让人大饱眼福。比如老版的《四世同堂》、老版的《西游记》，和《激情燃烧的岁月》《亮剑》《士兵突击》《闯关东》《暖春》《奠基者》……以及影视两家《茶馆》、表现工人阶级的《钢铁年代》和《师傅》，以及原汁原味还原了近几十年生活的京味儿佳作《风车》，还有许多，这才叫作品，这才叫文化，这才叫精神食粮！

电影，民间变贵族

我有印象的第一个电影，是在隆福寺的蟾宫电影院看的。后来那儿改名"长虹电影院"。上小学前，我跟着我哥去那儿看"打仗的电影"。结果一开演，不打仗，我不高兴，非要走，被好说歹说才算看完。出场口的人特多，我们又从入场口出了放映厅。我哥回过头对我说：你看，这儿有俩门，咱们刚才进错了门，那个门里演的就是打仗的电影。我说那以后咱再来可别进错门啦！以后我可知道了，那俩门进去是一个地方！那个电影是说解放军在东北开荒种地的事儿，现在回忆起来是《北大荒人》。

前一阵子又去隆福寺，忽然发现一个"东宫电影院"，琢磨半天才闹明白是原来的东四工人俱乐部，简称"东工"，又"雅化"成了"东宫"。看样就差个"西宫"了。"工人"落魄到了人避之唯恐不及的地步，可叹啊！

以前看电影，一毛或一毛五就能买一张票，学生票是五分，是老百姓很重要的文化生活。每个电影院都是楼上楼下坐满了人，一散场观众都前呼后拥地往出挤，乌央央一大片。有位著名艺术家当年搞对象回来，别人问他怎么样，他说那一嘴的牙跟电影院散场似的。据说隆福小吃店那会儿就指着电影散场赚钱。电影市场一不景气，最直观的反映就是小吃店效益大滑坡。

小时候看的电影，国产的有《地雷战》《地道战》《南征北战》，外国的有《列宁在十月》《列宁在1918》等，就是看一热闹。每个电影一上演，必定得有若干台词流行，还有好听的插曲被传唱，和现在没多大区别。后来还看过《平原游击队》《铁道游击队》《渡江侦察记》《红日》《野火春风斗古城》《烈火中永生》；以及描写和平年代建设和生活的《我们村里的年轻人》《今天我休息》；还有写人物的《林则徐》《董存瑞》……

上小学不久，就看了《雷锋》，"革命需要我去烧木炭，我就去做张思德；革命需要我去堵枪眼，我就去做黄继光"的精神，留在了我这样的小学生心里。电影的画面令人印象深刻：在少先队的鼓号声中，雷锋担任了校外辅导员；在回部队路上，他抚摸着胸前的红领巾，回顾中华人民共和国成立后上学戴过的红领巾，现在又戴上了，此时他身后是一张巨幅宣传画……那些经典老电影出品时，正是追求革命理想、崇尚集体主义的年代，每一部影片都有这种时代精神的印记。

除了影片激情四射的主题，每一个画面都那么精到，今天看来也是几近没挑儿。我以为主要原因是那时把拍电影看成政治任务，务求完美，虽然不可避免地带有时代局限性，今人也不必苛求；演员把角色的塑造当作艺术的创作，想的是形象不是钞票，恰恰是现在"艺人"们最缺乏的；提倡"深入生活"有其必然的合理性，否则一举手一投足，必定露怯无疑。归根结底，像罗丹所说：艺术就是感情！不管是斯坦尼的体验派，还是布莱希特的表现派，光靠演员的才气、光靠在宾馆里爆尜儿、现攥，不是全力以赴地融入创作中去，就不可能有那些光彩照人的形象诞生。

哪怕一个细节，也得实实在在真实可信才行。在《永不消逝的电波》里，孙道临饰演地下党员李侠，常有发报的情节，一般人看就是"嘀、嘀、嘀"而已。同学赵培荣参军后，在部队练了几年发报，后来再看这电影，佩服得不行，说真是地道！那时可还没"细节决定成败"的说法，有的只是认真负责的工作精神。再看现在的影视剧，电脑前敲键盘的不少，有多少不是"下跳棋""一指禅"？在单位照排室看电视，一有这样的镜头，绝对只有一句评价：什么玩意儿啊！

有的小孩子说：那时候的革命英雄主义我看不下去，要是《色戒》那种风格，再加上刘德华来演，估计我就能看进去了。让人不得不再重复：什么玩意儿啊！我家的"80后"可以在了解之后喜欢上梅派的扮相和唱腔，难道电影比京剧还难理解？所以才有物质文明和精神文明两手都要抓、两手都要硬一说！

20世纪70年代，朝鲜电影《卖花姑娘》风靡全中国。看完电影，年级组织写观后感，优秀者在全年级广播。一位同学写道："夕阳用它最后的余晖染红了天际。在村口的枯树下，被地主婆烫瞎眼睛的顺姬，像一尊拄着木棍的雕像，久久地站立着，盼着姐姐能早点回家。"多少年过去，只要一听到"卖花姑娘"的旋律，我的脑海中就会映现、定格于顺姬在冬日黄昏等着姐姐回家时的情景。后来网络一发达，才知道那旋律是抄袭美国民歌，区别是用在美国电影《侠骨柔情》里欢快轻松，在《卖花姑娘》里则哀婉凄美。节奏一变，效果截然不同。

赵培荣说起看电影的历史，少不了提起为看一科教片《对虾》《地震》，电影院门前等退票的人潮，现在形迹疯狂的各类"黄牛"们要是早生些年，可赚大发了。田秀斌同学毕业后直接分到了电影洗印厂，最早的工作就是到河北大厂去"送电影下乡"，为贫下中农放映8.75毫米的片子，全在露天。

我插队以后，最隆重的文化活动就是看电影，也是露天的。在全公社，就是现在几乎全乡镇范围内，甭管哪儿放电影，外村人必定呼朋唤友，挈妇将雏地赶去。

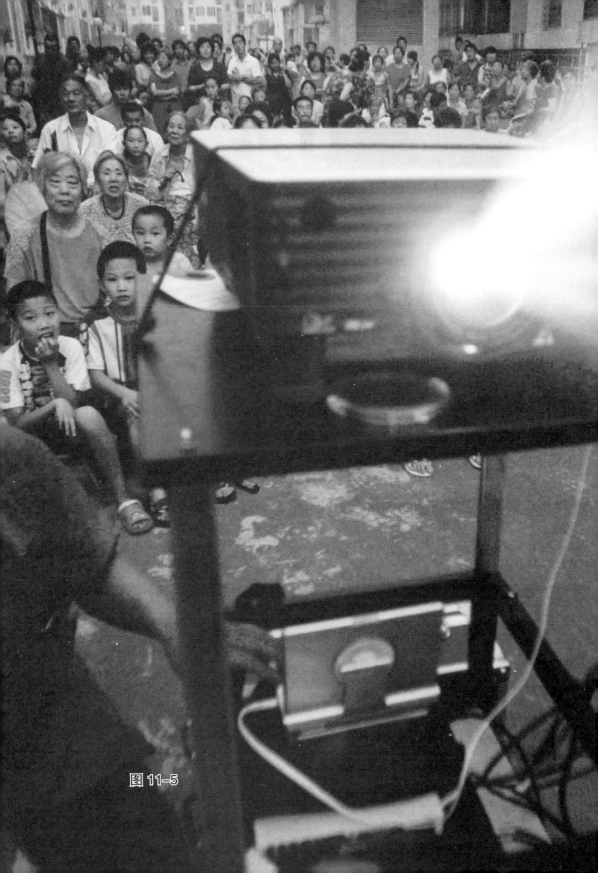
图 11-5

走一二十里山路为看一场电影？今天身处都市的人们都不能想象吧？别忘了，看完还得摸着黑儿，原道再走回来呢！只是人多热闹而已，去时情切切、急迫迫，恨不能肋生双翅；返回时你说看法，他学台词，喧嚣一片；直到精气神儿全耗光，直到进了家门上了炕，直到"吟罢低眉无写处，月光如水照缁衣"。

那时在本大队也看过好多回电影。我所在的是那个大队的第五生产队，又叫五小队，是个小自然村；与西边的四队中间隔着小桥、河套，枯水季节那就是一大片干河滩。冬天农活少，电影经常在那片河滩上放。

从村里到县城有六七十里地，全是沙石路，天儿好的话早晚各一趟长途车，赶上雨雪就取消了，是山里与外界交通的唯一媒介，社员们管它叫班车，对班车都挺有感情。有一段时间班车从五六里外的洞台延伸至我们大榛峪，终点站就在这河滩边上。

天刚擦黑，放映员已经把大银幕挂在了早就竖好的两根大木杆子上，四角拉紧了。本村的人和远路赶来的外村人把河滩坐满了，有自带板凳的，有搬块大鹅卵石当座儿的；坐前面的挺舒坦，您要在后头，不伸长了脖子就得站着看；正面坐不下就坐背面，反正两边都能看。遇到沾亲带故的，秃姑儿、瞎姨儿、烂眼儿二舅母的一通乱叫。

天黑下来后，照例在正片前要放加片，基本都是"新闻简报"。当时已经有了著名的顺口溜：越南电影，飞机大炮；朝鲜电影，哭哭笑笑；罗马尼亚，搂搂抱抱；阿尔巴尼亚，莫名其妙；日本电影，内部卖票；中国电影，新闻简报。

"新闻简报"的价值就相当于今天的"新闻联播"，柬埔寨的西哈努克亲王和王后莫尼克公主曾长期是"新闻简报"的主角。正在放的"新闻简报"当中，忽然出现了公共汽车，有个小小子，手指银幕，高兴得大叫："看！班儿车！"稚嫩的童音透着亲热！看电影的人们先是一愣，接着就是哄堂大笑。"这小子，八成是想着上县吃'油箅子'了吧？"县城饭馆里卖的油饼，形象酷似火炉子里的箅子，被乡人称为"油箅子"，那可是轻易吃不着的美食。

那天的正片是《磐石湾》，据介绍是在毛主席革命文艺路线指引下，新诞生的又一出革命现代京剧，是我沿海军民筑起铜墙铁壁、歼灭台湾武装匪特的故事。那天西北风挺冲，刮得银幕忽哒忽哒乱晃。在观众袖手缩脖之时，电影里匪

图11-5／ 2007年7月29日，原崇文区（今东城区）金鱼池小区的露天电影。几十年前的放映形式又回来了，但是设备早就鸟枪换炮，胶片改成了数字化，电影片子是居民自己找来的。（黄亮　摄）

首"黑头鲨"带着众匪徒乘船偷渡,一群京剧演员都左摇右晃、一上一下地模仿海上风高浪涌的场面,再加上风吹幕布抖,那"风浪"更大得邪乎。有位老爷子惊呼:"好家伙眼子,这浪头也忒大啦!"众人又是一阵哄笑。

时髦的电影也看了几部,有据说是先否定后肯定的《创业》,剧中插曲流传甚广:"青天一顶星星亮,荒原一片篝火红……"批判旧卫生路线的《春苗》中,"病人腰疼,医生头疼"的医疗专家形象,引起了看病时饱受呵斥的观众共鸣。看《决裂》时,我正在村里学校代课,电影中教育脱离实际的最好注脚,是在到处是水牛的江南大讲"马尾巴的功能",成了师生们的笑料。优美动听的插曲尤为大家喜爱,"满山的松树青又青,满山的翠竹根连根,新型的大学办得好来,她和工农心连心喽嘿……"据说扮演过"李向阳"的老演员郭振清,直到离世前,都认为自己最满意的角色就是《决裂》里的"龙国正"。

改革开放后出了不少好片子,诸如《天云山传奇》《牧马人》等,反映现实,手法现实,很有现实意义。基本上是各单位组织集体观看,那是工会的主要职责之一。表现旧有经济体制瓦解、农村新的家庭生活的喜剧《喜盈门》,就是我在东四工人俱乐部看的;中华人民共和国成立前的优秀老电影《一江春水向东流》是在交道口电影院看的。

电影院是老百姓经常光顾之地,电影广告对我尤其有吸引力。那时没喷绘一说,全靠现画。同一部电影,在各个影院都有不同的广告表现,全看美工师的水平。虽说有随电影下发的印刷广告,可如果只是把它简单放大,美工们就自觉低人一头,你没创造性啊!而且印刷广告基本是竖幅的,而多半放置在影院门脸儿上的广告牌可是横着的。

每天不是看电影,就是画画,还有比这更好的单位么?于是,我向往到那儿工作。教我画画的李槐惠老师跟大华电影院的陆杰夫熟悉,于是,就介绍我到东单北大街他那儿"实习"。我从案头的小插图到好几平方米的大广告,实现了从钢笔、"叶筋"到大袋广告色和板刷的跨越。在陆老师指导下,我画过《陈毅市长》等广告,很快适应了这种变化。并且为电影院誊抄年度总结,既不改变原意原貌,又捋顺了文字,增添了文采,得到了他们领导的认可。在我还不了解"编辑"为何物时,就在实际中很好地完成了编辑工作。而世事的变化更快,后来工作调动未遂。现在看来,那时真调成了,后来也就真"瞎"了。

这二三十年间，电影在电视和录像带的夹击下，风光渐弱；在火车站、长途车站附近，录像厅风靡一时，港台录像片为不少等车人消磨时间提供了便利；录像厅也开始向广大的城乡接合部扩散，几近燎原之势。

录像机继彩电、冰箱、洗衣机之后，成为众人追逐的目标。鄙人也不能免俗，好歹也整了一台，日立427、四磁头、立体声。今天《北京娱乐信报》的前身是市文联的《戏剧电影报》，由于工作性质，他们那儿录像带倍儿多，我就从该报文化活动中心主任王长海那儿借了许多盘。

高尔基自诩爱学习时说："我扑在书上，就像饥饿的人扑在面包上一样。"我是看借来的带子，如同"刘姥姥进了大观园"。后来机器出了点儿毛病，到隆福大厦的同学道书魁那儿，让他帮我找人修。一般结果倒霉顶多是"聋子治哑巴了"，我的遭遇更甚，机器让修理工拿走就没了下文，成了打狗的肉包子。二十多年前的3000多块钱能买多少肉包子啊！弄得我和老道好长时间见面都不好意思。

说中国电影不能不提第五代导演，他们摆脱了传统桎梏，使电影更像电影，频频登上国际影展的领奖台。也使角逐国际广告节的中国广告片的导演们，为老是铩羽而归所找的遮羞布："外国人不了解中国文化"成为极可笑的说法。难道中国的电影表现的就不是中国的文化？

但国际大奖的奖杯里似乎满是"二锅头"，让拍过《红高粱》《黄土地》《一个都不能少》等优秀影片的导演们，一时都像喝高了，都热衷起用无数人民币堆砌起的《英雄》《无极》《三枪拍案惊奇》之类的所谓"大片"，《夜宴》主演所说不虚，就是都"不说人话"了。由此带来最直接的后果，一是出了"一个馒头引发的血案"这一娱乐事件，也出了"见过无耻的，没见过这么无耻的"这一流行语言；二是电影票价继续疯狂上涨。

改革开放之初，电影院面貌依旧，依稀看得出当年依据周边居住人群密度，文化设施布局的通盘考虑。我上中学附近的第五俱乐部有1200多座位，再小的影院也得能坐700以上的人。要是早场，票价更低得惊人，大概一毛钱就成了。在空调普及之前，把防空洞里的空气通过排风扇，与放映厅内置换降温，是那时的一大创举。有一阵子"内部电影"盛行，片子没翻译过来，也没中文字幕，就找一位会外语的现场解说，也算是民间的"同声传译"吧，当然质量也就没谱了。

20年前，看电影还是挺普通的事。我曾带着女儿去第五俱乐部看电影，偌大的放映厅依旧，但主体都换成"外来务工者"，乱乎劲儿自然甭说了；正赶上大夏天，气味不佳，还让蚊子在她腿上叮了好几个大包。以后再说去看电影，她死活不去了。

后来我还去大华看过《毛泽东和他的儿子》，票价还是两三块钱，一般人都能接受。等再去大华，就到了1997年看《泰坦尼克》，票价已是几十块钱。

现在，各影院度过了低潮期，都在发展个性化服务，把大厅木板椅，改成了小厅沙发椅。可能你去看电影，前后左右加起来不过几个人，高档了，可没有了千八百人一起看电影的氛围。据说位于望京地区的新影联华谊兄弟影城有多达20个放映厅，为全市之冠，加起来有2000个座位。

方庄保利影城开业后，通州万达影城正在兴建……据说国贸三期的百丽宫影城开始营业，全市影院已超135家，银幕总数达726块，人均银幕数居全国之首。据统计，每增加1块银幕，平均可增加票房224.47万元。《光明日报》2013年1月5日报道：去年全市票房突破16亿。《法制晚报》2013年1月11日报道：去年中国电影票房170亿，位居美国之后的世界第二；今年将破200亿。新华网公布的2013年总票房为217.69亿元，国产片占到58.65%。

由于票价高，学生可半价，所以有些早过了"学生"阶段者，也各想方法弄个"学生证"。80元一张的票，掏出证来就是40元了；检票的哪管你是18岁还是38岁；顶多是有些"老学生"不大好意思罢了。

过去普通二级工的工资是40.04元，一毛五的电影票能买266.9张。2013年北京市平均工资是69521元，月均5793元。当下的电影票价数十元不等，赶上"大片"，非得过百元不可。先算50元吧，每月可看115.86场电影。咱要是顾及还有"被平均"一说，还有个税和三险一金，那干一个月撑死了也挣不了90张电影票。本是比较平常的极其大众化的文化生活，一变而为引车卖浆者流眼中极奢侈的"高消费"，您说这电影是不是太贵族了？

信息时代的新变化

有人说电脑是自汽车之后人类一项最伟大的发明，它使"地球村"成为现实。在人大上传播学课程时，我了解了这一概念，是加拿大传播学家麦克卢汉1967年在《理解媒介：人的延伸》一书中首次提出。是说随着广播、电视和其他电子媒介的出现，人与人之间的时空距离骤然缩短,整个世界成了一个"村落"。我觉得至少在自娱自乐方面,电脑是其余任何玩意儿都不能比拟的。

现在一个单位里的电脑,如同订书器、签字笔,是极普通的办公设备。可在20世纪80年代初,我所在单位购进了几台计算机,单辟出一大间屋子,装上防静电地板,门口挂上"计算机室"的牌子,闲人免进;能够入内的人也得白帽子、白大褂,牛得找不着北。弹指一挥间,如今电子垃圾的处理,都成了一大社会问题。曾在《读者》上看到一页全是名人说过的傻话,其中比尔·盖茨的"语录"大意是:电脑内存有那么几十K就什么情况都能对付了。现在看起来,实在可笑!

有句在咱这儿得到公认的话,叫"上有政策,下有对策",电影票不是贵么?咱看盘啊!甭管是D5还是D9,兹不是"枪版"就行,几块钱的事儿。在送货上门的方便和优惠再优惠的利诱下,我也攒了许多盘,和大家一样,买回家看不了1/10。不知道买盘上瘾算不算"精神类疾病"。

如果要评选有中国特色的产品,DVD机应该榜上有名,都号称"超强纠错",就是你什么盘我都能读。有一朋友秦海波是社科院世界史所拉美史专家,他告诉我,以前有张电脑不认的盗版盘,随手放茶几上当了茶杯垫。几年后买了一台DVD,他要试试读盘能力到底有多强,就把"茶杯垫"放机器里了,播放效果倍儿清晰。他直说"I服了YOU"。

老秦同志的电脑水平了得,是他们所公认的计算机行家,单位的网络建设都请他主持。我电脑要有什么事自然都靠他帮忙。倒不是我多事儿,有点小问题都要请大专家来捣鼓,而是他帮朋友没二话。自从当年跟他一起掺和《中华英烈》杂志,这位老大哥就一直对我关照有加。

他网上博客除了一般博客的内容外,特色是日常行止和世界历史。在些微小事中见雅致、见情趣,在专业背景下见社会、见文化。其读者互动的环节更有意思,不仅仅是单方面的宣泄。在他鼓动下,我也学步开"焦尚意的博客",并且实名制,相当于网上有了个超大容量的笔记本、资料库。

博客、微信等时下蔚为大观,使信息传播不为专业传媒所独享,其传播速度、海量信息、互动性,是社会进步的标志之一,具有与金属工具代替石器、蒸汽动力代替手工作坊同样性质的划时代意义。这些信息载体结合了文、图、视频、其他与主题相关的媒体,能够让读者以互动的方式体现话语权,表达了分享与共享的科学精神。

电脑加网络,如虎添翼。像当年农村合作化时,给老农宣传以后全使机器干活,那机器啥活计都行,老农就问:机器能生娃么?现在是干什么都上网,就差网上生娃了。不少人沉浸其中,以至于"网瘾"一度进入了精神类疾病的范畴。一搜索"网瘾",愣搜出1380万条信息,百度的解释是"网瘾是指上网者由于长时间地和习惯性地沉浸在网络时空当中,对互联网产生强烈的依赖,以至于达到了痴迷的程度而难以自我解脱的行为状态和心理状态"。连卫生部都绷不住劲儿,赶紧在2009年颁布了《未成年人上网指导》,可见其影响之大。

我曾在单位楼道拐角听到俩小子议论:今天你杀了几个人?猛听吓一跳,再问人是说游戏里的事呢。"老么咔嚓眼的"确实落伍了。难怪有嘎小子在食堂遇见我说:"廉颇老矣,尚能饭否?"不管如何定义"网瘾",网络游戏可是发了大财。曾深陷"学历门"的"打工皇帝"唐骏曾供职的上海盛大,据说现已成为中国最大的网络游戏运营商。还有一个事实不能忽略,就是大街小巷中的某些网吧,不时就变为藏污纳垢的所在,常为公安人员所"关照"。

社会是个万花筒,人的兴趣千变万化,我家"80后"从不沾网游的边儿,遑论她爹。如果你想看啥新电影,下载下来即可。全是外文字幕?好办,有助人为乐的"网上雷锋",提供翻译服务,把片子和译文合二为一,您就看去吧。只要有足够大的硬盘就齐活。所以一说保护知识产权,不能随便下载了,首先欢呼的,不是知识产权所有者,倒是那些卖盘的小贩。

电脑电视屏幕终归大小有限,再说现在大家的居住面积都空前扩大了,于是,投影仪成为发烧友的新宠。有同事在家里建了颇具规模的影音室,并给我普及了半天相关知识,说你把车库腾出来那地方就足够。无奈我"榆木疙瘩不开窍",让他徒生"对牛弹琴"之叹。我还是对在影院里看电影感兴趣。否则凭什么看一场要你好几十斤大米的钱?我上学的时候看一场可用不了二斤米。

我常在所住小区的大门口,见到物业贴的通知,其中就有下月几号几号在哪个小区放什么电影,需要者请到居委会领票的内容。电影又开始回归到大众娱乐的本源上来了。以露天电影聚拢人气,提高地区的文化氛围,数字电影流动放映技术提供了这种便利。放映员只带DVD机一般大小的播放服务器和投影仪,三下五除二,就能开场。

北京市在文化科技卫生"三下乡"活动中,使农村数字电影放映厅实现100%全覆盖,京郊村民每月都能看到不少于10场的数字电影;除了郊区县，文化部门还利用市区现有的公园，建成了11个露天剧场，进一步丰富了城乡居民的群众文化生活。

今天的露天电影可不在河滩上放了。

有个新名词叫"汽车电影院"，那本是第二次世界大战后在美国兴起的，让人坐在汽车里看电影的露天放映场所。在发源地过时了，在中国却成了新鲜事儿。1999年就在燕莎桥东侧亮马桥路上诞生了我国首家"汽车电影院"——枫花园汽车电影院；后来又有在香山脚下的环岛汽车电影院、黄村以南一果园中的瓜乡缘汽车电影城；最新的汽车电影院在通州台湖镇口子村，那里用于播放数字电影的超大金属屏幕面积达160平方米，在150米以外也可以正常观影。

虽然叫汽车电影城，但你要是没开车来，也能买票进场，但得带一个收音机接收音频，要不然您就只能看默片了。电影中的声音要靠观众自己的汽车音响来接收，音响的质量决定了声音还原的质量高低。估计也没人花百八十块，还得自备音响去凑热闹。

电脑时代让山里人和城里人可以同步看新片。现在影片被一次性整体数字处理，片子不管放多少遍，都是一样清晰。其实，露天电影从来就没有消失过，边远些的地区还有私人放电影的存在。无非以前是胶片介质，放映机有8.75毫米、16毫米、35毫米之分，或小巧玲珑，或粗大笨重。乡亲们是有什么片子就看什么；现在是想看什么随下载随放映。

我在徐浩店里，见摆着一台放映机，是他以一个老放映员的慧眼在收废品的手里截留的。他说这玩意儿还挺好的，又找了几盘电影拷贝，他们那几个伙计没事时，摆弄得溜着呢。曾几何时，电影在"大片"概念被引进后，与普通劳动者的距离拉大了。就如"肯德基""麦当劳"本是普通洋快餐，与咱传统早点的包子、油条何异？世所公认的垃圾食品，一到咱地面上，摇身异化成高消费，你说怪也不怪？在某些前卫艺术家那里，放映机变为其艺术创作的道具或工具，是很时髦的事；今天在农民工手里，一样是个好玩意儿，就如他们下班后，趿拉着拖鞋玩儿电脑游戏一样顺手。

科技和网络决定了数字电影的诞生，露天电影这一久违的放映形式，又会勾起我们这代人对许多往事的回忆。时代的发展把许多东西送进历史，同时，又会迎来更多新东西。如果咱还在为吃饭发愁，能有心思玩儿那些个怀旧的情调么？

后 记

图12-1／ 2009年8月1日，清晨在广场上拍摄升旗仪式后，笔者登上天安门城楼。有一首儿歌曾传遍神州大地，"我爱北京天安门，天安门上太阳升……"当年伟人在这里亲手按动升起新中国第一面五星红旗的按钮，从此这里万众瞩目，"四海翻腾云水怒，五洲震荡风雷激。"面对世界上最大的广场，极目旷然，思绪万千。（程铁良　摄）

图 12-1

一个"50后"心中的北京

北京的含义是什么？北京是祖国的首都、是一种包容一切的大气、是游子思念的慰藉、是催人奋发的动力、是生命历程中的精神寄托、是我生于斯长于斯的热土。几十年的日月抚摸、雨露浸润，使我对这里的一砖一瓦、一草一木，都倍加珍惜；几十年的生活学习、劳作奔波，使我对她的一颦一笑、一举一动，都一往情深。回顾、回首、回望，既是个人成长的记录，更从一个侧面反映出社会历史进程的轨迹。俗话说一口吃不成个胖子，但胖子都是一口一口吃出来的。

北京见证了新中国建设的艰难、曲折，也见证了一个个重大的历史时刻

节日的天安门广场，历来是花团锦簇……我想起国庆60周年前夕，"八一"建军节的黎明，我站在天安门东观礼台上，翘首眺望；晨光熹微中，看到国旗护卫队、军乐队，看到了在庄严、神圣的国歌乐曲声中，冉冉升起的国旗……一片闪光灯消逝之后，我随着人流登上了向往已久的天安门，来到了城楼上正中间、开国大典时毛泽东主席站立的地方。历史记录下1949年的10月1日，他在此向全世界庄严宣告：中华人民共和国中央人民政府今天成立了！他按动电钮，亲手升起了新中国第一面五星红旗。那时，广场上欢声雷动，掌声如潮……

从此风云际会，天安门、北京城，见证了新中国建设的艰难与曲折，也见证了一个个重大的历史时刻。在这里，我感受过节日的喜庆、盛典的辉煌；见识过"文化大革命"时期的"红色海洋"；体味过"四五"运动中人们的爱憎分明；我以此为题材创作过主题性绘画，也在后来的《美术》杂志上，见到过清明时节广场和纪念碑前的油画写生；为迎接香港和澳门回归，广场东侧矗立过倒计时牌；申奥成功，这里和全市的大街小巷都成了欢腾的海洋……

在这里，我从蹒跚学步成长至今，看到首都北京也同时长高了，从二三层楼就能称大厦，到今天数十层的高楼比比皆是；在这里，我经历了住房从蜗居跨入到人均几十平方米的时代，就如北京城从以城墙护城河为界，及至扩展到了五环、六环，"北京"的概念已不能为"北京

城"这三个字所替代，古都北京的地域特色也令人遗憾地逐渐减弱，几近消逝；在这里，我看到从扩大国企自主权开始，到"三资"企业的如火如荼，股份制改造后的现代企业制度逐步建立……无数个具体的人组成了社会，无数人的经历就构成了这个社会进化的脚印；透过北京天翻地覆的变化，倾听当代中国发展的历史回声，不也是一种幸福么？

生活在北京是一种幸运，一旦离开才觉出她的温馨、美好、价值非凡

我的中学同学徐浩和薛运普参军后，离开了北京。在第一封写给班集体的信中，就讲述了他们在军营早操后，常常不由自主地哼唱"灿烂的朝霞，升起在金色的北京；庄严的乐曲，报道着祖国的黎明……"信在班上读到这里，引起了哄堂大笑。多少年过去，现在回想起来，那封信充溢着中学生的稚气，更多的是对故乡北京的依恋和深情。被同学们誉为"国医"的单志华，在大不列颠的土地上行医十多年，给老外讲授中国传统医学，培训白人针灸医生，尽管物质生活优越，但他一样向往回到北京生活，并且落实在了行动中，因为这里有他割舍不下的文化土壤。曾经以吉他和外国名歌为同学们所称道的付勇，虽然在加拿大有了自己的新生活，但朝夕相处的他的洋雇员们，并不理解他现在所热衷的京剧之美。

所以，生活在北京是一种幸运，尽管每年曾为达到一定数量蓝天的天数而忙碌，为"屁爱摸"(PM)2.5而烦恼，开车一上路就被堵得一塌糊涂；而一旦离开、一旦对比，才觉出她的温馨、美好、价值不菲；否则，就不能理解，为什么全国各地但凡有点儿条件的人，都心急火燎地要在这儿买房置业，给自己住还是为子女准备都不重要，重要的是对北京魂牵梦绕般的向往。

北京是全国人民的精神向往，北京人来自五湖四海

在颐和园熙攘的游客中，一对母子给我留下了深刻印象。小孩子说：妈妈，当皇帝真好啊！外地口音的妈妈问：好森么好？小孩子兴奋了：当了皇帝，要啥有啥。妈妈脸一沉：要啥有啥又咋的了？不一样死掉啦！

我想：既然如此，他们为什么还要来这儿游览呢？不外乎这里过去属于皇帝，现在却不仅属于北京，它是全国人民的财富；而且自1998年起，经联合国教科文组织批准，这里已成为"世界文化遗产"，就是说它的价值已经是在全人类

小小京纪实 一个"50后"心中的北京

的文化范畴中来衡量了。同样的道理，北京是全中国的首都，不仅是北京人的北京！北京城是全国人民的精神向往，北京人来自五湖四海。

有人说北京是个移民城市，恰如其分。不说杨家将守三关时，咱这儿本属大辽国，离大宋的地界还远着呢；不说清兵入关，继承大明体统，入主紫禁城，把土著汉民赶出城圈，换作了八旗兵丁；也不说中华人民共和国成立前后，五湖四海的精英进京，新中国的首都天翻地覆；只说六十多年来北京各类政府机关和各高校的人员构成，有多少是所谓"老北京"？再看街头巷尾，原来的老街旧邻中，不早就增添了许多天南地北的"外地人"？遑论城近郊各地人士相对集中的这个"村"、那个"村"。其实就是自诩伏地老北京者，往上捯三代，有几个出生在今天二环以里？

迎接建党90周年时，《法制晚报》开启了"中国共产党建党揭秘"的系列报道"海外寻档"，介绍海外有关北京共产党组织早期活动的文献资料，其中一份寻自俄罗斯的档案，是第三国际，也就是苏俄派人到北京，联系李大钊等人谈建党问题后，写了《北京共产主义组织的报告》，说北京人口不过40万……1922年3月22日，《民国日报》公布北京人口新调查结果，除四郊不计外，在大城以内者共计913000人，其中各省人口约占4/10，旗人约占3/10；1927年10月28日，北京警察厅调查内外城户籍，共1297000人；1936年2月14日，北平市调查户口完竣，全市总数1556364人；而中华人民共和国成立时北京就到了200万；现在呢？2000万都出去了！翻了多少倍？这里固然有行政区划扩大的原因，但不可否认的是北京人口增加的神速，全靠本地土著繁衍？老北京讲话："姥姥！"

所以"北京人"是个动态的概念，累积的结果，而且范畴日渐变化。老舍小说里的人物，几乎不认可家住在护城河外边的主儿是北京人；今天看某些房地产的广告，远在廊坊、香河的项目都竞相标榜"CBD后花园"；我所在单位同一部门的同志，都是北京户口，都在北京工作，谁说他们不是北京人？但他们从出生到高考前生活的家，近的在河北、天津，远的在成都、哈尔滨，按传统的说法无疑都该归为外地人之属；北京集中了全国数量最多的高校，每年毕业生乌央乌央的，有多少离开了北京？他们在这里落地生根开花结果，不就构成了新的北京人？

不管是"新"北京人还是"老"北京人，他们在被北京地域文化熏陶、同化的同时，也在时时更新、创造着新的时代文明。有人爱打镲，说老北京的自豪感有点儿像豆汁儿，名声挺大，可还是挡不住洋可乐的攻城略地。所以，豆汁儿、焦圈们才和山姆、马克西姆们联袂出场、为人共飨；文房四宝们才和微软、苹果们各施绝活、交相辉映；现代的3D打印、4G时代才和传统的五运六气七情八纲和谐相处、水乳交融。只要是在北京这块热土上辛勤耕耘的人，不管口音如何，祖籍哪里，都是当之无愧的北京人；北京也在一代又一代北京人的手中，变得更多彩、更年轻。

数十载之于人的一生，是为旅途过半，但在一个民族的历史上，无疑还似朝阳初升；古老的北京有海纳百川的胸襟，在祖国各地的支援下，必将延续更为灿烂的辉煌！年轻的北京有蓬勃向上的动能，在援建兄弟省区的过程中，送去资金、技术、人才、管理模式、发展思想，北京必将更为年轻！

这就是我——一个"50后"心中的北京。

图书在版编目（CIP）数据

一个"50后"心中的北京/焦尚意著. — 北京：北京大学出版社，2016.2
（北京学丛书·纪实系列）
ISBN 978-7-301-26855-1

Ⅰ.①一… Ⅱ.①焦… Ⅲ.①纪实文学 — 中国 — 当代 Ⅳ.① I25

中国版本图书馆CIP数据核字（2016）第 017673 号

书　　　名	一个"50后"心中的北京 Yi ge "50hou" Xin zhong de Beijing
著作责任者	焦尚意　著
责任编辑	武　岳
标准书号	ISBN 978-7-301-26855-1
出版发行	北京大学出版社
地　　　址	北京市海淀区成府路205号　100871
网　　　址	http://www.pup.cn
新浪微博	@北京大学出版社
电子信箱	ss@pup.pku.edu.cn
电　　　话	邮购部 62752015　发行部 62750672　编辑部 62753121 出版部 62754962
印　刷　者	北京大学印刷厂
经　销　者	新华书店
	787毫米×1092毫米　16开本　13.5印张　207千字 2016年2月第1版　2016年2月第1次印刷
定　　　价	38.00元

未经许可，不得以任何方式复制或抄袭本书之部分或全部内容。
版权所有，侵权必究
举报电话：010-62752024　电子邮箱：fd@pup.pku.edu.cn

封面/20世纪50年代的中学生。封底/今日CBD。（梁立　摄）

本书未落款的历史资料图片选自《人民画报》，特向原作者致敬。其余除署名者外，均为本书作者拍摄。